Niemand wird dich vermissen

Uwe K. Alexi

Uwe K. Alexi arbeitete nach seinem Studium der Betriebswirtschaft in Klagenfurt als Wirtschaftsprüfer und Steuerberater im internationalen Umfeld. Nach seinem Umzug nach London und vielen Reisen in entfernte Länder entdeckte er seine Leidenschaft fürs Schreiben. Heute lebt er in der Nähe von Frankfurt am Main und schreibt an seinem dritten Thriller.

Niemand wird dich vermissen

Uwe K. Alexi

Sämtliche Figuren und Ereignisse dieses Romans sind frei erfunden. Die Schauplätze gibt es tatsächlich, doch dann ließ ich der Fantasie freien Lauf.
Jede Ähnlichkeit mit echten Personen, lebend oder tot, ist rein zufällig und nicht beabsichtigt.

Impressum

2. Auflage (Februar 2016)
ISBN-13: 978-3-9817679-0-2

Text: Uwe K. Alexi
Covergestaltung: Carmen Liebig
Photo: Uwe K. Alexi
Druck: Print Group Sp. z o.o.
ul. Ks. Witolda 7/9
71-063 Szczecin, Polen

UKA Verlag
Friedrichsdorfer Straße 14
61352 Bad Homburg
ukaverlag@yahoo.de

Prolog

Abidjan/Elfenbeinküste, April 2006

Alle waren sie gekommen: die Familie, die Verwandten, die Freunde, die Bekannten, Schaulustige und noch viele andere mehr. Menschen, von denen die junge Frau die meisten nie zuvor gesehen hatte. Doch hätte sie in ihrem Schmerz ohnehin kaum jemanden erkannt. Hier auf dem riesigen Friedhof im Vorort von Abidjan wurden sie verscharrt … alle! Die Ärmsten der Armen. Sie starben weg wie die Fliegen.

Und nun auch Denise, ihre geliebte Schwester Denise! Sie war gerade mal 23 Jahre alt geworden, nur sieben Jahre älter als sie selbst. Denise war zugrunde gegangen wie ein räudiges Tier. Ihr Körper konnte den Kampf nicht mehr weiter aufrechterhalten. Ein Kampf, der von Anfang an aussichtslos gewesen war, wie bei allen anderen, die zuvor gestorben waren.

Begonnen hatte es vor vielen Jahren mit dem Ableben ihres Vaters. Als Zweijährige hatte Monique das damals noch nicht richtig mitbekommen. Einige hatten es zu dieser Zeit zwar schon vermutet, doch so richtig aussprechen wollte es keiner. Eigentlich war ihr Vater gestorben wie schon viele Afrikaner vor ihm auch. Ja, er war bei seinem Ableben noch recht jung gewesen, aber was sollte daran ungewöhnlich sein? Hier in Afrika gehörte der Tod zum Leben, vielleicht mehr als in irgendeiner anderen Region dieser Welt. Leben und Tod, Tod und Leben. Das gehört doch zusammen seit Menschengedenken.

Niemand wollte es sehen, niemand wollte es wahrhaben – man hatte es einfach verdrängt, auch wenn die Zeichen mit den Jahren immer deutlicher wurden und nicht mehr zu übersehen waren. Verdrängt, dass sich etwas geändert hatte. Dass in ihrer Stadt der Tod immer häufiger um sich griff!

Gerüchte gab es schon lange, dass diese neue Krankheit, die von den Weißen stammen sollte, nun auch bei ihnen in Westafrika kursierte. Das leidvolle Ableben von Tante Mathilde und dann nur wenig später ihrer Cousine Janine hatte sie alle aufwachen lassen. Man konnte nicht mehr die Augen vor den Fakten verschließen. Die Geißel der Menschheit, AIDS, war auch in ihre Familie vorgedrungen!

Nur ein einziges Mal war offen darüber gesprochen worden, damals nach dem Tod ihrer Cousine Janine. Dieses kurze Gespräch blieb allen im Gedächtnis und hatte sich dort förmlich eingebrannt. Ihre Mutter hatte in ihrem Schmerz auszusprechen gewagt, was ohnehin alle schon lange wussten: Sämtliche Todesfälle der letzten Jahre innerhalb der Familie waren ausschließlich auf die Folgen von AIDS zurückzuführen! Doch kaum hatte ihre Mutter es ausgesprochen gehabt, war man sich in der Familie so einig wie noch nie zuvor: Dies war ein einmaliger Ausrutscher gewesen und niemand würde darüber noch einmal sprechen. Es konnte nicht sein, was nicht sein durfte, und daran hatte sich nichts geändert! Seitdem war es wieder zu einem absoluten Tabuthema geworden. Niemand hatte es mehr gewagt, darüber auch nur ein einziges Wort zu verlieren.

Offiziell starb Denise an einer Lungenentzündung, was im Prinzip als letztendliche Todesursache auch stimmte. Somit entsprach die offizielle Sprachregelung schon ein wenig der Wahrheit. Warum Denise jedoch so leicht an einer einfachen

Lungenentzündung sterben konnte, hinterfragte unterdessen keiner. Selbst innerhalb der Familie traute sich niemand mehr, darüber zu spekulieren. Zu groß war die Schande, wenn jemand an den Folgen dieser Sexualkrankheit starb. Nein, so etwas passierte nur anderswo, aber nicht in unserer Familie!

Jede kleinste Infektion, jede Verunreinigung des Essens, jeder Moskitostich konnte ein unsägliches Leiden hervorrufen. Der Körper ihrer großen Schwester hatte dem nichts mehr entgegenzusetzen gehabt. Das war am Ende keine Immunschwäche mehr gewesen. Eine Immunschwäche setzt ein irgendwie vorhandenes Immunsystem voraus. Doch davon war bei Denise schlichtweg nichts mehr übrig geblieben. Es war vom Virus restlos zerstört worden!

Aus und vorbei. Denise wurde heute verscharrt und die Stelle mit einem einfachen Holzkreuz markiert. Ein Holzkreuz von Tausenden anderen auf dem riesigen Friedhof. Doch dieses Holzkreuz stand für Denise, da unten. Ihre Schwester, zu der Monique immer bewundernd aufgeschaut hatte. Monique schloss verzweifelt ihre Augen und sah sie deutlich vor sich: Denise war so schön, anmutig und klug. Sie meisterte jede Situation, mochte sie noch so aussichtslos sein. Ihre große Schwester hatte für alles und jeden die passende Antwort. Sie war Moniques großes Vorbild gewesen. Bis zu dem Tag, der alles veränderte.

Sie selbst, Monique, hatte am Morgen beim Ankleiden auf Denises Rücken zwei braun-blaue Flecken bemerkt. Ihre Schwester hatte das nur lächelnd mit einer abweisenden Handbewegung abgetan, das sei doch nichts. Aber Monique hatte genau gespürt, dass etwas nicht stimmte. Und leider hatte sie recht behalten.

Innerhalb von nur wenigen Wochen war Denise, die bei allen so beliebte und strahlend schöne junge Frau, mit ihren hohen Wangenknochen, vollen Lippen und den faszinierend ausdrucksstarken, stets leuchtenden, großen Augen, abgemagert und zu einem skeletthaften Wesen mit tief liegenden, traurigen und glanzlosen Augen geworden. Die hübsche und allseits beliebte Denise verfiel jeden Tag mehr. Alle schwiegen und mussten tatenlos zusehen. Niemand konnte etwas dagegen tun!

Denise hatte genau gewusst, was mit ihr passierte. Und doch hatte sie bis zuletzt für alles und jeden nur positive Worte. Das war typisch Denise. Ein Charakter, wie er nicht hätte besser sein können. Eine Schwester, wie sich Monique keine bessere hätte wünschen können. Immer bemüht, allen anderen den Tag zu versüßen, und nie zu zeigen, wie sehr sie unter ihrem eigenen Niedergang litt.

Monique weinte nicht. Sie hatte keine Tränen mehr in sich. Die letzten Wochen hatte sie sich ihre junge Seele aus dem Leib geweint. Hatte ihren Kummer jede Nacht in ihre alte, löchrige Decke geschluchzt, mit der sie sich mehr schlecht als recht zudecken konnte. Am Tag hatte Monique stets die Starke gespielt, mit Denise Witzchen gemacht, um sich gegenseitig aufzuheitern. Doch die verstohlenen Blicke zwischen ihnen sprachen oft Bände. Sie brauchten sich gegenseitig nichts vorzumachen und doch fühlten sich beide verpflichtet, weiter ihre Würde hochzuhalten, und so zu tun, als sei nichts. Allen war in diesen letzten Wochen klar, dass Denises Ende sehr nahe sein würde.

Doch so schnell? Warum musste es so schnell gehen? Meine große Schwester, wo bist du nur? Ich vermisse dich! Du warst mein Halt, mein Vorbild, mein Ein und Alles! Ich brauche dich so sehr!

Die Beerdigung lief vor Moniques Augen ab wie ein schlechter Film, doch sie bekam sie nicht wirklich mit. Sie sah alles wie durch einen Schleier aus Trauer, Verzweiflung und Resignation. Doch eins hatte sie sich geschworen in diesen letzten Stunden auf dem trostlosen Massenfriedhof in Abidjan:

Mir wird das nicht passieren. Ich werde leben. Leben für dich Denise, damit dein Tod nicht umsonst war!

1.

Deutschland, Mai 2013

Alles war irgendwie anders an diesem Morgen. Plötzlich wurde Martina um halb vier aus dem Schlaf gerissen. Ein Geräusch hatte sie aufgeweckt. Schlaftrunken griff sie nach dem Schalter ihrer Nachttischlampe, ein historisches, verschnörkeltes Teil, das sie vor ein paar Jahren auf einem Flohmarkt erstanden hatte. Sie war immer stolz auf diesen Glücksgriff gewesen, doch in diesem Augenblick hasste sie die Lampe, denn der Schalter war nur schwer im Dunkeln in den schmiedeeisernen Windungen auszumachen. Sie versuchte krampfhaft, den Schalter zu ertasten. Just in dem Augenblick, als der 230-Volt-Stromstoß die altertümliche Glühbirne in Stress versetzte, hörte sie das Geräusch wieder, das sie aufgeweckt hatte: Jemand pochte an ihre Tür. Martina schaute verwirrt auf die Uhr. Was um Himmels willen konnte jemand um diese Zeit von ihr wollen? Es war mitten in der Nacht!

Martina erschrak, nachdem sie ihre Sinne wieder beieinanderhatte. *Sheila!*, schoss es ihr durch den Kopf. Ihre Freundin Sheila wurde seit Jahren von ihrem Lebensgefährten Ronald geschlagen und war mehrmals völlig verzweifelt bei Martina aufgetaucht, um sich auszuweinen, aber auch schon um Schutz zu suchen. Gott, wie sie dieses frauenverachtende Ekelpaket Ronald hasste. Nie würde sie verstehen, dass Sheila immer wieder zu ihm zurückkehrte, wenn er ihr mit einem teuren Geschenk in der Hand zum x-ten Male versprach, sich zu ändern.

So ein Typ ändert sich doch nie, aber warum ließ ihre Freundin sich das gefallen? Was trieb sie nur dazu, bei diesem Schläger zu bleiben. Sie war ihm richtiggehend hörig und Martina hatte die Hoffnung schließlich aufgeben müssen, Sheila jemals aus dieser Situation herausholen zu können. Das Einzige, was ihr noch verblieb, war Sheila immer beizustehen, wenn es wieder mal so weit war.

Martina zog sich schnell ihre Hausschuhe an und eilte nach unten zur Tür, um Sheila hereinzulassen. Sie kam gar nicht auf die Idee, dass jemand anderes vor der Tür stehen könnte. Wer sonst sollte sie um diese Zeit aufsuchen? Es musste Sheila sein und wahrscheinlich war sie wieder in übelster Weise misshandelt worden. Voller Sorge um ihre Freundin drehte sie den Schlüssel im Schloss und riss die Haustür auf.

Martina zuckte zurück. Draußen vor der Tür stand nicht Sheila, sondern ein Mann um Ende dreißig/Anfang vierzig. Er trug einen dunkelblauen Anzug, dazu ein blaues Hemd und eine rote Krawatte. Zugegeben, er war ein sehr gut aussehender und gepflegter Mann. Unter anderen Umständen und vor allem zu einer anderen Zeit wäre sie ihm wohl liebend gerne begegnet, aber was konnte dieser Mensch morgens um halb vier von ihr wollen? Martina sah ihn mit weit aufgerissenen Augen an. Der Fremde stammelte zuerst etwas, was sie nicht verstand. Komisch, sie hatte keine Angst, obwohl sie trotz Dunkelheit, lediglich mit einem Negligé bekleidet, dem Wildfremden die Tür geöffnet hatte. Sie war einfach nur froh, dass es nicht wieder mal die misshandelte Sheila war, die sie aus dem Schlaf gerissen hatte.

Sich der Situation bewusst werdend, verschränkte Martina etwas beschämt ihre Arme vor ihren Brüsten, damit der Fremde nicht zu viel Einblick erhielt. Sie war sich durchaus ihrer Wirkung auf Männer bewusst. Doch dieser Fremde hatte für ihren wohlgeformten Köper scheinbar ohnehin keine Augen. Er sah einfach nur verzweifelt aus.

»Es tut mir leid, dass ich Sie störe, aber Ihr Haus ist das Einzige, in dem Licht brennt.«

Martina dachte: *Wieso Licht brennt?*, und schaute kurz zurück in den Flur. Tatsächlich, unter dem Türschlitz des Badezimmers zeigten sich kaum wahrnehmbar Lichtstrahlen. Wie so oft hatte Martina vergessen, nach ihrer abendlichen Toilette das Licht auszuschalten. Ein Umstand, der Martinas Vater stets in Rage gebracht hatte, als sie noch im Haus ihrer Eltern wohnte.

»Wie kann ich Ihnen helfen?«

Martina wunderte sich, dass sie in dieser etwas skurrilen Situation höflich und nett blieb, aber der Typ sah einfach zu süß aus, als dass sie ihm böse sein konnte. Darüber hinaus machte sich nun endgültig die Erleichterung in ihr breit, dass dieser nächtliche Besuch zumindest keine schlechten Nachrichten von Sheila bringen würde.

»Das muss zwar verrückt für Sie klingen, aber ich weiß es selbst nicht so genau. Ich kann mich an überhaupt nichts erinnern!«

»Wie, Sie erinnern sich an nichts? Was soll das denn heißen?«

»Ich weiß es selbst nicht, das ist ja das Verrückte. Ich weiß nicht, wer ich bin, woher ich komme, was ich hier mache – ich kann mich an absolut nichts erinnern.«

»Was erwarten Sie nun von mir?«, fragte Martina ungläubig und überlegte schon, wie sie aus dieser Situation herauskommen könnte, aber irgendwie tat ihr der geheimnisvolle Mann auch ein wenig leid.

»Bitte helfen Sie mir! Ich weiß, das ist sehr viel verlangt, aber ich weiß mir einfach nicht zu helfen. Es ist eigenartig, ich erinnere mich noch nicht einmal, seit wann ich nichts mehr weiß. Das Einzige, an was ich mich erinnere, ist, dass ich hier durch die Straßen ging und rätselte, was ich hier will und wohin ich will. Ich kann mich beim besten Willen an nichts erinnern. Vielleicht wohne ich ja hier irgendwo in der Nähe?«

»Also ich habe Sie definitiv noch nie gesehen!«, sagte Martina und fast wäre ihr noch herausgerutscht: »Daran würde ich mich ganz sicher erinnern!«, stattdessen fiel ihr ein: »Haben Sie denn keine Brieftasche, Ausweis, Handy oder was auch immer bei sich, das Ihnen weiterhelfen könnte?«

»Nein, das ist ja das Seltsame. Meine Taschen sind völlig leer. Vielleicht bin ich ausgeraubt worden. Ich habe schon meinen Körper abgetastet, aber spüre keinerlei Verletzungen. Mir ist das ein totales Rätsel! Aber irgendetwas muss mit mir passiert sein.«

»Nun ja, ich weiß zwar nicht so recht, warum ich das jetzt

mache, aber kommen Sie doch erst einmal herein. Dann sehen wir weiter!«

Martina erschrak über ihren Mut, einen Unbekannten in ihr kleines Häuschen zu lassen, das sie sich nach der Scheidung gekauft hatte. Im Rückblick war dies das Beste an ihrer Beziehung zu Michael gewesen, dass sie sich dieses Häuschen hatte leisten können. Ansonsten hasste sie ihren Exmann für das, was er ihr angetan hatte. Nachdem Michael sie verlassen hatte, hatte sie sich geschworen, dass er für all das bluten werde. Und ihr Anwalt hatte tatsächlich auch einiges für sie rausholen können. Zumindest hatte es für den Kauf dieses Häuschens gereicht, das sie inzwischen so über alles liebte.

Martina begleitete den Fremden in ihr kleines, aber gemütliches Wohnzimmer und bat ihn, sich zu setzen. Erst jetzt wurde ihr peinlich bewusst, dass sie für die Situation, in der sie sich einem fremden Mann gegenüber befand, doch recht wenig anhatte. Sie wollte sich schnell etwas anderes anziehen gehen, aber zögerte noch.

Kann ich den Fremden hier im Wohnzimmer kurz alleine lassen?

Martina wischte ihre Zweifel weg. Sie hatte ihm ja schließlich schon dahin gehend vertraut, dass sie ihn reingelassen hatte, und das mitten in der Nacht. Sie entschuldigte sich kurz und verschwand nach oben, um sich etwas überzuziehen.

Kaum war sie verschwunden, da tauchte sie auch schon wieder auf, so sehr hatte sie sich beeilt. Sicher ist sicher. Fremde sollte man nicht so lange alleine lassen!

Vielleicht hatte ihr Besucher eine kriminelle Vergangenheit, die trotz des Gedächtnisverlustes, den sie dem Fremden irgendwie abnahm, wieder hochkommen könnte. Seltsam genug, dass ihr Bauchgefühl, auf das sie sich meist verlassen konnte, die Geschichte ihres unerwarteten nächtlichen Besuchers glaubte.

Nein, der spielt mir nichts vor! Da muss schon etwas dran sein.

Der Fremde saß, seine Hände vors Gesicht haltend, nach vorne gebeugt auf der Couch und stützte sich mit seinen Ellbogen auf dem Wohnzimmertisch ab. Er sah dabei wie ein Häufchen Elend aus. Martina setzte sich dem Fremden gegenüber. Scheinbar bemerkte er erst jetzt, dass sie bereits zurückgekommen war. Er schüttelte den Kopf und sagte:

»Ich weiß überhaupt nicht, was ich hier soll, und wie ich Sie in diese unmögliche Situation bringen konnte. Sie können mir schließlich auch nicht helfen. Sie sagten ja bereits, dass Sie mich noch nie gesehen haben. Sie wissen natürlich auch nicht, wer ich bin. Nein, es ist einfach absurd, hier bei Ihnen aufzutauchen! Dafür muss ich mich noch einmal entschuldigen!«

»Was hätten Sie denn sonst machen sollen, als den erstbesten Menschen anzusprechen? Dies ist naturgemäß um halb vier in der Nacht etwas schwierig, insbesondere da wir uns hier in einer Kleinstadt befinden, wo um diese Zeit die Bürgersteige hochgeklappt sind. Wo sind Sie denn jetzt genau hergekommen?«

»Ich weiß es nicht!«

»Ja, aber was ist denn das Erste, an was Sie sich erinnern?«

»Nur dass ich auf der Straße spazierte, ohne Ziel, ohne Orientierung, bis ich das Licht in Ihrem Haus bemerkte.«

Martina sah in das verzweifelte Gesicht des Fremden. Hatte sie bislang angesichts seiner außergewöhnlichen Situation schon ein gutes Bauchgefühl, so verlor sie beim Betrachten ihres Gegenübers nun auch den letzten kleinen Zweifel, dass er ihr etwas vorspielen könnte.

»Jetzt, wo Sie schon hier bei mir gelandet sind und mich so früh aus dem Bett geschreckt haben, …«

»Bitte entschuldigen Sie nochmals, es tut mir leid!«

»Das sollte kein Vorwurf sein! Ich meinte, wenn Sie schon mal hier sind, mache ich uns erst einmal einen Kaffee, und wir überlegen gemeinsam, was Sie machen können.«

»Verzeihen Sie, aber ich kann jetzt wirklich nichts zu mir nehmen. Ich bin einfach viel zu verwirrt. Trinke ich gewöhnlich überhaupt Kaffee? Ich weiß es nicht.«

»Aber ich brauche auf diesen Schreck erst mal einen Kaffee!«, *und eine Zigarette*, dachte sich Martina, verwarf diesen Gedanken aber sofort, da sie bereits vor einem Dreivierteljahr aufgehört hatte zu rauchen. Doch in solch einem Augenblick, *oh Gott, wie sehne ich mich jetzt nach einer Zigarette.*

Martina ging in die Küche, die vom Wohnzimmer nur durch eine als Raumteiler fungierende Theke abgetrennt war.

Praktisch diese Lösung, dachte sie in dem Moment, obwohl ihr das bislang nie so ganz gefallen hatte. Sie hätte lieber eine getrennte Essküche gehabt, damit der Essensgeruch beim Kochen nicht unmittelbar ins Wohnzimmer drängt. Aber so konnte Martina jetzt den Fremden im Auge behalten, als sie den italienischen Kaffeekocher aufschraubte, Kaffee hineingab, vorsichtig mit dem Löffel glatt strich und anschließend den Kocher auf den Elektroherd stellte.

Nachdem sie diesen Kaffeekocher kürzlich bei einer Freundin entdeckt hatte, musste sie sich auch sofort einen besorgen und ihre Kaffeemaschine in den Keller verbannen – zu groß war der Unterschied im Geschmack. Als endlich das heiße Wasser durch den Kaffee in den oberen Teil des Kochers gezogen war, schenkte Martina zur Sicherheit auch dem Fremden eine Tasse ein und ging mit den köstlich duftenden Kaffeetassen wieder um die Theke herum ins Wohnzimmer zurück.

Wie sollte es jetzt bloß weitergehen? Sie konnte ihn ja schlecht unter diesen Umständen wieder auf die Straße setzen.

«Mein Name ist übrigens Martina, Martina Schmidt. Wir haben uns ja noch gar nicht richtig vorgestellt.«

Der Fremde lächelte nur verlegen, also sprach Martina weiter: »Ich würde an Ihrer Stelle als Erstes zur Polizeistation gehen. Die macht aber sicher erst um sieben oder acht Uhr auf, denke ich – wir leben ja nicht in einer Großstadt, sondern im kleinen Eschborn. In Frankfurt dürfte die Polizei Sie als vermeintlichen Spinner sowieso erst einmal nicht ernst nehmen.

Verzeihen Sie, wenn ich das so salopp sage, aber die haben da ganz andere Probleme und kümmern sich meist nur um große Fische. Somit macht es nicht wirklich Sinn, Sie jetzt nach Frankfurt zu bringen. Doch hier in Eschborn habe ich die Hoffnung, dass man Sie nachher zumindest anhört und Ihr Problem ernst nimmt. Vielleicht sucht ja jemand schon nach Ihnen und hat eine Vermisstenmeldung aufgegeben, sodass sich alles schnell aufklärt!«

»Zur Polizei zu gehen, daran habe ich auch schon gedacht. Aber was ist, wenn mich niemand vermisst oder ich im Gegenteil von der Polizei wegen irgendeines Deliktes gesucht werde? Vielleicht treffe ich ja auf eine Vergangenheit, die mir gar nicht gefällt.«

Martinas Gesicht verkrampfte sich:

»Wissen Sie etwas, was Sie mir bisher verschwiegen haben?«

»Nein, nein, wo denken Sie denn hin! Nur wenn man so überhaupt nichts von sich weiß, dann fallen einem die abstrusesten Dinge ein. Ich habe doch überhaupt keine Ahnung, wer ich bin, was ich bisher gemacht habe und wie lange ich hier schon in der Gegend umhergeirrt bin, bis ich das Licht in Ihrem Haus gesehen habe. Ich kenne weder meine guten Seiten noch meine schlechten. Verdammt, ich weiß nichts über mich!«

»Das mit der Polizei werden Sie aber wohl riskieren müssen, wenn Sie die Wahrheit über sich herausfinden wollen!«

»Ja, natürlich, Sie haben ja recht. Ich bin einfach nur sehr verunsichert und die verrücktesten Gedanken kreisen in meinem Kopf herum. Bitte beschreiben Sie mir den Weg, wie ich zur Polizeistation komme. Das werde ich dann wohl hoffentlich allein schaffen! Ich möchte Ihnen keine größeren Umstände als nötig machen. Sie waren bisher schon mehr als hilfsbereit und verständnisvoll!«

Martina überlegte kurz, denn es reizte sie schon sehr, den Fremden zur Polizei zu begleiten, um so vielleicht herauszufinden, was es mit ihm auf sich hatte. Doch letztlich siegte die Vernunft, denn sie hatte an diesem Tage genug im Büro zu tun. Wenn sie erst noch den fremden Mann zur Polizeistation begleiten würde, käme sie wie leider so oft in den Berufsverkehr hinein und bräuchte ungefähr doppelt so lange zur Arbeit wie normal. Nein leider, das konnte sie sich heute nicht leisten. Stattdessen beschrieb Martina ihm genau den Weg zur Polizei, damit er als vermeintlich Ortsfremder dorthin finden konnte. Die Polizeistation befand sich nur ein paar Straßen weiter von ihrem Haus entfernt, ein Umstand, der ihr bislang stets eine Art von Sicherheitsgefühl vermittelt hatte.

Der Fremde bedankte sich und verabschiedete sich ebenso schnell, wie er gekommen war. Nachdem Martina die Tür geschlossen hatte, lehnte sie sich an die Wand im Flur und dachte noch einmal an die verrückte Situation, in der sie sich gerade befunden hatte.

Komisch, da lasse ich, ohne viel anzuhaben, einen wildfremden Mann in mein Haus und habe gar keine Angst vor ihm.

Martina schaute auf die Uhr, schob ihre Gedanken beiseite und entschied sich die Gunst der Stunde zu nutzen, mal früher ins Büro zu fahren als gewöhnlich. Sie ging ins Bad zur Morgentoilette, um sich für die Arbeit fertigzumachen. An diesem seltsamen Tag war ihr Spiegelbild freundlich zu ihr, so wie fast immer, doch hatte sie ein besonders rosiges Gesicht. Sie fand, dass sie heute ungewöhnlich gut aussah.

Wohl von der ganzen Aufregung und auch ..., ach vergiss es, Martina, du spinnst ja.

Nur unter größter Anstrengung schaffte sie es, mit der Bürste ihre dichten, blond glänzenden Haare zu bändigen. Sie war stolz auf ihre wilde Mähne, die ihr schon so manch neidischen Blick von Damen beschert hatte, die weniger zufrieden mit ihrer Haarpracht sein konnten.

Doch nicht nur ihre Haare gefielen ihr an sich, auch ihr weiches, ebenmäßiges Gesicht, das nicht so wirklich zu der knallharten Managerin passte, war nicht von schlechten Eltern. Mit dem unschuldigen Blick ihrer tiefblauen Augen und ihrer sanften, aber äußerst überzeugend wirkenden Stimme erreichte sie meist, was sie wollte, nicht nur bei ihren Eltern. Martina war es gewohnt, andere leicht in ihren Bann ziehen zu können und so ihre Interessen besser durchzusetzen. Ein letzter Blick in den Spiegel sagte ihr, dass sie sich wieder mal perfekt geschminkt hatte. Anders als die meisten Frauen benötigte sie dafür kaum mehr als drei Minuten.

Effizienz ist alles im Leben!, dachte sie und machte sich auf den Weg.

Im Büro war sie die Erste. Kein Wunder, sie kam auch schon um Viertel nach sieben dort an, zu einer Zeit, zu der sie normalerweise nicht einmal von zu Hause wegfuhr. Als Erstes machte Martina sich wieder ihren obligatorischen Morgenkaffee. *Heute schon der Zweite*, wie sie still in sich hineinlächelnd feststellte, und nahm anschließend die Zeitung mit in ihr Büro.

Seitdem sie vor zwei Jahren zur Managerin befördert worden war, hatte Martina ihr eigenes Büro. Wie in den meisten großen Firmen war auch bei J&S Jung & Seriös, einer der großen weltweiten Wirtschaftsprüfungsgesellschaften, das eigene Büro ein Statussymbol, auf das jeder stolz war, der das Glück hatte, eines zu besitzen. Die, die keines besaßen, also alle unter Manager Level, mussten in Großraumbüros arbeiten und ärgerten sich darüber, dass sie sich in Anbetracht der vielen Kollegen im Zimmer und der damit einhergehenden Geräuschkulisse nicht richtig auf ihre Arbeit konzentrieren konnten. Sie mussten dann auch noch von den Partnern oder Managern die Rüffel dafür einstecken, wenn sich in ihre Arbeit irgendwelche Fehler einschlichen.

Solche Sorgen hatte Martina durch ihre Beförderung zum Glück hinter sich gelassen. Wie fast jeden Morgen nahm sie ihre Zeitung zwar mit ins Büro, kam jedoch nicht dazu, auch nur einen Blick hineinzuwerfen. Sie schaltete ihren Laptop ein und versuchte zwischen der Unzahl sinnloser administrativer E-Mails, über die sich jeder bei J&S ärgerte, aber keiner den Versuch machte, sie auf ein Minimum zu reduzieren, die wirklich wichtigen herauszufiltern. Schnell stellte sie fest, dass sie wohl heute wieder mal andere Dinge machen würde als das, was sie sich vorgenommen hatte.

Der Prüfungsbericht, der seit Tagen auf ihrem Schreibtisch lag und auf ihre Korrektur wartete, musste weiter dort liegen bleiben, denn in der Nacht war eine E-Mail von ihren New Yorker Kollegen gekommen, die heute Mittag ein Kick-off-Meeting zu einem neuen Projekt in Köln anberaumte. Da Martina wusste, dass all ihre Kollegen derzeit auf Projekten irgendwo in Deutschland und teilweise auch im benachbarten Ausland unterwegs waren, blieb ihr nichts anderes übrig, als sich gleich wieder in ihren Wagen zu setzen und sich auf den Weg nach Köln zu machen.

Hätten die nicht anrufen können, um mich vorzuwarnen?

Kopfschüttelnd druckte sie sich widerwillig noch die spärlichen Informationen über das neue Projekt aus, die ihre amerikanischen Kollegen an die E-Mail angehängt hatten. Anschließend fuhr sie mit dem Fahrstuhl in die Tiefgarage des J&S Plazas und stieg in ihr Auto ein, um sich auf den direkten Weg nach Köln zu begeben.

2.

Chloé war außer sich. *So ein Arsch*, dachte sie. *Niemand behandelt mich so, auch er nicht! Was denkt er sich nur, wer ich bin? Seine dreckige, kleine Hure, mit der er alles machen kann? Nein, nicht mit mir! So nicht, Karl, so nicht!*

Der schwarzen Schönheit war durchaus bewusst, womit sie ihr Geld verdiente, aber das gab niemandem das Recht, sie so zu behandeln und Karl schon mal gar nicht!

Nur ruhig, Chloé. Bald wird alles anders sein! Wenn das stimmt, was mein letzter Freier mir erzählt hat, dann wird sich mein Leben radikal ändern. Dieser Stephan, wie er sich nannte, war ja schon ein bisschen merkwürdig. Doch was er sagte, hm, das war schon sensationell – es muss einfach stimmen!

Es wäre die Lösung all meiner Probleme. Ein Ausweg aus dem Sumpf der Prostitution und da wirst du, lieber Karl, schon sehen. So kannst du mich nicht behandeln. Ich bin sehr wohl fähig, auf eigenen Füßen zu stehen, ohne meine Beine für jeden breitzumachen, und das trotz meiner Krankheit. Am Ende werde ich lachen und nicht du, und du wirst mir aus den Händen fressen.

Karl, ihr neuer Freund aus gutem Hause, dem sie zwar dankbar war, dass er sie in der kurzen gemeinsamen Zeit so großzügig unterstützt hatte, wollte sie scheinbar auch nur kaufen, zumindest war es das, was Chloé nun vorkam. Sie hatten sich vor einer Woche in einem Café kennengelernt. Er war so anders als all die Männer vor ihm in ihrem Leben. Ja, das hatte sie sich wirklich gedacht, bis zu diesem Zwischenfall.

Nein, sie verglich Karl nicht mit ihren unzähligen Freiern, die waren einfach nur Tiere für sie, die sich gegen hartes Geld ihre Lust befriedigen ließen. Sie dachte an ihre festen Freunde zuvor. Sie waren alle eher ungebildet gewesen und wussten sich nicht wirklich zu benehmen. Vor allem hatten sie nicht einmal im

Entferntesten eine Ahnung, wie man eine Frau richtig behandeln musste. Und was wohl das Wichtigste war, sie hatten alle Angst vor ihrer Krankheit gehabt, dieser schrecklichen Seuche, die in den Achtzigern aus dem Nichts aufgetaucht war und nicht zuletzt auch sie befallen hatte.

Karl war anders, ganz anders. So vornehm zurückhaltend, das hatte ihn sofort so anziehend gemacht. Sie war von ihm richtiggehend fasziniert gewesen. Als sie Karl gleich am Anfang erzählte, dass sie HIV-positiv war, hatte er nicht einmal mit der Wimper gezuckt. So eine Reaktion hatte Chloé noch nie erlebt. Sie war stets ehrlich zu ihren früheren Freunden gewesen, beziehungsweise zu denjenigen, die sie für ihre Freunde gehalten hatte. Niemanden, der sich mit ihr einließ und es vermeintlich ehrlich mit ihr meinte, wollte sie über ihre Situation im Unklaren lassen. Nein, das wäre nicht fair. Also hatte sie auch Karl gleich am Anfang über ihre Infektion aufgeklärt.

Ja, er war Arzt und wusste somit genau, dass man diesen Virus derzeit zwar nicht bekämpfen konnte, aber dass die HIV-Positiven heutzutage nahezu dieselbe Lebenserwartung hatten wie andere Menschen auch. Bis auf ein paar Nebenwirkungen der Medikamente konnte man als HIV-Positiver inzwischen ein fast normales Leben führen. Wären da nicht immer die mentale Belastung und die immer noch vorherrschende Ächtung in der Gesellschaft.

Ihre früheren Freunde hatten sich nie an ihre Krankheit gewöhnen können und sie das auch immer deutlich spüren lassen. Sie war deshalb so glücklich gewesen, Karl zu treffen, und ihm unendlich dankbar für sein Verständnis. Dankbar dafür, dass sie völlig normal für ihn war und sie sich nicht ständig, wie eine Aussätzige vorkam.

Doch heute hatte Karl erstmalig sein wahres Gesicht gezeigt. Er hatte sie sogar geschlagen. Ja, er hatte sich entschuldigt, doch was hatte sich dieser Mistkerl dabei nur gedacht? Sie hatte keine Lust auf Sex gehabt und sich ihm verweigert. Karl war daraufhin ausgerastet, da sie ständig anderen Männern für Geld zur Verfügung stünde, wie er sagte.

Wie sehr hatte sie es satt, von Männern als Ware behandelt zu werden und nun sogar von Karl. War sie auch nur die billige Hure für ihn wie für all die anderen? Die sich prostituierte, damit sie sich illegal ihre Medikamente besorgen konnte, um die Virenkonzentration in ihrem Blut unter Kontrolle zu halten?

Inzwischen ärgerte sie sich sogar, ihm die Wahrheit gesagt zu haben. Vielleicht sollte sie in Zukunft weniger offen mit diesem Thema umgehen?

Die Männer wollen es scheinbar nicht anders! Komisch, dass ich so schnell Vertrauen zu Karl geschöpft und ihm alles erzählt habe. Nicht nur von meiner Infektion, sondern wirklich fast alles! Aber das war wohl ein Fehler gewesen.

Im Nachhinein verstand sie sich selbst nicht mehr. Vielleicht war es auch der viele Alkohol in ihrer ersten Nacht gewesen, der sie leichtsinnig gemacht hatte? Doch sie war so euphorisch gewesen, da ihr nur zwei Stunden vor dem Cafébesuch, bei dem sie Karl kennengelernt hatte, von Freier Stephan das Tor zu einem neuen Leben geöffnet worden war.

Sie hatte ihre normale Geheimhaltung gegenüber Karl unverständlicherweise sofort aufgegeben und ihm Dinge von sich erzählt, die sonst niemand wusste. Diese Geheimhaltung hatte ihr bislang wohl großen Ärger erspart, denn sie hielt sich seit Jahren illegal in Deutschland auf.

Nach der Trennung von ihrem ersten deutschen Freund, der die Verpflichtungserklärung für das Touristenvisum abgegeben hatte, war sie vor drei Jahren untergetaucht. Normalerweise hätte sie sich mit dem Visum lediglich für maximal 90 Tage in Deutschland aufhalten dürfen, doch war sie einfach nicht mehr nach Afrika zurückgekehrt. Seitdem ward Monique Eboué nicht mehr gesehen, zumindest ist sie nie bei einem Grenzübergang oder einer anderen offiziellen Stelle irgendwie in Erscheinung getreten.

Sie wollte als HIV-Positive keineswegs in ihr Heimatland Elfenbeinküste zurückreisen, denn dort würde sie sonst irgendwann elendiglich zugrunde gehen, wie ihre Schwester Denise damals. Die Medikamentenversorgung ließ in Westafrika immer noch sehr zu wünschen übrig. Das zu sehr durch Korruption und Unterschlagungen durchzogene Gesundheitssystem ihrer afrikanischen Heimat hatte kein Gewissen. Kein Gewissen für die Ärmsten, die die Medikamente am dringendsten benötigten, aber sie nicht zahlen konnten, sie niemals würden zahlen können. Sie hatte schon zu viele in ihrem Verwandten- und Bekanntenkreis verloren, und wenn sie an ihre große Schwester Denise dachte, brach sie noch heute in Tränen aus.

Denise hatte zwar in den letzten Wochen vor ihrem Ableben immer regelmäßig nach Vorschrift ihre HIV-Medikamente eingenommen, doch es waren wohl Placebos gewesen. Die echten Tabletten der Hilfsorganisationen sind leider wie so oft, durch Placebos ausgetauscht worden und bei denen gelandet, die es sich leisten konnten, sie mit harten Dollars zu bezahlen. Sie hasste die korrupten Politiker, die ihre Schwester auf dem Gewissen hatten!

Nachdem Chloé einen älteren deutschen Touristen kennengelernt hatte, hatte sie ihm so lange die große Liebe vorgegaukelt, bis er sie schließlich nach Deutschland einlud. Selbst den Flug hatte er für sie bezahlt und sie freudestrahlend am Frankfurter Flughafen abgeholt. Die ersten Wochen in Frankfurt waren sehr hart für sie gewesen. Zu schnell musste sie sich an ihre so fremde neue Heimat gewöhnen. Fünf Wochen nach ihrer Ankunft und kurz vor dem geplanten Rückflug nach Abidjan hatte Chloé den Strohhalm der Illegalität ergriffen, war in der großen Stadt untergetaucht und hatte begonnen, ihren wohlgeformten Körper, der die Weißen magisch anzuziehen schien, zu Geld zu machen. Ihr sollte es nicht so ergehen wie Denise, das hatte sie sich geschworen. Nein, sie würde leben! Doch das ging nur mit den richtigen Medikamenten und nicht mit den Placebos in ihrer Heimat.

Alles ging so einfach in Frankfurt, viel einfacher, als sie es jemals für möglich gehalten hatte. Schnell hatte sie die illegale Medikamentenszene vor Ort kennengelernt, wo sie sich das HIV-Mittel *Atripla* besorgen konnte. Nur eine Tablette am Tag bedeutete Leben, ihr Überleben!

Die Unterwelt hatte für alles eine Lösung, so konnte sie sogar alle drei Monate, ohne lästige Fragen beantworten zu müssen, einen Bluttest machen, der ihr jedes Mal bestätigte, dass alles in Ordnung war. Ihre Virenlast war immer unter der Nachweisgrenze. So würde sie jeden HIV-Schnelltest überstehen und konnte nach menschlichem Ermessen auch niemanden anstecken, selbst beim ungeschützten Verkehr nicht, zumindest wenn sie ihre Menstruation nicht hatte und peinlich genau jeglichen direkten Blut-zu-Blut-Kontakt vermied.

Niemanden infizieren! Das war ihr sehr wichtig. Nie würde sie es sich verzeihen können, wenn sie jemanden anstecken würde. Zu sehr war ihr in ihrer Jugend schmerzhaft bewusst geworden, was diese Seuche anrichten konnte. Sie hatte das Leben der Familie in Afrika bestimmt, auch wenn ihre Existenz immer totgeschwiegen wurde. HIV war einfach allgegenwärtig, obwohl niemand darüber sprach. Die Angst, dass AIDS irgendwann auch bei ihr ausbrechen könnte, verfolgte sie ihr ganzes junges Leben. Nein, sie würde nie jemanden auch nur fahrlässig infizieren.

In ihrer neuen Heimat Deutschland hatte sich Chloé nach sechs Monaten einen gefälschten Pass aus Belgien besorgen können. Trotz der immensen Ausgaben für *Atripla* hatte sie dank ihres makellosen Körpers genug Geld zur Seite legen können, um endlich ein wenig aus der Illegalität aufzutauchen. Nein, der Pass war nicht einmal gefälscht, denn er stammte aus derselben Druckerei wie die echten. Auch wurde für sie eine fiktive Person in allen notwendigen Systemen angelegt. Nach dem Drucken des Passes war sie nicht mehr fiktiv. Die Unterwelt war perfekt organisiert und zog sich im krassen Widerspruch zum sauberen Image der Europäischen Union bis in die höchsten Kreise in Brüssel, von den nationalen Regierungen ganz zu schweigen.

So war vor zwei Jahren aus der Ivorerin Monique Eboué die Belgierin Chloé Moreau geworden, die sich seitdem dank der europäischen Niederlassungsfreiheit mit einem offiziellen belgischen Pass ganz legal, nun ja zumindest ziemlich legal, in Deutschland aufhielt.

Mit ihrem belgischen Reisepass in der Tasche konnte sie sich erstmals ohne Angst auf der Straße bewegen. Als Farbige wurde sie in Frankfurt immer wieder von der Polizei kontrolliert, trotz der Beteuerungen, dass diese Häufung von Kontrollen nichts mit ihrer Hautfarbe zu tun hätte. Zu viele Illegale gab es in Deutschland, doch das wurde in diesem Lande in den Medien kaum thematisiert und dessen waren sich die wenigsten Deutschen bewusst.

War Chloé früher stets in Panik verfallen und zur Flucht genötigt worden, wenn sie eine Polizeistreife irgendwo erspäht hatte, so ging sie heutzutage einfach lächelnd weiter. Schon allzu oft war ihr belgischer Pass kontrolliert und von den Systemen der Polizei als legal eingestuft worden, als dass sie noch Angst vor Kontrollen hätte. Ihr Leben hatte sich dadurch schlagartig entspannt. Ihr einziges Problem blieben die teuren HIV-Medikamente. Die Medikamente, die ihr das Überleben ermöglichten und sie vor dem schrecklichen Schicksal retteten, das ihre Schwester Denise durchlitten hatte. Und dafür verkaufte sie weiterhin jeden Tag aufs Neue ihren Körper – das einzige Kapital, das sie besaß.

Chloé wollte es nicht auf die Spitze treiben und unter das belgische Gesundheitssystem schlüpfen, um legal an die notwendigen Medikamente zu gelangen. Das wäre natürlich die einfachste Lösung ihrer Probleme gewesen, doch sie traute niemandem. Chloé war sich keineswegs sicher, ob ihr Pass wirklich so gut war, wie ihr gesagt wurde, als sie sich ihn für zehntausend Euro besorgt hatte. Ja, er hielt den Kontrollen der Polizei stand, doch sich vom Staat die Medikamente bezahlen zu lassen? Das hieße sich bei einigen weiteren offiziellen Stellen in Belgien zu registrieren, unzählige Fragen über sich ergehen zu lassen, und wer weiß, vielleicht würde ja ein dienstbeflissener Beamter mal die falsche Frage stellen, die ihre mühsam aufgebaute neue Identität zum Einsturz brachte? Sie hatte viel zu viel Angst, dies zu riskieren. Ein kleiner Fehler und alles würde auffliegen und sie nach Afrika abgeschoben werden. Da fackelten die Behörden nicht lange, das wusste sie.

Die Rückkehr nach Afrika wäre ihr sicherer Tod. Nicht sofort, das ist klar, aber nach ein paar Monaten oder Jahren. Dieser Virus ist so tückisch, man weiß nie, wann die erste Krankheit ausbrechen würde, weil sich ihr Immunsystem nach und nach verschlechtern würde, wenn sie die Medikamente absetzen müsste, die sie sich dann nicht mehr leisten könnte. Selbst wenn sie in Abidjan auch als Prostituierte arbeiten würde, das bisschen Geld, das die einheimischen Freier für den Verkauf ihres Körpers zahlten, würde vielleicht für eine oder zwei Tabletten im Monat reichen, doch sie brauchte jeden Tag eine und nicht nur eine pro Monat!

Doch nun wird alles anders werden! Morgen werde ich zur Adresse gehen, die mir Freier Stephan so vertraulich flüsternd mitgeteilt hat. Ich werde an dem Programm teilnehmen, all meine Gesundheitssorgen los sein und darüber hinaus noch so viel Geld verdienen, dass ich nie mehr anschaffen gehen muss. Ein Traum wird für mich in Erfüllung gehen!

Chloé spazierte den ganzen Tag fröhlich in der Stadt herum. Freier würde sie keinen mehr machen. Warum auch? Keinen alten, fetten, verschwitzten Männerleib auf sich ertragen müssen, der ihren Körper für kurze Zeit besaß. Sie würde Jahre brauchen, um all die tiefen Wunden in ihrer Seele verheilen zu lassen, die sie sich über die letzten Jahre zugezogen hatte. Ihren Körper hatte sie gelernt, temporär auszuschalten. Für ihre Seele war ihr das nie gelungen.

Leider! Doch damit ist nun ein für alle Mal Schluss! Mein neues Leben beginnt jetzt!

Einen kleinen Zweifel hatte sie zwar noch, ob Stephan ihr tatsächlich über das Programm die Wahrheit gesagt hatte. Doch es klang zu verlockend, sodass sie es ihrem Geiste erst gar nicht erlaubte, diesen kleinen Zweifel größer werden zu lassen. Sie schob ihre letzten Bedenken zur Seite. Es musste einfach stimmen, es klang so perfekt! Das Ende all ihrer Sorgen. Das Ende des Verkaufens ihres Körpers. Alles direkt zum Greifen nahe.

Komisch nur, dass dieser Stephan alles über sie gewusst hatte. Woher hatte er nur von ihrem Gesundheitszustand gewusst? Von ihren Freiern wusste das doch niemand, darauf achtete sie stets genau. Welcher Freier würde sich schon freiwillig auf eine HIV-Positive einlassen? Und woher wusste er sogar, dass sie

Atripla nahm? Sie hatte ihn darauf angesprochen, doch Stephan hatte es verstanden, ihrer Frage auszuweichen und sie genau da zu packen, wo sie letztendlich so verletzlich war! Bei der Hoffnung auf eine Lösung ihrer Probleme. Und genau diese hatte er ihr angeboten! Sie würde alles tun, um diese Chance zu ergreifen. Nichts würde sie dabei aufhalten können.

Am Abend hörte sie ihren Anrufbeantworter ab. Zig Anrufe von Karl. Er stammelte wildes Zeugs, wie leid ihm doch alles täte. Er weinte sogar bei einem Anruf und klang wahrlich verzweifelt. Doch ihr Schmerz über die bittere Enttäuschung durch ihn saß zu tief. Sie waren ja gerade mal eine Woche zusammen gewesen und anscheinend hatte sie sich in ihm getäuscht.

Just an dem Tag, als Stephan sie aufgesucht hatte, war sie mit Karl zusammengekommen. Nein, Karl hatte sie letzte Nacht so schlecht behandelt. Chloé glaubte nicht mehr an einmalige Ausrutscher. Das Leben auf der Straße hatte sie eines Besseren belehrt. Märchen gab es in Büchern, nicht im wahren Leben. Sie würde ihn nicht zurückrufen und morgen, morgen würde alles ganz anders werden und das auch ohne einen festen Freund!

3.

Der Fremde irrte ziellos durch die Straßen der nur langsam aufwachenden Kleinstadt. Er zermarterte sich sein Gehirn unentwegt, aber alles, was er vorfand, war Leere und Enttäuschung. Enttäuschung über seine eigene, offensichtliche Unfähigkeit, sich auch nur an irgendeine Kleinigkeit zu erinnern. Er versuchte verkrampft, den Augenblick zu rekonstruieren, an dem er selbst erstmalig festgestellt hatte, dass er durch die Straßen trottete, ohne zu wissen, was er tat. Er musste den Anfangspunkt seiner unglaublichen Lage eruieren. Das wäre wenigstens etwas, ein klitzekleines Etwas zwar nur, aber immerhin.

Was sollte er denn sonst machen? Er brauchte doch was, an dem er sich festhalten konnte, an dem er sich als ersten Fixpunkt erinnern konnte, damit er von da aus dann versuchen könnte, systematisch weiter in die Vergangenheit vorzustoßen. Doch es gelang ihm nicht, so sehr er sich auch bemühte.

Immer wieder kam er nur zu dem Punkt, als er auf einmal Licht in einem Haus sah, auf die Haustür zugegangen war und die Klingel betätigte. Davor war nur die Leere, alles schwarz, nichts, absolut gar nichts. Er kam gedanklich einfach nicht weiter zurück als bis zu diesem Punkt.

Die vielen Lichter in den zahlreichen Fenstern der Häuser ließen ihn aus seinen verzweifelten Gedanken in die Gegenwart zurückkehren. Die nahe Kirchturmuhr zeigte ihm an, dass es gleich acht Uhr sein würde und er sich nun zur Polizei begeben könne. Zuvor war er schon mehrmals bei der Polizeiwache vorbeigeschlendert, doch waren die Türen jedes Mal noch verschlossen gewesen. Von dem Schild neben der Eingangstür konnte man unmissverständlich ablesen, dass die Wache erst ab acht Uhr morgens besetzt war. Doch konnte der Fremde es kaum abwarten zu erfahren, ob ihn jemand als vermisst gemeldet hatte.

Um 8:02 Uhr betrat er die Polizeiwache Eschborn, wo man ihn, wie schon von Martina befürchtet, zuerst für einen noch vom Vortag alkoholisierten Spinner hielt. Zu unglaubwürdig war das, was der gut gekleidete Mann ohne Ausweis vortrug. Da der Fremde jedoch so hartnäckig an seiner Geschichte festhielt und es keine offensichtlichen Anzeichen auf einen nächtlichen Alkoholmissbrauch gab, änderte sich allmählich das ablehnende Verhalten von Kommissar Gerhard Marx gegenüber dem unbekannten Fremden.

Das Auftreten, die Kleidung, die Sprache, all das sprach doch eher dafür, dass etwas an seiner Geschichte wahr sein könnte. Zumindest war recht schnell klar, dass die erste vorschnelle Annahme eines noch vom Vortag Alkoholisierten definitiv nicht zutreffen konnte. Marx ließ die Vermisstenmeldungen der letzten Tage im Polizeicomputer durchsehen, doch traf keine auch nur annähernd auf den Fremden zu.

»Tut mir leid, aber da kann ich Ihnen beim besten Willen nicht weiterhelfen. Für solch einen ungewöhnlichen Fall wie Ihren haben wir nicht einmal ein Formular und das in unserer perfekt organisierten Amtswelt, wo es doch für alles und jeden ein eigenes Formular gibt.«

Es sollte wohl ein wenig witzig klingen, doch nach Scherzen war dem Fremden in seiner Situation beileibe nicht zumute. Marx wurde auch sofort klar, dass seine Aussage nicht gerade hilfreich gewesen war. Also besserte er umgehend nach:

»Ich kann Ihnen nur raten, solange Sie ihr Erinnerungsvermögen nicht zurückerlangen, alle paar Tage bei mir hereinzuschauen, sodass wir die Vermisstenmeldungen landesweit durchgehen, immer und immer wieder. Irgendwann muss Sie ja jemand vermissen!

Ich gebe Ihnen noch die Adresse eines Wohnheims einer Hilfsorganisation mit. Dort können sie wenigstens schlafen und bekommen auch noch eine warme Mahlzeit. Ansonsten wüsste ich beim besten Willen nicht, wer für Sie zuständig sein könnte, solange Ihre Identität nicht geklärt ist. Sie können sich nur an eine humanitäre Einrichtung wie ein Obdachlosenheim wenden.«

»Gut, werde ich machen«, erwiderte der Fremde nicht gerade enthusiastisch. Aber was hatte er auch erwartet? Nicht wirklich etwas anderes.

»Noch was fällt mir ein, was wir machen könnten, aber da brauche ich Ihre Zustimmung. Wären Sie einverstanden, wenn wir ihre Fingerabdrücke und ihre DNA nehmen würden? Es ist zumindest ein Versuch wert, vielleicht wurden Sie ja schon mal erkennungsdienstlich erfasst.«

Der Fremde brauchte keine Sekunde zu überlegen. Alles war besser als diese Leere in seinem Kopf und die Ungewissheit, wer er war.

Sollte er wirklich ein Verbrecher sein, so würde er dazu stehen. Alles, was er nun dringend brauchte, war seine Identität zurück.

Nach der erkennungsdienstlichen Erfassung vereinbarten die beiden Herren, dass der Fremde sich am nächsten Tag wieder melden würde, vielleicht wusste man bis dahin mehr.

4.

Martinas Projekt begann stressig wie immer. Kick-off-Meeting mit ihrem Auftraggeber, einem strategischen US-Investor, der eventuell eine deutsche Unternehmensgruppe erwerben wollte und dafür J&S beauftragt hatte, die Leichen im Keller auszugraben und letztlich herauszufinden, ob sich das Investment lohnte. Nichts Besonderes. Wie gewöhnlich, eine Due Diligence unter erheblichem Zeitdruck, denn dem Auftraggeber waren vom Verkäufer lediglich zwei Wochen Exklusivität zugestanden worden. In diesen zwei Wochen musste alles erledigt sein, die umfangreiche Datenraumrecherche, das Auswerten der vielfältigsten Informationen, Berichtschreiben, diverse Meetings, um den Auftraggeber zwischendurch auf dem Laufenden zu halten, und die neuesten Erkenntnisse in den verschiedenen Teams auszutauschen. Im Prinzip unmöglich, das alles in zwei Wochen zu schaffen, denn die Struktur der zu untersuchenden Unternehmensgruppe war verworren, wie Martina anhand des Diagramms vor ihr sofort verstand. Doch das war die tägliche Realität im harten Geschäft der Unternehmensübernahmen und -fusionen.

Der erste Blick in den Datenraum, der in einem Fünfsternehotel in der Nähe des Kölner Domes eingerichtet war, verhieß nichts anderes als Stress. Dementsprechend forderte Martina Verstärkung aus dem Office an. Sie brauchte unbedingt noch zwei Assistenten vor Ort, anders war das Projekt nicht zu stemmen. Sogleich machte sie sich an die Arbeit und ging den Datenraumindex durch. Die Fülle der bereitgestellten Dokumente erschlug sie förmlich. Sie seufzte, besann sich und begann die Arbeit für ihr Team aufzuteilen. Hoffentlich würden die Assistenten bald eintreffen.

Immer wieder schweiften ihre Gedanken zu dem Fremden von heute früh. Seltsam die ganze Geschichte! Doch der Kerl war auch verdammt attraktiv. Irgendetwas faszinierte sie an dem Fremden, ließ sie nicht mehr los, und es war nicht nur seine ungewöhnliche Geschichte. Immer wieder sah sie sein verzweifeltes Gesicht vor sich und seine blauen leuchtenden Augen.

Diese Augen ... Nein, es hilft alles nichts, Martina. Konzentriere dich auf deine Arbeit!

Als die Assistenten am Nachmittag endlich eintrafen, wies Martina ihnen ihre Arbeit zu und machte sich kurz darauf wieder auf den Weg nach Hause. Sie würde die nächsten Tage immer wieder mal zu Meetings und zu ihrem Team fahren müssen, doch sie konnte es sich nicht leisten vor Ort zu bleiben, auch wenn der Auftrag es eigentlich erforderte. Aber die hübsche Managerin konnte sich schließlich nicht zerreißen und somit musste sie mit ihrer Zeit geschickt haushalten, damit sie alle unterschiedlichen Auftraggeber irgendwie zufriedenstellen konnte.

Zu Hause in Eschborn angekommen, sah sie beim Einbiegen in ihre Straße schon von weitem den Fremden von heute früh vor ihrer Haustüre sitzen. Ihr Körper reagierte umgehend auf diese Entdeckung. Ihr Pulsschlag erhöhte sich und Martina musste sich sehr konzentrieren, um ihren Audi in die ohnehin sehr enge Garage hinein zu manövrieren. Sie brannte darauf, zu erfahren, ob er etwas herausgefunden hatte. Aber war es wirklich nur die Neugierde auf das, was ihren Puls beschleunigte? Sie hastete aus ihrem Wagen, schloss das Garagentor mit dem Funksensor und ging forschen Schrittes auf den Hauseingang zu.

»Ja wen haben wir denn da schon wieder?«

»Hallo! Es tut mir leid, Martina, aber ich weiß beim besten Willen nicht, wo ich hingehen soll. Ich habe mir meinen Kopf zermartert, doch es fällt mir keine Lösung ein. Ich habe weder Geld noch irgendeine Anlaufstelle, also bin ich wieder hergekommen. Selbst bei der Polizei hatte man keine Lösung für mich parat. Einen Fall wie meinen gibt es schlichtweg nicht. Ich werde nicht vermisst und habe mich sogar erkennungsdienstlich erfassen lassen. Vielleicht habe ich das ja früher schon machen lassen. Morgen muss ich noch mal hin, dann wissen sie hoffentlich mehr.«

Es sprudelte wie ein Wasserfall aus dem Fremden heraus und Martina wurde sogleich weich in den Knien, als sie ihm in seine bekümmerten Augen blickte.

»Lassen Sie uns erst mal reingehen, dann sehen wir weiter.«

Martina war überfordert. Müde und abgespannt von der Arbeit und der langen Autofahrt im abendlichen Berufsverkehr aus dem entfernten Köln, sah sie sich nun nach dem ungewöhnlichen Morgen schon wieder einer völlig neuen Situation ausgesetzt. Und doch wollte sie den Fremden nicht einfach so wegschicken. Erst einmal tief durchatmen, alles andere würde sich dann ergeben. Sie brauchte ein wenig Ruhe und musste zunächst ihre Gedanken sammeln.

»Setzen Sie sich bitte ins Wohnzimmer. Wollen Sie etwas trinken? Himmel, Sie müssen ja auch hungrig sein. Ich habe noch Auflauf von gestern, den ich uns schnell wärmen könnte.«

Martina ließ den Fremden erst gar nicht antworten, stürmte schon in die Küche zum Kühlschrank, holte zwei Bierflaschen heraus und begab sich ins Wohnzimmer zurück.

»Hier bitte, zum Wohle! Ich denke, das brauchen wir nun beide.«

»Vielen Dank, Sie sind sehr nett. Ich hoffe, ich kann mich irgendwann einmal revanchieren, wenn ich nur wüsste, wie. Verdammt, wenn ich nur irgendetwas wüsste!«

»Beruhigen Sie sich, ich wärme uns jetzt den Auflauf in der Mikrowelle und dann sehen wir weiter. Es gibt für alles im Leben eine Lösung!«

Auf dem Weg zur Küche lächelte Martina still in sich hinein und dachte: *Für alles im Leben eine Lösung ... Da kommt wohl wieder die Managerin in mir durch.* In der Tat hatte Martina sich nach ihrer Scheidung enorm weiterentwickelt, war selbstständig geworden und fand stets für alles eine Lösung. Sie stand mit beiden Beinen fest im Leben und war eine richtige Powerfrau geworden.

Die Trennung, sie war so verdammt schmerzhaft gewesen! Und doch möchte ich diese unsäglich harte Zeit nicht missen, mit all den Tränen, den verwirrten Gefühlen, verzweifelten Momenten und scheinbar so hoffnungslosen Augenblicken.

Im Nachhinein betrachtet hat ihr die Scheidung richtig gutgetan. Vielleicht war es der letzte Kick, den sie gebraucht hatte, um sich zu der starken Frau zu entwickeln, die sie inzwischen geworden war. Es war ihr damals gar nichts anderes übrig geblieben – aufgeben oder mit der letzten Kraft in ein neues Leben aufbrechen.

Lächerlich! Mich durch einen Mann so derartig aus der Bahn werfen zu lassen. Diese Zeit ist lange vorbei. Ich meistere nun alles im Leben. Alles!

Der Auflauf war in der Mikrowelle schnell gewärmt. Dazu machte Martina noch flugs einen grünen Salat, der Vitamine wegen, und außerdem passte es geschmacklich hervorragend zum Auflauf. Sie brachte alles ins Wohnzimmer. Scheu blickten sie sich an und ohne weitere Worte zu verlieren, begannen sie mit dem Abendessen. Martina versuchte dabei die ganze Zeit, ihr Gegenüber zu beobachten, ohne dass der Mann bemerkte, dass sie ihn dauernd anstarrte. Doch der Fremde war scheinbar viel zu sehr in sich gekehrt und stocherte wie lustlos in seinem Essen herum.

Was mag wohl in ihm gerade vorgehen? Was ist das für eine schreckliche Situation: Von jetzt auf nachher völlig aus seinem gewohnten Leben gerissen zu werden und überhaupt nichts mehr zu wissen. Was mag mit ihm geschehen sein? Er sieht gepflegt aus, ist gut gekleidet und sein Dreitagebart macht ihn nur noch attraktiver. Gott und diese Augen, ich wünschte, sie würden wieder strahlen können, wie sie wohl gewöhnlich strahlen. Ja, diese Augen müssen unter normalen Umständen noch faszinierender sein. Geht das überhaupt?

Martina wurde jäh vom Klingeln ihres Handys in die Wirklichkeit zurückgerissen. Es war zum Glück nichts Geschäftliches, nur ihre Freundin Sheila. Dafür hatte sie nun keine Zeit, entschied sie, und drückte sie auf lautlos.

Ich werde sie später zurückrufen.

Nachdem Sheilas Anruf sie zurück ins Hier und Jetzt befördert und sie ihren ersten Hunger gestillt hatte, plagte Martina die Neugier. Sie befragte ihren Gast, wie es ihm während des Tages ergangen war.

Der Fremde hatte tatsächlich den ganzen Tag noch nichts

gegessen gehabt, war nach seinem Polizeibesuch ständig nur in den Straßen herumspaziert und hatte krampfhaft versucht, sich an irgendwas zu erinnern. Doch es war nichts gekommen. Nicht das Kleinste, an das er sich erinnert hätte. Auf das Obdachlosenwohnheim hatte er so gar keine Lust, doch das behielt er für sich.

Martina musste den Fremden immer wieder ansehen, wie er so dasaß wie ein Häufchen Elend. Jedes Mal wenn sie ihn ansah, war da etwas, so ein gewisses Kribbeln in der Magengegend. Ein warmes Gefühl stieg tief in ihr auf. Sie versuchte, sich selbst zurechtzuweisen, denn was wusste sie schon von dem Fremden? Von ihm, der selbst nichts über sich wusste. Sie spürte jedoch, dass sie ihm vertrauen könne, zumindest war es das, was sie sich einredete, um sich zu beruhigen. Immerhin hatte sie einen Fremden in ihrem Haus, der ihr unzweifelhaft körperlich mehr als überlegen war, doch fühlte sie sich auf eigenartige Weise massiv zu ihm hingezogen und das, obwohl sie sich nach ihrer Erfahrung mit ihrem Ex Männern gegenüber sehr verschlossen zeigte.

»Was halten Sie davon, wenn ich Ihnen das Gästezimmer fertigmache? Ich kann Sie ja kaum wieder auf die Straße schicken. Wo sollten Sie denn schlafen? Eine neue Zahnbürste dürfte auch noch irgendwo zu finden sein.«

»Ich weiß nicht, wie ich mich jemals revanchieren kann. Es ist mir geradezu peinlich, Sie in meine unangenehme Situation mit hineinzuziehen. Auf der anderen Seite habe ich keine andere Wahl, wenn ich nicht unter einer Brücke schlafen will.«

In der Hoffnung, diesmal irgendetwas über sich zu erfahren, ging der Fremde am nächsten Morgen zu Kommissar Marx. Dieser blickte nur kurz von seinem Schreibtisch auf und senke dann schnell wieder seinen Blick.

»Herr ..., ja, wie soll ich Sie nur nennen? Herr Fremder, wir haben Ihre Fingerabdrücke und Ihre DNA durch unsere Systeme laufen lassen, doch es gab keinen Treffer. Sie sind ein unbeschriebenes Blatt. Ich würde Ihnen ja gerne helfen, aber das kann ich nicht, so leid es mir auch tut. Am besten melden Sie sich alle paar Tage bei mir. Kann ich Sie über das Obdachlosenheim erreichen, das ich Ihnen empfohlen hatte, nur falls sich bei uns etwas ergeben sollte?«

»Nein, ich bin bei der Dame untergekommen, die mich freundlicherweise in der Nacht aufgenommen hatte, als ich ohne Orientierung in der Gegend herumlief. Hier habe ich ihre Telefonnummer. Ich werde wohl in den nächsten Tagen bei ihr erreichbar sein. Sollte sich was ändern, informiere ich Sie entsprechend.«

»So, so, Sie haben schon eine Bleibe gefunden bei dieser Dame …«

Der Fremde ignorierte den süffisanten Gesichtsausdruck des Kommissars und fragte: »Was empfehlen Sie mir, was kann ich noch tun, um irgendwie weiterzukommen? Haben Sie noch eine Idee, wie ich meine Identität herausfinden könnte?«

»Es gibt keinerlei Hinweise auf ein Verbrechen oder sonst etwas, das in unseren Zuständigkeitsbereich fallen würde. Mir sind leider die Hände gebunden. Soweit ich das überblicken kann, wird Ihnen auch sonst kein Amt helfen können. Ja, hier ist guter Rat teuer.«

Kopfschüttelnd sprach er weiter: »Es gibt Sie ja gar nicht, beziehungsweise weiß niemand, wer Sie sind, welche Adresse Sie haben, welche Sozialversicherungs- und welche Steuernummer. Solange wir nicht herausgefunden haben, wer Sie sind und unter welchem Namen Ihre Daten in unseren Systemen gespeichert sind, kann Ihnen auch niemand von staatlicher Seite eine Unterstützung geben. Auf welcher Rechtsgrundlage denn? Nein, nein, Herr Fremder, in Ihrer Haut möchte ich wirklich nicht stecken!«

»Danke, das hilft mir ungemein weiter. Ich sehe Sie dann in den nächsten Tagen.«

Völlig ratlos verließ der Fremde das Polizeirevier. Er hatte keine Ahnung, was er tun könnte, um hinter das Geheimnis seiner Person zu gelangen. Den ganzen Tag lief er völlig ziellos durch die Straßen und mühte sich, einen klaren Gedanken zu fassen. Jede Straße, jede Hausecke, einfach alles sah er sich ganz genau in der Hoffnung an, irgendetwas wiederzuerkennen, doch es half alles nichts. Er kam nie über den Zeitpunkt hinweg, an dem er in der Nacht das Licht in Martinas Haus erspähte und sich dazu entschloss, an ihre Tür zu klopfen.

Der Fremde dachte über seine verzwickte Lage nach. Von welcher Seite er sie auch betrachtete, nichts ließ ihn Hoffnung schöpfen, schnell etwas über sich herauszufinden. Was ihn jedoch schier ohnmächtig werden ließ, war die Tatsache, dass er ohne fremde Hilfe keine Chance haben würde. Konnte er dieser bezaubernden Martina weiter zumuten, dass sie ihn beherbergte, ihn verpflegte und sich um seine Selbstfindung mit kümmerte? Je mehr er sich Gedanken darum machte, desto mehr kam er zur Überzeugung, dass er das nicht tun durfte. Es war einfach nicht fair, sich in ihr Leben zu drängen. So schnell wie möglich musste er eine Lösung finden, wie er auf eigenen Füßen stehen konnte, bis er seine Vergangenheit wieder hatte. Doch wie sollte er das nur anstellen?

Trotz seiner Bedenken, weiter in Martinas Leben einzudringen, wartete der Fremde am Abend wieder vor ihrem Haus, bis Martina von der Arbeit nach Hause kam. Die Alternative des Obdachlosenheims schien ihm keine Wirkliche zu sein. Er würde sich so nur von dem Ort entfernen, an dem er hilflos umherirrte, als er sich zum ersten Mal seiner Situation bewusst geworden war und bei Martina an die Tür klopfte. Diese Gegend war sein einziger Bezug zu seiner Vergangenheit. Hier hatte alles begonnen – zumindest sein sogenanntes neues Leben, in dem er sich derzeit befand. Irgendwie musste er hierher gelangt sein beziehungsweise dieser Ort etwas mit ihm zu tun haben, auch wenn ihn hier scheinbar niemand kannte.

Beim Abendessen konnte er Martina nichts Neues berichten. Nur zu gerne nahm er ihren Vorschlag an, zusammen eine Flasche Wein zu trinken. Das würde sie beide vielleicht ein wenig beruhigen. In der Tat sprachen sie beim Weintrinken zum ersten Mal auch über andere Dinge, über Martinas Leben, ihre kranke Mutter und über den dominanten, kalten Vater. Es blieb nicht bei einer Flasche Wein. Martina konnte sich das ruhig mal genehmigen, denn heute war Freitag und morgen hatte sie frei.

Wie es so genau passiert war, wusste keiner mehr von ihnen am nächsten Tag. Sie waren sich wohl nähergekommen in dieser Nacht. Dank oder trotz des Alkohols haben sie schlussendlich der gegenseitigen Anziehung nicht mehr widerstehen können, sich geküsst und waren schließlich zusammen im Bett gelandet.

Martina hatte so lange auf diesen Augenblick gewartet, denn seit ihrer Trennung von Michael hatte sie sich keinem Mann mehr hingegeben, nicht hingeben können, so tief saß der Stachel der Enttäuschung. Darüber dachte sie am Morgen trotz ihres dicken Kopfes intensiv nach.

Entgegen jeglicher Vernunft hatte sie den Fremden bei sich wohnen lassen und sich nur nach zwei Abenden vollends auf ihn eingelassen. Jetzt wo er ruhig atmend in seinem Schlaf neben ihr lag, kam er ihr sonderbar vertraut vor, so als kannte sie ihn schon seit Jahren. Sie konnte sich nicht an ihm sattsehen und grübelte darüber nach, welches Geheimnis ihn wohl umwob. Was soll's, der hübsche Fremde neben ihr sollte doch erst einmal bei ihr wohnen bleiben, seine Vergangenheit würde sich schon wieder einfinden und dann könnte man immer noch weitersehen, ob und wie es weiterginge mit ihnen.

Martinas Gehalt würde vorläufig für sie beide reichen. Dank ihres Exmannes Michael lasteten keine Schulden auf dem Haus und so kam sie mit ihrem Managergehalt bei J&S hervorragend über die Runden. Hin und wieder leistete sie sich mal den einen oder anderen Luxus, aber eher selten. Stattdessen legte sie lieber etwas auf die hohe Kante. Sie war eine kluge Frau, die mit Geld umgehen konnte und wusste um die Vergänglichkeit der Freude am Kaufen neuer Dinge. In Zukunft würde sie zwar nicht mehr so viel sparen können wie bisher, doch das war ihr diese neue Liebe allemal wert.

5.

Rettungssanitäter Frank Büchner war gerade in Rufbereitschaft, als sein Handy klingelte, das andere Handy, nicht sein normales. Das andere, das er nie ausschaltete, nie auch nur eine Sekunde unbeaufsichtigt ließ. Er hatte sich verpflichtet, es stets bei sich zu tragen, obwohl er es sehr selten gebrauchte. Nur in absoluten Notfällen durfte er Pocke damit anrufen, und nur ihn, sonst niemanden. Doch jetzt klingelte es mal wieder. Frank nahm es aus seiner Hosentasche heraus und sah wie erwartet, dass der Anrufer wie immer seine Nummer verborgen hatte.

»Ja?«

»Bring mir Nummer zwölf!«

Frank erkannte sofort die rauchige, unterdrückte Stimme von Pocke. Er sprach nie laut, nicht einmal am Telefon. Eine laute Stimme hatte er nicht nötig. Wenn Pocke den Mund aufmachte, schwiegen alle anderen. Nie wagte jemand, ihm ins Wort zu fallen. Niemand wusste etwas Genaues über ihn, nur dass er gefährlich war. Sehr gefährlich!

Pockes Ruf eilte ihm voraus. Als Frank ihn das erste Mal zufällig getroffen hatte, beziehungsweise gar nicht so zufällig, wie sich später herausstellte, war ihm ein eiskalter Schauer über den Rücken gelaufen. So eine Präsenz des Bösen hatte er noch nie zuvor gespürt.

»Du findest Nummer zwölf wie das letzte Mal in der Ludwigstraße 7 in Leipzig. Ich brauche ihn innerhalb der nächsten Woche, je früher desto besser, aber auf keinen Fall irgendwelche Spuren!«

»Aber das ist ...« Frank sprach nicht mehr weiter, es hätte keinen Sinn, denn unmittelbar, nachdem Pocke ihm den Einsatzbefehl gegeben hatte, hörte er das Klicken und die Verbindung war unterbrochen. Pocke hatte aufgelegt. Wie immer.

Es gab keine Rückfragen, keine Diskussionen. Der Befehl war klar, präzise, unzweifelhaft!

Nur nicht denken, sondern einfach ausführen! Je weniger ich weiß, desto besser. Nicht wieder ins Grübeln kommen, ob das alles Sinn macht. Ich brauche die Kohle!

Zum Glück hatte Frank Mitte nächster Woche zwei Tage hintereinander frei. So konnte er sich in Ruhe um Nummer zwölf kümmern, ohne sich krankmelden zu müssen. Seinen Sanitäterjob wollte er keineswegs gefährden, er brauchte ihn noch. Nicht mehr lange und er würde das Geld für seinen großen Traum zusammenhaben. Raus aus Deutschland, raus aus der nimmer endenden Mühle aus Arbeiten für wenig Geld, hohen Lebenshaltungskosten und schlechtem Wetter. Genug! Er hatte das schon viel zu lange mitgemacht und war frustriert, bis er eines Tages von Pocke erfuhr.

Damals hatte in seiner Stammkneipe der Suffkopf, der neben ihm an der Theke saß, über einen gefährlichen Mann erzählt, dem man besser aus dem Weg gehen sollte. Doch der hätte immer mal lukrative Jobs zu vergeben. Die stänken zwar zum Himmel, aber es käme gutes Geld dabei heraus. Verdammt gutes Geld. Keine Fragen und nie ein Wort zu irgendjemandem, das sei alles. Frank war sofort von dieser Geschichte fasziniert gewesen, glaubte aber dem Suffkopf nicht so recht. Der hatte in der Vergangenheit schon öfters haarsträubende Geschichten ohne jeglichen Wahrheitsgehalt zum Besten gegeben. Somit war er auch damals skeptisch gewesen, ob es diesen geheimnisvollen Mann mit den lukrativen Jobs auch wirklich gab. Das hatte sich jedoch schlagartig geändert, als sich die Tür der kleinen, verrauchten Trinkhalle öffnete und ein Mann in einem langen, schwarzen Ledermantel erschien. Sein Gesicht war so vernarbt, wie es Frank noch nie zuvor gesehen hatte. Aber es war nicht das, was ihm einen Schauer über den Rücken laufen ließ, als er ihn das erste Mal erblickte. Es waren die Augen! Eiskalte, hellblaue Augen, denen Frank umgehend jegliche Menschlichkeit absprach. Er wusste sofort, das musste Pocke sein, von dem der Suffkopf gerade eben mit leiser Stimme berichtet hatte.

Hatte Frank das alles bisher nur für einen blöden Zufall gehalten, war ihm spätestens in dem Moment klar, als Pocke ihn ansah und direkt auf ihn zuging: *Irgendetwas stimmt hier nicht!*

Frank konnte nicht weiterdenken. Als der große Mann direkt vor ihm stand und seinen Mund öffnete, um etwas zu sagen, war es, als ob jemand Frank die Kehle zuschnürte. Voller Furcht weiteten sich seine Pupillen.

»Ich muss mit dir reden, Frank!«

Die rauchige Stimme passte perfekt zu diesem tief zerfurchten, mit Narben übersäten Gesicht und den eindringlichen Zombieaugen.

»Wer bist du? Ich kenne dich nicht!«, presste Frank nur mühsam heraus. Trotz des mulmigen Gefühls in der Magengegend konnte er es nicht lassen, Pocke ins Gesicht zu sehen. In dessen eiskalte Augen, ohne jegliches Leben in ihnen. Zu sehr faszinierte ihn sein Gegenüber, der ihn zugleich auch zu tiefst ängstigte.

»Langsam, langsam, mein Guter. Wir trinken jetzt erst mal ein Bier zusammen. Mach dich geschmeidig!«

Frank verstand, dass diese Worte ihn wohl beruhigen sollten, doch dieser Pocke, nein, der ging gar nicht. Er flößte ihm nur Unbehagen ein und das trotz der gut vier Bierchen, die Frank zu diesem Zeitpunkt schon intus hatte. Er konnte sich nicht erinnern, dass er sich in seinem Leben schon jemals zuvor ähnlich unwohl gefühlt hatte wie in dieser Situation. Etwas Bedrohliches ging von seinem Gegenüber aus, ohne dass er es irgendwie zu greifen vermochte.

»Bring uns zwei Bier!«

Frank hatte die Bedienung seiner Stammkneipe noch nie so schnell eine Bestellung ausführen sehen.

Wer ist dieser Typ nur?

Nach dem Zuprosten und dem ersten Schluck fuhr sich Pocke mit seiner Zunge über die Lippen, um den Bierschaum zu entfernen. Dann setzte er wieder sein fieses Grinsen auf und entblößte dabei eine Reihe perfekt gebleichter Zähne mit großen Zahnlücken. Pocke beugte sich so weit zu Frank vor, dass dieser seinen Bieratem spüren konnte und sprach mit leiser Stimme:

»Hast du Interesse an einem Job? Ich hätte da was für dich und denke, dass du der Richtige dafür bist. Ich habe Erkundigungen über dich eingeholt. Wenn du kein Interesse an gutem Geld hast, dann sag es gleich jetzt, bevor ich weitersprechel«

»Was weißt du über mich? Was ist das für ein Job?«

»Nur langsam, mein Guter, mach dich geschmeidig! Bevor wir weiterreden, musst du dich erst entscheiden. Willst du richtig Kohle verdienen oder weiterhin dein armseliges Dasein als Rettungssanitäter fristen?«

»Klar, will ich Kohle verdienen. Was muss ich dafür tun?«

»Sieh mich genau an, denn ich sage dir das nur einmal. Was immer wir hier besprechen, bleibt zwischen uns. Wenn du irgendjemandem, egal wem, etwas davon erzählst, bist du tot!«

Frank lief ein kalter Schauer über den Rücken. Er hatte nicht den leisesten Zweifel, dass Pocke diese Worte ernst meinte.

»Genau zwei Menschen auf dieser Welt wissen, was wir jetzt besprechen, du und ich. Ich bin die Lösung für all deine Probleme, aber ich brauche Verschwiegenheit und unbedingten Gehorsam. Wenn du das leisten kannst, bist du im Boot. Wenn nicht, sollten wir uns jetzt für immer trennen und wir haben uns nie gesehen! Hörst du? Nie gesehen!«

Frank war sprachlos. Er hatte es sofort gewusst, dass dieses hässliche Pokerface mit den eiskalten Augen ihm Probleme bereiten würde. Was sollte er nur machen? Er hatte Angst vor Pocke, Angst vor diesem Typen, der aussah wie ein Psychopath, sich benahm wie ein Psychopath und wohl auch ein Psychopath war.

Soll ich mich wirklich diesem Pocke ausliefern? Was würde er machen, wenn ich jetzt ablehne? Würde er mich wirklich gehen lassen?

Franks Entscheidungsphase dauerte seinem Gegenüber wohl zu lange, denn er fuhr fort:

»Frank Büchner, geboren 12.05.1979, wohnhaft im Georg-Büchner-Weg 67 in Offenbach, einem schäbigen Appartement. Seit deiner Bewährungsstrafe aus dem Jahre 2006 wegen eines Drogendeliktes hast du dir nichts zuschulden kommen lassen. Du verdienst 1.356 Euro pro Monat, musst aber noch über ein Jahr 311 Euro aus einer offenen Pfändung abdrücken, sodass dir gerade mal ein Tausender für deine Miete, das Auto und dein armseliges Leben bleibt. Soll ich dir noch mehr über dich erzählen oder reicht das fürs Erste?

Und nun starr mich nicht so entgeistert an! Mach dich mal wieder geschmeidig, mein Guter, und nimm einen tiefen Schluck!« Dabei grinste Pocke Frank mit einem derart fiesen Gesichtsausdruck an, dass es Frank ganz anders wurde. Sein laues Gefühl in der Magengegend wurde immer bedrückender, als er verstand, was Pockes Worte bedeuteten. Sein Gegenüber wusste scheinbar alles über ihn. Was sollte er nur machen?

Ja, richtig viel Kohle, das wäre schon was. Aber mich diesem Pocke mit Haut und Haaren ausliefern? Auf der anderen Seite kann ich überhaupt noch was dagegen tun? Würde Pocke nicht andere Methoden einsetzen, um mich gefügig zu machen? Ich könnte mir wohl bald meinen Traum erfüllen, wenn ich für Pocke arbeite. Es wäre das Beste ein paar Monate, vielleicht auch ein oder zwei Jahre für Pocke zu arbeiten und dann die Flatter zu machen und auf Nimmerwiedersehen ins Ausland zu verschwinden. Ja, so werde ich es machen!

Frank nahm seinen ganzen Mut zusammen und antwortete seinem Gesprächspartner schließlich mit unsicherer Stimme:

»Okay, Pocke, wo auch immer du die ganzen Informationen über mich herhast, ist mir egal. Du hast ganze Arbeit geleistet. Was immer du mir nun anbieten willst, lass dir eins gesagt sein: Ich bringe niemanden um. Nein, ich bin kein Mörder!«

»Frank, mein Guter, mach dich geschmeidig! Sieh mich an! Was denkst du nur von mir? Sehe ich etwa aus wie ein Killer?«

Pockes fieses Grinsen sprach Bände. Frank dachte sich seinen Teil, doch seine Gier auf das schnelle Geld half ihm, seine Angst ein wenig zu verdrängen. Das war die Chance aus seiner Misere herauszukommen und sich seinen Lebenstraum zu erfüllen. Die Gier nach schnellem Geld verdrängte nun vollends seinen durch das Bier bereits stark in Mitleidenschaft gezogenen Verstand.

»Was soll ich machen? Wie kann ich dir helfen? Und was zahlst du dafür?«

Pocke, der von klein auf gewohnt war, seinen Willen durchzusetzen, trank in einem Zug sein Bierglas leer, grinste still in sich hinein und begann:

»Keine Fragen! Hörst du? Keine Fragen! Egal was du noch gerne wissen möchtest, ich werde dir nie Fragen beantworten. Du erfährst nun genau das, was du machen musst. Irgendetwas darüber hinaus wirst du nie erfahren und ich rate dir, wenn dir dein Leben etwas wert ist, versuche nie mehr herauszufinden als das, was ich dir jetzt sage. Ist das klar?«

Tief zufrieden blickte Pocke in Franks eingeschüchtertes, aber doch auch ein wenig neugieriges Gesicht und wartete, bis dieser zustimmend nickte. Dann erklärte er Frank in allen Details seine zukünftigen Aufgaben.

6.

Chloé war nervös an diesem Morgen. Sie hatte nachts schlecht geschlafen. Hatte sich ständig von einer Seite auf die andere gedreht. Ihre Gedanken an Freier Stephan und seine Lösung all ihrer Probleme ließen sie nicht los. Sie war so aufgeregt, dass sie kaum einen Gedanken an ihre gestrige Auseinandersetzung mit Karl fassen konnte.

Heute früh konnte es ihr gar nicht schnell genug gehen. Sie nahm sich kaum Zeit für ihr sonst so ausgedehntes Frühstück und machte sich gleich nach ihrer Morgentoilette auf den Weg. Auf den Weg zur Adresse, die ihr Stephan gegeben hatte: Eschborner Landstraße 189 in Frankfurt-Rödelheim. Dem Ziel ihrer Träume, an dem all ihre Probleme gelöst werden könnten. Mit der S-Bahn nach Rödelheim und dann zu Fuß weiter. Sie hatte sich genau aufgeschrieben, wie sie dort hinkommen würde. Und so kam sie immer näher an den Ort, der ihr Leben so grundlegend ändern sollte.

Nach rund zwanzig Minuten Fußweg stand sie vor dem riesigen Gebäude. *TrimpaPharm* prangte in großen, blauen Buchstaben auf dem Flachdach des Gebäudes, gut von weitem erkennbar. Alles sah sehr beeindruckend aus. Auch am Eingang war der Firmenname auf einem goldenen Schild an einer edlen schwarzen Granitsäule eingraviert. Das ganze Ambiente auf dem Firmengelände und in der Empfangshalle strotzte nur so vor Geld.

Hier bin ich richtig, hier bin ich an meinem Ziel, frohlockte Chloés innere Stimme. Sie betrat das imposante Gebäude und fragte die nette Empfangsdame nach Prof. Dr. Sven Knöth.

»Sie müssen Chloé sein, wir haben Sie schon erwartet!«

Leicht verwirrt über einen solchen Empfang wurde Chloé gleich darauf in ein geschmackvoll eingerichtetes Zimmer geführt, wo sie warten sollte. Aufgeregt setzte sie sich auf die schöne Biedermeiercouch und sah sich um. Das Zimmer war in einem Beigeton gehalten und mit einer aufwendigen Bordüre verziert. Beim Betrachten aller Details des Warteraumes spielte Chloé unablässig an ihren Fingern herum. Sie wurde sich bewusst, dass auch ihre Gesichtsmuskeln unkontrolliert zuckten.

Verdammt, Chloé, reiß dich zusammen. Du musst nun alle deine Sinne beieinanderhaben, ermahnte sie sich selbst zur Ruhe. Doch so sehr sie sich auch bemühte, sie blieb weiterhin nervös. Zu sehr war sie innerlich aufgewühlt, was sie nun zu erwarten hätte und wie es weiterginge mit ihrem Start in ein neues sorgenfreies Leben.

Bereits nach kurzer Zeit hatte das Warten ein Ende. Ein großer, gut aussehender Mann in den Fünfzigern mit leicht angegrauten Schläfen betrat mit sicherem Schritt den Raum und begrüßte sie mit einer sehr angenehmen, aber bestimmten Stimme:

»Guten Tag, Chloé. Ich darf doch Chloé zu Ihnen sagen? Ich hoffe, Sie haben gut hergefunden?«

»Ja, danke, war gar kein Problem.«

Chloé hasste ihre unsichere Stimme, doch vermochte sie sie nicht besser zu kontrollieren.

»Chloé, warum wir Sie eingeladen haben, wissen Sie bereits. Sie werden verstehen, dass wir unsere Patienten sehr genau auswählen müssen. Das ist eine so einmalige Chance für jeden HIV-Positiven, dass wir uns die Auswahl nicht leicht machen. Wir müssen uns absolut sicher sein, dass die Patienten verstehen, was das für sie bedeutet, und dass wir auf eine unbedingte Mitarbeit angewiesen sind.«

Dabei sah er Chloé so eindringlich an, dass sich ihr Puls unmittelbar noch mehr beschleunigte.

»Eine Aufnahme in unser Programm hieße die Lösung Ihres größten Problems, das Sie haben. Ein neues unbeschwertes Leben. Das ist wie eine Wiedergeburt! Wir müssen uns auf unsere Patienten verlassen können! Verstehen Sie das?«

»Ja, natürlich. Auf so eine Chance habe ich schon immer gewartet, …«, entgegnete sie zögerlich. Es kam ihr vor, als hätte sie einen Kloß im Hals, »… doch dachte ich nie, dass man diese Krankheit jemals heilen könnte.«

Nur nichts Falsches sagen, Chloé. Sei bedächtig in deinen Reaktionen und mache alles, was sie von dir verlangen. Es muss einfach klappen, ich darf das nicht vermasseln!

»Sie sagen es! Und wir bieten Ihnen hier diese einmalige Chance. Doch Sie müssen versprechen, niemandem irgendetwas von unserem Programm zu erzählen! Das hat Ihnen mein Assistent Stephan schon gesagt, oder? Und haben Sie sich daran gehalten?«

»Ja, das habe ich, Herr Professor. Ich habe sowieso keinen, dem ich das hätte mitteilen können. Und Sie wissen ja sicherlich, dass wir HIV-Positiven es meist vermeiden, freiwillig über unsere Infektion zu sprechen.«

Prof. Knöth lächelte verschmitzt in sich hinein. Er wusste bereits alles über Chloé. Stephan hatte wieder mal ganze Arbeit geleistet. Wie immer hatte er die mögliche Probandin bis ins kleinste Detail durchgecheckt. Es gab nie Überraschungen, das konnten sie sich nicht leisten. Jeder Lebensbereich der infrage kommenden Personen wurde durchleuchtet.

Das größte Problem war stets, jemanden zu finden, der keine oder nahezu keine Angehörigen hatte. Doch in diesem Fall passte alles. Niemand würde Chloé vermissen, absolut niemand. Ein paar Freier vielleicht, aber Huren kommen und gehen, das ist ganz normal. Keiner würde beunruhigt sein oder größere Nachforschungen anstellen, wenn eine Bordsteinschwalbe von heute auf morgen nicht mehr auftauchte. Zuhälter hatte sie keinen und es gab auch keine lebenden Verwandten, die sie als vermisst melden würden, zumindest nicht hier in Deutschland. Afrika war weit weg und keiner von ihren Verwandten hatte wohl Geld, sie in Frankfurt suchen zu lassen. Bis auf ihre berufliche Tätigkeit lebte Chloé absolut zurückgezogen, hatte kaum Freunde und vor allem keinen Lebenspartner, wie Stephan ihm versichert hatte.

»Als Erstes möchte ich Sie bitten, Ihr Smartphone auszuschalten. Wir haben hier hochempfindliche Geräte, die von Handysignalen gestört werden könnten.«

Chloé überlegte keine Sekunde, denn das Gesagte kam ihr sehr plausibel vor. Sie nahm das Handy aus ihrer Handtasche, schaltete es aus und legte es demonstrativ auf den Tisch.

»Es gibt überhaupt kein Risiko bei der Sache. Wir haben schon fast 200 Patienten in dem Programm und alle haben nach nur einer Injektion unseres neuen Mittels *Agronationylfloxacyl* seit Monaten stabile Blutwerte, ohne jegliche Virenlast. Wir haben es geschafft, diese Seuche ein für alle Mal zu besiegen. Und das Fantastische dabei ist, dass es keinerlei Nebenwirkungen gibt.

Die Testphase wird bald beendet sein. Es geht nur noch um die Dokumentation der Behandlung von genügend Probanden, wo auch Sie nun vielleicht Ihren Teil dazu beitragen können. Sie haben ein Riesenglück, dass wir jetzt am Ende des Programms zufällig auf Sie gestoßen sind, denn es ist nur noch Platz für einen Probanden frei.

Unsere längsten Klienten haben ihre Medikationen übrigens schon vor zwanzig Monaten erhalten. Wir nennen unsere behandelten Patienten nur noch Klienten, denn sie sind nicht mehr krank oder von einem Ausbruch der Krankheit bedroht. Alle bisherigen Teilnehmer sind endgültig geheilt und damit völlig gesund. Ohne jegliche weitere Medikamentenvergabe haben sie keine Viruslast mehr, die man nachweisen könnte. Ihre Antikörper gegen das Virus werden sie natürlich für immer behalten, was sogar ein Vorteil gegenüber HIV-Negativen ist, denn eine Neuinfektion ist damit so gut wie ausgeschlossen.

Wir haben hier etwas sehr Großes bewirkt und warten jetzt noch darauf, dass wir den medizinischen Nachweis für die notwendige Anzahl von Patienten lückenlos erbracht haben, um die offizielle Zulassung des Präparates zu erhalten. Das ist jedoch nur noch eine Formsache.

Schon in wenigen Wochen werden wir alle geforderten Formalien erfüllt haben und Millionen HIV-Infizierte auf der ganzen Welt werden die Chance bekommen, geheilt zu werden, sofern sie es sich leisten können, das Medikament zu erwerben. Sie dagegen sind in der glücklichen Lage, zu den Pionieren der HIV-Heilung gehören zu können, denen das Medikament nicht nur nichts kosten wird, sondern die mit der Teilnahme an unserem Programm sogar für ihr Leben ausgesorgt haben.

Als reines Entwicklungslabor haben wir einen entscheidenden Vorteil gegenüber firmeneigenen Labors. Wir sind unabhängig von den produzierenden Pharmaunternehmen. Damit können wir unseren Wirkstoff nach der Testphase meistbietend öffentlich versteigern. Auf diese Weise werden wir so viel Geld machen, dass wir unseren treuen Klienten der Testphase eine lebenslange Apanage in Höhe von fünftausend Euro monatlich zahlen. Sie haben ja immerhin einen sehr großen Anteil an unserem Erfolg, denn sie werden der lebende Beweis dafür sein, dass HIV heilbar ist. Ist das nicht ein Angebot? Sie sind in einer echten Win-Win-Situation und können in jeglicher Hinsicht nur von unserem Programm profitieren!«

Chloé war inzwischen völlig davon überzeugt, dass dies die Chance ihres Lebens war. Nie hätte sie davon zu träumen gewagt, dass sie eines Tages geheilt werden könnte, und darüber hinaus noch bis an ihr Lebensende finanziell versorgt zu sein. Gespannt hing sie ihrem Gesprächspartner an den Lippen, als dieser weiter ausführte:

»Sie müssen sich für die Teilnahme an dem Programm lediglich für die nächsten 2 Jahre alle drei Monate zu einem Bluttest bei uns melden. Unsere ersten Patienten mussten noch deutlich öfter Blutabnahmen über sich ergehen lassen. Sie haben das große Glück zu den Probanden der letzten Testreihe zu gehören, bei denen wir nur noch alle drei Monate eine Blutprobe benötigen. Die Blutproben sind reine Dokumentationsmaßnahmen, die wir für die späteren Erwerber des Wirkstoffes machen müssen. Nicht mehr und nicht weniger. Das Ganze setzt natürlich voraus, dass Ihre heutigen Blutwerte uns ihre HIV-Infektion bestätigen werden, was ja ohnehin absolut sicher ist, wie Sie schmerzhaft wissen. Wenn Sie nun einem Bluttest zustimmen, werden Sie schon heute Nachmittag nach der einmaligen Injektion von *Agronationylfloxacyl* ein für alle Mal geheilt sein. Ich vermute, Sie möchten diesen Weg mit uns gehen und unsere nächste Probandin werden?«

Chloé brauchte angesichts solch überzeugender Worte nicht nachzudenken. Schon vor diesem Gespräch war sie fast sicher gewesen, so sehr hatte sie sich gewünscht, jemand könne ihr die Last dieser Infektion von den Schultern nehmen. Doch nun, da sie einem richtigen Professor zugehört hatte und dieser ihr auch noch versicherte, dass eine dauerhafte Heilung von diesem Virus tatsächlich möglich sei, war sie zu allem bereit. Sie wollte nichts durch irgendwelche Nachfragen gefährden. Keineswegs durfte sie den Eindruck vermitteln, sie sei eine schwierige Patientin. Sie konnte ihre Teilnahme an dem Programm nicht gefährden. Also sagte sie schnell und voller Überzeugung: »Ja, ich würde sehr gerne mitmachen!«

»Gut, Chloé, das freut mich. Können Sie gleich zur Blutabnahme hierbleiben?«

»Ja, selbstverständlich, ich habe heute nichts mehr vor.«

»Ausgezeichnet! Dann lassen Sie uns jetzt ins Untersuchungszimmer gehen. Schwester Irene wird Ihnen Blut abnehmen, das wir dann umgehend in unserem hauseigenen Labor untersuchen werden. Dauert nicht lange und wir haben absolute Gewissheit, ob Sie für das Programm geeignet sind oder nicht. Aber seien Sie beruhigt, ich habe keinerlei Zweifel, dass dem nicht so sein könnte. Wenn Sie mir nun bitte folgen wollen.«

Chloé stand mit weichen Knien auf und ging dem Professor hinterher. Sie kamen in ein äußerst steril aussehendes Untersuchungszimmer mit weißen Wänden und einem glänzend schwarzen Granitboden. Sofort wurde sie von einer freundlichen jungen Frau begrüßt, die sich als Schwester Irene vorstellte.

Die Blutabnahme ging wie immer schnell, denn ihre Venen waren nicht so schwer zu finden. Anscheinend war man hier sehr um seine Patienten bemüht, denn Chloé wurde anschließend zum Warten in eine Art Kinozimmer begleitet. Ein riesiges, bequemes Liegesofa der Trendmarke Bretz und ein überdimensionaler LED-Fernseher mit Dolby-SurroundAnlage empfingen Chloé in äußerst einladender Weise. Dazu eine Selektion der neuesten Kinofilme, wovon Schwester Irene einen nach Chloés Auswahl einlegte, bevor sie sich vornehm zurückzog. Auf dem Abstelltisch neben dem Sofa standen frische Säfte und Snacks zur Selbstbedienung bereit. Ihr neues Leben schien schon mal gut anzufangen, ganz nach ihrem Geschmack.

Nach einer halben Stunde schaute Prof. Knöth kurz herein und erkundigte sich nach ihrem Wohlbefinden. Sichtlich guter Stimmung verließ er den Raum und dachte sich: *Niemand wird dich vermissen!*

7.

Der Fremde nannte sich Robin. Einen Namen musste er schließlich haben und Robin hatte Martina und ihm am besten gefallen. Doch ein Name löste keine Probleme, es erleichterte nur die Kommunikation im Alltag. Doch welcher Alltag?

Robin verfing sich immer mehr in den Tücken des Systems. Solange seine Herkunft und seine Vergangenheit nicht geklärt waren, konnte er offiziell nicht arbeiten, denn er existierte ja nirgendwo. Für wen sollten Sozialversicherungsbeiträge abgeführt und Steuern bezahlt werden? Für Robin Fremder, den es ja scheinbar gar nicht gab? Und überhaupt, was konnte er denn arbeiten. Ohne Vorbildung war er kaum einsetzbar.

Hatte er denn Vorbildung oder gar einen Beruf? Je mehr er sich den Kopf darüber zermarterte, desto mehr Fragen ergaben sich. Er fand aber niemals Antworten, stattdessen immer nur neue Fragen. Das machte ihn fertig. Wer war er nur, woher kam er und was war mit ihm geschehen?

Eines Tages bekam Robin beim Radiohören einen Einfall. Er war vormittags zu Hause und machte sich im Haushalt nützlich, solange Martina auf der Arbeit war. Dabei grübelte er wie fast immer über sich nach. Plötzlich schoss es ihm in den Kopf: *Radio, ja das ist es! Warum habe ich nicht früher schon daran gedacht?*

Er beschloss, zum Hessischen Rundfunk zu gehen und dort sein Glück zu versuchen. Irgendwie musste es ihm einfach gelingen, einen Redakteur für seine Geschichte zu begeistern, sodass sie über ihn berichten würden. Vielleicht könnte der Sender ihn über einen Radio- oder gar Fernsehaufruf weiterbringen. Wenn ein breiteres Publikum auf seinen Fall aufmerksam würde, musste sich doch irgendjemand an ihn erinnern, der ihn von früher kannte.

Kurze Zeit später erklärte Robin dem Pförtner beim

Hessischen Rundfunk in der Bertramstraße in Frankfurt sein Anliegen. Er sah in das zweifelnde Gesicht seines Gegenübers. Wie er das hasste! Immer wieder traf er auf die gleiche Reaktion. Die Menschen konnten sich einfach nicht vorstellen, dass es so was gäbe, und hielten ihn für einen Spinner oder jemanden, der nur Aufmerksamkeit erregen wollte. Wenigstens griff der Pförtner zum Telefon, anstatt ihn gleich abzuwimmeln. Er sprach mit verschiedenen Kollegen beim Rundfunk. Schließlich legte er auf und ließ Robin sich in die Besucherliste eintragen: *Robin Fremder.*

Wie bescheuert, dachte Robin, doch das war ihm in dem Moment egal. Er witterte seine Chance. Nur ein kleiner Strohhalm, doch an den galt es, sich zu klammern. Nachdem die Formalien erfüllt waren, bekam Robin einen Besucherausweis mit seinem Fantasienamen, den er sich wie befohlen gut sichtbar an seinem Hemd befestigte.

»Gehen Sie bitte in den dritten Stock, Zimmer 313. Gleich hier vorne rechts ist der Aufzug. Herr Zöllner erwartet Sie.«

Robin bedankte sich von ganzem Herzen, ging zum Lift und machte sich auf in den dritten Stock. Das Zimmer von Herrn Zöllner fand er schnell am Ende des Ganges auf der linken Seite und klopfte kurz an, bevor er eintrat. Herr Zöllner, ein Mann in den Vierzigern, mit Schnauzbart, einem bereits fortgeschrittenen Bauchansatz und einer qualmenden Zigarette im Mund, begrüßte ihn lächelnd.

»Zöllner, Sebastian Zöllner. Setzen Sie sich bitte. Ein Glas Wasser?«

Sebastian wartete erst gar nicht die Antwort von Robin ab und schenke ihm ein Glas Wasser ein. Seine Zigarette ruhte dabei am Rand des schon deutlich überquellenden Aschenbechers.

»Sie sind also der Mann ohne Identität!«

»Ja, so kann man es wohl ausdrücken, leider! So unglaublich, wie meine Geschichte sich anhören mag, ich bin weder verrückt noch darauf erpicht unbedingt in die Medien zu kommen. Ich brauche einfach nur ihre Hilfe! Bitte!«

»Na dann, erzählen Sie mal! Die paar Worte, die mir der Empfang über sie berichtet hat, klingen ja schon interessant.«

Robin begann seine Darstellung mit dem ersten Augenblick, an dem ihm in jener Nacht vor ein paar Wochen bewusst geworden war, dass er ziellos durch die Straßen ging und nicht wusste, wer er war und was er dort machte. Er bemühte sich alles Wesentliche, was ihm seitdem widerfahren war, rüberzubringen, ohne seinen Gesprächspartner durch zu viel Details zu langweilen. Nach ein paar Minuten endete er seine Ausführungen schließlich mit seinem heutigen Einfall, die Medien um Hilfe zu bitten.

Je länger Robin alles schilderte, desto mehr bemerkte er, wie die anfängliche Skepsis aus Sebastians Augen allmählich verschwand. Der überquellende Aschenbecher füllte sich unterdessen mit weiteren drei Glimmstängeln. Am Ende, insbesondere nachdem Robin auch die Ratlosigkeit der Polizei schilderte, hatte er Sebastian Zöllner vollends überzeugt.

»Was Sie mir da erzählen, ist schier unglaublich! Ihr Fall interessiert mich natürlich und ich werde mich mit meinen Redaktionskollegen besprechen, um eventuell einen Fernseh- und Radioaufruf zu starten. Vielleicht ergibt sich ja daraus Ihre Identität. Doch zuvor müssen wir noch ein paar Bilder von Ihnen machen.«

Nach unzähligen Aufnahmen durch einen Fotografen vom Hessischen Rundfunk und der Zusicherung von Sebastian Zöllner, sowohl einen Fernseh- als auch Rundfunkaufruf zu machen, nahm Robin die S-Bahn zurück nach Eschborn. Er setzte viel Hoffnung in diesen Aufruf und teilte Martina am Abend, nachdem sie nach Hause gekommen war, in sichtlich guter Stimmung sofort diese hoffnungsvolle Neuigkeit mit.

Martina ließ sich von seiner Euphorie anstecken und konnte ebenfalls nicht verstehen, dass sie nicht schon früher auf die Idee mit dem Radio gekommen waren. In ihrer Euphorie loggten sie sich in den so gut wie nie benutzten Facebook-Account von Martina ein und gründeten die Gruppe *Wer kennt Robin Fremder.*

Martina hielt im Allgemeinen nichts von Social Networks und so fristete ihr Facebook-Account bis dato ein äußerst vernachlässigtes Dasein. Sie lebte viel zu sehr in der realen Welt und war sich der Gefahren der virtuellen Welt nur zu gut bewusst, als dass sie jemals ein Fan dieser angeblich so modernen Medien werden könnte, doch in Sachen Identitätsfindung von Robin könnte eine Facebook-Gruppe schon hilfreich sein. Vielleicht würde ihn ja jemand auf dem gerade eingestellten Gruppenfoto erkennen?

Bei ein paar Gläsern Rotwein erlebten sie einen wundervollen Abend, angeregt durch ihre gerade neu aufkeimende Hoffnung, dass sich nun doch alles zum Guten wenden würde. Sicher würden sie das Geheimnis um Robins Vergangenheit in sehr naher Zukunft lüften können.

Zwei Tage später saßen sie aufgeregt vor dem Fernseher auf der Wohnzimmercouch und sahen sich gemeinsam den Bericht über Robin im Ersten an. Sie konnten es gar nicht glauben, dass Sebastian Zöllner es geschafft hatte, den Beitrag gar bundesweit auszustrahlen, dies würde die Chance der Hilfe aus der Bevölkerung deutlich erhöhen.

In den nachfolgenden Tagen waren sie vollends glücklich und erlebten die besten Tage ihrer gemeinsamen Zeit. Sie waren so voller Hoffnung, was sich auch positiv auf ihr Zusammenleben auswirkte. So harmonisch war ihre Beziehung ob der Belastungen der unerträglichen Situation von Robin noch nie gewesen. Es müsste sich nun einfach alles klären, damit sie ein normales Leben beginnen konnten.

Nach einer Woche machte sich jedoch bei ihnen abermals Ernüchterung breit. Ein paar Journalisten hatten den Fall zwar nach dem Fernsehbeitrag aufgegriffen und in Tageszeitungen darüber berichtet, doch es half alles nichts. Auch der Link zu ihrer Facebook-Gruppe wurde häufig geteilt, gemeldet hatte sich bislang aber keiner, bis auf ein paar Wichtigtuer, deren Hinweise leider zu nichts geführt hatten.

»Das kann nicht sein, dass mich niemand kennt. Ich bin in aller Munde, doch keiner scheint sich an mich zu erinnern.«

Tatsächlich fühlte sich Robin manchmal wie eine kleine Berühmtheit, da er immer wieder mal bemerkte, dass ihn jemand in der Öffentlichkeit anstarrte. Ein paar wenige sprachen ihn sogar offen an und wünschten ihm viel Glück bei seiner

Selbstfindung, doch das brachte sie keineswegs auch nur einen Schritt weiter.

»Schatz, verzweifle nicht«, warf Martina ein, »ich nehme dich, wie du bist, und wenn du der Mann ohne Vergangenheit bist, dann ist das halt so. Wir sind uns in den letzten Wochen so unglaublich nahegekommen, dass ich mir gar nicht mehr sicher bin, ob es gut wäre, wenn wir herausfinden würden, wer du früher warst. Es könnte unser Ende sein, willst du das?«

»Nein, natürlich nicht, aber es lässt mich einfach nicht los. Wer bin ich? Woher komme ich? Was macht mich aus? Was habe ich bisher gemacht? Habe ich Verwandte? Oder gar Kinder? Martina, ich bin völlig entwurzelt. Ich zermartere mir ständig mein Gehirn. Wer bin ich nur?«

8.

Frank Büchner saß in seinem unscheinbaren grauen Opel Corsa und beobachtete seit Stunden das Haus. Gestern Abend hatte er wieder einen Auftrag von Pocke bekommen. Diesmal war es Nummer 16. Er musste ihn aus der Nordstraße 57 in Eschborn abholen und sollte ihn *Thomas* nennen.

Dieses ewige Warten nervte ihn am meisten an seinem Job. Stundenlang untätig dasitzen, ohne dass etwas passiert. Er hatte leise sein Autoradio an und tat so, als wenn er schlafen würde, wann immer ein Passant vorbeikam. Doch das passierte selten in dieser Wohngegend. Nur keine Aufmerksamkeit erregen. Niemand durfte sich später an ihn erinnern.

In der Nordstraße 57 war es absolut ruhig, keine Bewegung zu sehen, nicht einmal die Fenster waren zum Lüften gekippt worden, seit Frank am Vormittag seinen Posten bezogen hatte. Keine Spur von Nummer 16. Frank seufzte leise in sich hinein. Es blieb ihm nichts anderes übrig als auszuharren, bis sich endlich etwas tun würde.

Langsam bekam Frank Hunger. Wie fast immer hatte er auch heute wieder vergessen, sich Proviant einzupacken, falls es wieder mal länger dauern sollte. Er fluchte über sich selbst und seine Unfähigkeit, sich entsprechend zu organisieren. Lustlos sah er sich in seinem Wagen um, in dem es aussah wie auf einer Müllkippe.

Etliche Hamburgerkartons, Servietten, Pappbecher und sonstige Hinterlassenschaften wild verstreut. Ordnung war noch nie seine Stärke und er bekam immer ein beklemmendes Gefühl, in einem frisch geputzten und gesaugten Auto zu sitzen. Es reichte schon, wenn er auf der Arbeit in seinem Rettungswagen penibel auf Reinlichkeit und Ordnung achten musste – grrr, da konnte er unmöglich auch noch sein Auto so steril und leblos verunstalten. Ja, eigentlich fühlte er sich wohl in seinem Chaos, wenn er nur ab und zu mal denken würde, bevor er sich zum nächsten Auftrag aufmachte.

Er suchte die Rücksitzbank nach etwas Essbarem ab. Tatsächlich fand er noch ein paar Reste in einer Keksschachtel und stopfte sie gierig in sich hinein. Sein Magen war Kummer gewohnt, da würde er auch diese alten Kekse vertragen, die vermutlich schon wochenlang im Corsa herumlagen.

Immer noch alles ruhig vor der Hausnummer 57, wie er mit einem schnellen Blick feststellte. Eine weitere halbe Stunde später hatte Frank schon Angst einzudösen. Immer wieder fielen ihm die Augenlider zu, als endlich die Haustüre aufging. Ein Mann zog sich etwas umständlich seine Schuhe an und ging aus dem Haus auf die Straße. Sofort hatte Frank wieder all seine Sinne beisammen:

Ja, das ist Nummer 16, ganz unzweifelhaft. Ich erinnere mich an ihn. Muss so vor rund drei Monaten gewesen sein.

Wie immer stimmten die Angaben von Pocke perfekt. Jetzt galt es nur, den richtigen Augenblick abzuwarten, und er würde seinen dreckigen Job erledigen. Nie hatte er versagt und auch diesmal würde er liefern. Liefern gegen gutes Geld!

Frank war nicht einmal nervös, denn sie reagierten immer gleich. Erst die ungläubige Überraschung in ihren Augen, dann der zweifelhafte Blick, wenn Frank anfing, seine Geschichte zu erzählen. Die Zweifel wurden innerhalb von ein paar Minuten abgeschüttelt und die Hoffnung keimte auf. Eine nur allzu verständliche Hoffnung in dieser Situation! Sie war so groß, dass sie schließlich jegliche Vorsicht außer Acht ließen und ihm vertrauten. Dann hatte Frank sein Ziel erreicht und Pocke würde zufrieden sein mit seiner Arbeit. Wie immer. Und Frank hatte wieder mehr Geld in der Tasche. Dreitausend Euro, die ihn seinem Ziel ein wenig näher brachten. Wenn er nur mehr solcher Aufträge von Pocke bekommen könnte, dann würde alles schneller gehen und er könnte sich endlich auf seine große Reise begeben.

Frank wartete, bis Nummer 16 hinter der Straßenecke verschwand. Dann ließ er den Motor an. Er musste ihm langsam und unauffällig folgen. Gar nicht so einfach einen Fußgänger mit einem Auto so hinterher zu fahren, dass nicht jeder sofort auf ihn aufmerksam wurde. Doch hier in dieser verlassenen Wohngegend stellte das kein wirkliches Problem dar. Dann galt es nur, noch, den richtigen Augenblick abzupassen.

Frank war schon am Morgen die nähere Umgebung abgefahren, um sich zu orientieren und geeignete Stellen zu finden. Denn wenn es passen sollte, musste er schnell handeln, damit es später keine Zeugen gäbe. Auch diesmal würde alles klappen, da war er sich sicher.

9.

Nachdem Martina wie jeden Morgen das Haus verlassen hatte, ließ Robin sich Zeit. Er hatte ohnehin nichts zu tun. Nach dem Frühstück arbeitete er ein wenig im Garten. Es hatte viel geregnet in letzter Zeit und das Unkraut hatte sich bei Martina durch ungehemmtes Wachstum unbeliebt gemacht. Er versuchte stets, sich im Haus und Garten nützlich zu machen, und half ihr, wo er konnte. Nachdem er das erste Beet vom Unkraut befreit hatte, ging er ins Haus und machte eine Pause.

Er blätterte lustlos in der Frankfurter Rundschau, als ein Artikel über ihn selbst seine Aufmerksamkeit erregte. Ein mysteriöser Unbekannter mit Gedächtnisverlust, der aus dem Nichts in Eschborn aufgetaucht war. Ein Mann scheinbar ohne Vergangenheit. Doch eins war neu an dem Artikel. Es wurden Parallelen gezogen zu einem anderen Fall in Bayern. Dort gab es eine Frau, Mitte dreißig, die ebenfalls aus dem Nichts aufgetaucht war. Ähnlich wie Robin konnte sie sich an nichts erinnern, wusste weder, wie sie hieß, noch wo sie herkam. Doch anders als bei Robin hatte ihr niemand geglaubt. Sie war von den Ordnungshütern aufgegriffen worden, nachdem sie total verwirrt und planlos in den Straßen von Deggendorf umherirrte.

Die Frau hatte sich weder ausweisen noch irgendwelche Angaben zu ihrer Person machen können. In Bayern hatte man nicht lange gefackelt und sie in die geschlossene Psychiatrie eingeliefert. Zu ihrem eigenen Schutz, wie es in der offiziellen Stellungnahme hieß. Scheinbar wurden im Süden der Republik andere Maßstäbe angewandt.

Viel mehr war dem Artikel nicht zu entnehmen, doch Robin witterte sofort eine kleine Chance für sich. Die Telefonnummer der Frankfurter Rundschau fand er schnell durchs Impressum heraus und wählte sie umgehend.

»Frankfurter Rundschau, mein Name ist Helene Becker. Was kann ich für sie tun?«, meldete sich eine nette Frauenstimme.

»Guten Morgen. Sie hatten in Ihrer heutigen Ausgabe einen Artikel über mich und einen ähnlichen Fall in Deggendorf. Ich würde gerne mit dem Verfasser dieses Artikels sprechen.«

»Ihren Namen bitte?«

»Nun ja, das ist genau das Problem. Den versuche ich herauszufinden.«

»Wie bitte? Ich verstehe Sie nicht.«

Robin war ungeduldig und wollte einfach nur den Verfasser des Artikels sprechen, ohne zuvor seine ganze ihm bekannte Lebensgeschichte zu erzählen. Doch es half alles nichts, er musste etwas weiter ausholen, sonst würde er nicht durchgestellt werden:

»Hören Sie! Ich bin ein Mann, der sein Gedächtnis verloren hat und dementsprechend kenne ich noch nicht einmal meinen Namen. In Ihrer heutigen Ausgabe auf Seite sieben links oben ist ein Beitrag über mich erschienen, der meinen Fall mit einem ähnlichen Fall in Deggendorf vergleicht. Ich würde mich nun gerne mit dem Verfasser des Artikels austauschen, um zu sehen, ob wir nicht gemeinsam ein wenig Licht in meine Vergangenheit werfen können.«

»Ah okay, ich verstehe. Einen Moment bitte, ich versuche, Sie durchzustellen.«

Nach ein paar Fehlleitungen wurde er endlich mit dem Journalisten Egon Urschitz von der Lokalredaktion verbunden. Von ihm erfuhr Robin jedoch nicht wirklich etwas Neues.

Vor ein paar Tagen hatte sich Egon Urschitz den Fernsehbeitrag über Robin beim Hessischen Rundfunk angesehen. Ihm waren sofort die Parallelen zu einem kleinen Artikel im Deggendorfer Tagblatt aufgefallen, den er auf seinem Kurzurlaub in Niederbayern einen Monat zuvor gelesen hatte. Er handelte über eine junge Frau, die von der Polizei aufgegriffen und in eine psychiatrische Anstalt eingewiesen wurde, nachdem sie einen äußerst verwirrten Eindruck hinterlassen hatte und keinerlei Angaben zu ihrer Person machen konnte.

In seinem eigenen Beitrag hatte Egon Urschitz ein paar Spekulationen über einen Zusammenhang von Robins Fall, den er bislang nur aus dem Fernsehbeitrag kannte, und dem Fall in Deggendorf vor ein paar Wochen angestellt. Darüber hinausgehende Informationen hatte er jedoch nicht.

Der Artikel über Robin war ein klassischer Lückenfüller gewesen, weil ein anderer geplanter Beitrag aus rechtlichen Gründen in letzter Minute nicht mehr zur Verfügung stand und somit der frei gewordene Platz in der Zeitung gefüllt werden musste.

Robin erfuhr im Prinzip nichts Neues mit Ausnahme des Namens der Klinik, in der die junge an Amnesie leidende Frau sich aufhalten sollte. Trotz der spärlichen Ausbeute an neuen Informationen war er innerlich aufgewühlt und klammerte sich an die Hoffnung, dass dieser bayerische Parallelfall für ihn eine mögliche Spur zu seiner Vergangenheit sein könnte.

Er hielt es in seiner Gedankenflut zu Hause nicht mehr aus. Zu eng und drückend erschienen ihm auf einmal die Wände in Martinas kleinem Haus. Er musste raus an die frische Luft, um auf einem Spaziergang einen klaren Kopf zu bekommen. Viel zu tief in seinen Gedanken versunken, bemerkte er dabei den grauen Opel Corsa nicht, der ihm aus einiger Entfernung folgte.

Ja, ich muss es versuchen! Ich werde nach Straubing fahren, um herauszufinden, was mit dieser Frau passiert ist! Vielleicht ist sie wirklich nur verrückt und die Ähnlichkeit zu meinem Fall ist reiner Zufall? Aber möglicherweise gibt es doch eine Verbindung zwischen uns? Ich muss zu ihr fahren und mit ihr sprechen! Ja, das werde ich machen!

Innerlich aufgewühlt von diesem neuen Strohhalm, spazierte Robin weiter durch die kleine Seitenstraße in ihrer Wohngegend, die in einem Feldweg mündete. Am Abend würde er Martina von den Neuigkeiten berichten. Bestimmt würde sie ebenso aufgeregt sein wie er selbst und ihn nach Deggendorf begleiten wollen. Hoffentlich ließ ihre Arbeit dies bald zu. Die ständigen Projekte ließen Martina oft nicht einmal Zeit zum tief Durchatmen, was ihre Beziehung zusätzlich zur unmöglichen Situation, in der sie sich befanden, belastete. Viel zu wenig Zeit hatten sie füreinander.

Robin fiel oft die Decke auf den Kopf. Er hatte keine Freunde, zumindest nicht in seinem derzeitigen Leben. Das ewige Warten auf Martina, bis sie jeden Tag von der Arbeit nach Hause kam, erwies sich für ihn als endlos. Zwischendurch verzweifelte er immer wieder und nur die aufmunternden Worte der allzeit optimistischen Martina ließen ihn nicht ganz zerbrechen. Doch heute würde er ihr erstmalig etwas Positives berichten können, eine erste mögliche Spur. Es musste einfach ein Weg zu seiner Vergangenheit sein!

Tief in seinen Gedanken versunken, erschrak er, als plötzlich ein Auto neben ihm anhielt, der Fahrer die Seitenscheibe herunterließ und ihn überschwänglich begrüßte:

»Mensch Thomas, dass ich dich hier treffe. Wo hast du die letzten Wochen nur gesteckt? Die Kumpels haben dich alle vermisst. Wir haben uns schon Sorgen gemacht!«

Robin war außer sich. Er erinnerte sich keineswegs, den Mann in dem grauen Opel Corsa, der wohl so Mitte dreißig sein musste, jemals zuvor gesehen zu haben. Doch er war so aufgeregt, dass sich seine Gedanken überschlugen:

»Kennen Sie mich? Kennen wir uns wirklich?«

»Thomas, deine Witze waren echt schon besser, komm steig ein. Lass uns auf ein Bier zum Schnitzelinder fahren, das haben wir schon ein paar Wochen nicht mehr gemacht.«

»Es tut mir leid, aber ich mache keine Witze. Ich kann mich nicht daran erinnern, wer Sie sind. Ich weiß ja noch nicht einmal, wer ich bin! Das mag vielleicht komisch für Sie klingen, aber ich leide an einem totalen Gedächtnisverlust. Sind Sie sicher, mich zu kennen?«

»Ei Thomas, was machst du denn für Sachen? Natürlich kennen wir uns. Lass mich dich zu den Jungs bringen, dann wirst du dich schon erinnern. Jupp, Pit und Zecke haben dich genauso vermisst wie ich. Komm steig schon ein und lass den Quatsch endlich!«

Nachdem ihm sein vermeintlicher alter Freund die Beifahrertür von innen aufstieß, stieg Robin zwar wenig überzeugt aber doch voller Hoffnung in den Kleinwagen ein. Der Mann entfernte zuvor noch hastig ein paar Burger Kartons von dem Beifahrersitz, damit Robin Platz hatte.

Als Robin zum Gurt rechts von seiner Schulter griff, um sich anzuschnallen, spürte er einen Stich in seinem Oberschenkel und es wurde ihm sofort schummrig vor den Augen.

»Was waaar d...?«

Noch bevor er seine Frage ausformulieren konnte, verlor Robin das Bewusstsein. Er kippte mit seinem Hinterkopf gegen die Kopfstütze. Frank blickte schnell zur Sicherheit noch mal in den Rückspiegel, doch zum Glück gab es keine Passanten in dieser verlassenen Gegend.

Keine Zeugen!

Pockes Worte standen in Franks Kopf und er lächelte. Wie immer hatte er es auch diesmal geschafft. Noch nie hatte es Probleme gegeben. Pocke würde zufrieden sein. Frank zog die Beifahrertür zu, schnallte seinen unfreiwilligen Passagier an, setzte ihm eine schwarz-weiße Schirmkappe der Frankfurter Eintracht auf und zog sie ihm tief ins Gesicht. Gut gelaunt und vor sich hin pfeifend fuhr Frank seine wertvolle Ladung nach Rödelheim zu der bekannten Adresse.

10.

Martina hatte sich den ganzen Tag auf diesen Abend gefreut. Heute hatten sie ihr dreimonatiges Jubiläum. Genau heute vor drei Monaten war Robin in ihr Leben getreten und trotz der verzwickten Lage hatte sie seitdem jeden einzelnen Tag genossen!

Ja, sie hatten ihre Probleme mit der Situation klarzukommen, dass Robin scheinbar aus dem Nichts aufgetaucht war und keine Vergangenheit hatte. Doch nichtsdestotrotz hatte sich zwischen ihnen eine tiefe Liebe entwickelt, und eine Vertrautheit war entstanden, die sie nicht mehr für möglich gehalten hatte.

Nach dem Scheitern ihrer letzten Beziehung war Martina überzeugt gewesen, dass sie nie wieder einen Mann so nahe an sich heranlassen könne, doch nun hatte sie ihre Enttäuschungen mit ihrem Exmann Michael dank Robin erstaunlich schnell vollends hinter sich gelassen und blickte frohen Mutes nach vorne. Hoffentlich würden sie keine unliebsamen Überraschungen erleben, wenn sich Robins Vergangenheit eines Tages klären sollte. Das waren ihre größten Bedenken.

Doch heute wollte sie nicht an mögliche Probleme denken. Sie wollte Robin überraschen. Natürlich hatte er am Morgen nicht daran gedacht, dass sie nun schon drei Monate zusammen waren. Wie auch? Robin hatte nur eine Sorge, nur einen Gedanken, von dem er besessen war: Herauszufinden, wer er war. Alles andere wäre in seiner Situation auch ein Wunder gewesen. Wahrscheinlich konnte ein Mensch sich niemals damit abfinden, dass seine Vergangenheit ausgelöscht sein sollte.

Martina hatte dafür Sorge getragen, dass sie an diesem Tag etwas früher aus dem Büro kommen würde. Bereits gegen 18 Uhr fuhr sie in ihre Einfahrt und kam mit den Geschenken für Robin unterm Arm freudestrahlend ins Haus.

»Schatz, ich bin wieder zu Hause!«

Keine Reaktion.

»Scha-atz, wo bist du?«

Martina hörte nichts, kein Geräusch. Sie legte ihre Aktentasche und die Geschenke für Robin ab, sah im Wohnzimmer und in der Küche nach.

Seltsam, wo ist er nur? Hat er sich etwa hingelegt? Wäre zwar gar nicht typisch für ihn, aber vielleicht hatte er sich nicht wohlgefühlt?

Martina ging leise die Treppe hoch und öffnete vorsichtig die Schlafzimmertür. Sie wollte Robin nicht wecken, falls er eingenickt war. Doch auch das Schlafzimmer war leer. Beunruhigt ging sie ins Bad, dort war Robin jedoch ebenfalls nicht.

Irgendetwas stimmt nicht. Das ist noch nie vorgekommen. Stets hat Robin mich schon sehnsüchtig erwartet, wann immer ich von der Arbeit nach Hause gekommen bin.

Martina ging durch das ganze Haus, um einen Hinweis zu finden, wo Robin sein könnte.

Vielleicht hat er irgendwo einen Zettel hinterlassen? Doch auch dies stellte sich als falsche Hoffnung heraus. Das Einzige, was Martina vorfand, war die heutige Ausgabe der Frankfurter Rundschau auf dem Couchtisch im Wohnzimmer. Martina sah im Keller und im Garten nach und wurde immer beunruhigter. Sie griff zum Mobilteil des Telefons und wählte Robins Handynummer. Der Teilnehmer war vorübergehend nicht erreichbar, wie sie von der netten Frauenstimme des Providers erfuhr.

Es musste etwas passiert sein, das sah alles so gar nicht nach Robin aus. In ihrer aufsteigenden Panik versuchte sie, Kommissar Gerhard Marx zu erreichen. Seine Direktwahl war im Telefonspeicher abgelegt. Nur allzu oft hatten sie in den letzten Monaten mit ihm telefoniert, um nachzufragen, ob es etwas Neues gäbe, immer und immer wieder.

Nach dem zehnten Klingeln gab Martina enttäuscht auf und realisierte, dass es viel zu spät war, den braven Beamten noch zu erreichen. Sie beschloss, sich zusammenzureißen, und auf Robin zu warten. Alles andere machte keinen Sinn. Genervt schaltete Martina den Fernseher im Wohnzimmer an und zappte lustlos durch die verschiedenen Programme.

Eine Stunde später hielt sie es nicht mehr aus und beschloss, ihre Nachbarn zu fragen, ob sie Robin heute gesehen hätten, doch keiner konnte ihr weiterhelfen. Die meisten waren ohnehin berufstätig und verließen wie sie früh morgens das Haus und kehrten erst am Abend zurück. Voller Sorge zwang sie sich schließlich kurz vor Mitternacht, ins Bett zu gehen. Es blieb ihr nichts anderes übrig, sie musste bis zum nächsten Tag warten, auch wenn ihr das gewaltig schwerfiel.

Nach einer sehr unruhigen Nacht mit wenig Schlaf war Martina bereits um acht Uhr bei Kommissar Gerhard Marx und gab eine Vermisstenmeldung auf. Normalerweise hätte Marx diese gar nicht entgegengenommen, wenn jemand erst 14 Stunden vermisst war. Doch in diesem Fall machte er eine Ausnahme. Zu ungewöhnlich war alles rund um Robin Fremder.

Seltsam, erst taucht er hier auf. Weiß nicht, wer er ist und keiner vermisst ihn. Und nun verschwindet er auf ebenso mysteriöse Art und wird vermisst, obwohl wir immer noch nicht wissen, wer er ist!

Martina konnte sich heute nicht auf ihre Arbeit konzentrieren. Zu sehr war sie beunruhigt. Immer wieder versuchte sie, Robin am Handy zu erreichen, doch das war scheinbar immer noch ausgeschaltet. Am späteren Nachmittag hielt sie es schließlich nicht mehr aus. Sie rief Kommissar Gerhard Marx an und erkundigte sich, ob die Vermisstenmeldung etwas gebracht hatte.

»Nein, leider kann ich Ihnen nichts Neues berichten. Wir haben bislang keinerlei Hinweise erhalten, obwohl wir sein Bild an jeden Streifenwagen gesendet haben. Machen Sie sich nicht so viele Gedanken, das ...«

Martina ließ ihn nicht weiter ausreden. Zu sehr war sie genervt von der Situation und Marx konnte ohnehin nichts berichten, was ihr Robin zurückbringen könnte. Sie bedankte sich und beendete enttäuscht das Gespräch. Martina lehnte sich tief seufzend in ihrem Bürostuhl zurück und schloss die Augen. Sie war beim besten Willen nicht in der Lage, sich in dieser Situation auf ihre Arbeit zu konzentrieren.

Nach einer kurzen Besinnungsphase schaltete Martina ihren Computer aus und informierte ihren Chef darüber, dass sie sich nicht wohlfühlte und besser nach Hause gehen sollte. Ihr Chef zeigte sich besorgt, denn das war bei ihr noch nie vorgekommen. Seine beste Managerin war noch nie krank gewesen, seitdem sie bei Jung & Seriös arbeitete.

Zu Hause angekommen, klapperte Martina zum zweiten Mal alle Zimmer ab. Sie hoffte, doch noch irgendeinen Hinweis zu bekommen, wo Robin abgeblieben sein könnte. Eine nicht gerade rationale Hoffnung, wie sie sich selbst eingestand. Wenn er eine Nachricht hinterlassen hätte, dann bestimmt nicht in einem der Zimmer, sondern gleich am Eingang auf dem Sideboard, wo das Telefon stand. Und das hatte sie alles schon am Vortag geprüft. Genervt gab sie schließlich ihre Suche auf und holte sich ein Glas kaltes Wasser aus der Küche.

ls sie sich ins Wohnzimmer auf die Couch setzte, fiel ihr Blick auf die Frankfurter Rundschau vom Vortag, die noch immer auf dem Wohnzimmertisch lag.

Seltsam, normalerweise ist Robin so ordentlich und räumt die Zeitung nach dem Lesen in den Zeitungsständer. Was mag da wohl passiert sein, dass er offensichtlich das Haus verließ, ohne sie zurückzulegen?

Interessiert blätterte Martina die Zeitung sorgfältig durch. Anfänglich fand sie nichts, was von Interesse sein könnte. Doch dann stieß sie auf den kleinen Artikel über Robin.

Je mehr Martina sich ihren Kopf zerbrach, wohin Robin verschwunden sein könnte, desto mehr kam sie zur Überzeugung, dass sein Verschwinden etwas mit diesem Zeitungsartikel zu tun haben musste:

Das ist es! Robin muss gestern diesen Journalisten angerufen haben. Ich muss bei ihm nachfragen, vielleicht bekomme ich so einen Hinweis, wo er hingegangen sein könnte. Aber er würde mir das doch nie antun, ohne eine Nachricht zu hinterlassen, nach Deggendorf zu fahren, oder etwa doch? Wenn er nach Monaten das erste Mal Hoffnung geschöpft hatte, eine Spur zu seiner Vergangenheit zu finden? Vielleicht wollte er mich ja später anrufen und dann war unterwegs etwas passiert.

Martina griff kurzerhand zum Telefon und sah sich die zuletzt gewählten Nummern an. Da war ihr Anruf bei Gerhard Marx und als Nächstes eine unbekannte Nummer in Frankfurt.

Warum habe ich nur früher nicht daran gedacht?

Martinas Herz klopfte zum Zerspringen, als sie die Wahlwiederholung betätigte.

»Frankfurter Rundschau, mein Name ist Axel Deuser, wie kann ich Ihnen weiterhelfen?«

Martina ließ sich mit dem Verfasser des Artikels über Robin und die in Bayern aufgetauchte Frau verbinden. Nach zweimal Läuten wurde der Hörer abgenommen:

»Egon Urschitz, Lokalredaktion!«

»Mein Name ist Martina Schmidt. Guten Tag. In Ihrer gestrigen Ausgabe haben Sie einen Artikel über meinen Lebensgefährten Robin veröffentlicht, den Mann, der aus dem Nichts aufgetaucht ist und sich an nichts erinnern kann. Ich wollte nur nachfragen, ob Robin gestern bei Ihnen war?«

»Warum wollen Sie das wissen?«

»Robin ist seit gestern Abend spurlos verschwunden. Ich war schon bei der Polizei, doch die konnten mir auch nicht weiterhelfen. Zu Hause habe ich dann Ihren Artikel auf dem Wohnzimmertisch gefunden und dachte mir, dass er Sie vielleicht besucht haben könnte.«

»Nein, er war nicht hier, aber wir haben kurz am Telefon gesprochen. Er klang sehr aufgewühlt wegen der Parallelen seines Falles zu dem der jungen Frau in Deggendorf. Er wollte unbedingt die Anschrift der Anstalt wissen, in der die Frau untergebracht wurde. Ihr Freund meinte noch, er wolle versuchen, mit der Frau in Kontakt zu treten, obwohl ich mir da schon die Finger dabei verbrannt habe. Die behandelnden Ärzte lassen derzeit noch niemanden zu ihr. Also machte ich ihm wenig Hoffnung. Doch wäre es natürlich möglich, dass er direkt bei der Klinik in Deggendorf vor Ort etwas erreichen könnte. Das Budget unserer Redaktion ließ es leider nicht zu, dass ich vor Ort recherchieren konnte, und wie gesagt, am Telefon hatte ich kein Glück, zu der Frau vorzustoßen.«

»Seltsam! Da stimmt etwas nicht! Geben Sie mir bitte mal die Details zu dieser Anstalt in Deggendorf, vielleicht ist er ja doch dort hingefahren.«

Egon Urschitz suchte Adresse, Telefonnummer und den behandelnden Arzt in Deggendorf aus seinen Unterlagen und gab alle Daten an Martina durch.

»Ich kann Ihnen leider nicht mehr mitteilen. Das ist alles, was ich weiß. Aber lassen Sie uns zur Sicherheit mal die Handynummern austauschen, falls sich was ergeben sollte. Ich werde Sie auf jeden Fall auf dem Laufenden halten und bitte rufen Sie mich auch an, falls Robin auftauchen sollte. Mich interessiert sein Fall sehr und vielleicht finden wir ja doch noch gemeinsam heraus, was hinter seiner eigenartigen Geschichte steckt.«

11.

Prof. Dr. Sven Knöth war in sichtlich guter Stimmung. Endlich hatte er die notwendige Zahl von Probanden zusammen. Er hatte zwar Chloé über die wahre Anzahl angelogen, aber mit ihr waren sie nun komplett. Einschließlich des Sicherheitspolsters für die Verluste, die zwischendurch immer mal auftreten könnten.

Bisher haben wir zwar nur einen Probanden verloren, doch sicher ist sicher. Nur kein Risiko eingehen, so kurz vor dem Ziel!

Laut Pressemeldung hatte Nummer sieben sich von einer Brücke aus vor einen heranrasenden Zug gestürzt. Sven wurde immer ganz traurig und nachdenklich, wenn er an dieses Vorkommnis dachte. Doch seine Gier nach Geld und Macht ließen das immer mal aufkeimende Gute in ihm schnell wieder verstummen.

Verluste gibt es immer, das müssen wir einfach einkalkulieren!

Heute an diesem besonderen Tag konnte er solche Gedanken noch einfacher als sonst beiseiteschieben. Endlich hatten sie mit Chloé die notwendige Anzahl von Reserveprobanden zusammen und niemand würde sie mehr aufhalten können. Bald würde er sein Ziel erreicht haben und in die Geschichte der Medizin eingehen. Schade nur, dass er diesen Ruhm wohl nie vollständig auskosten würde.

Was sind schon Ruhm und Ansehen gegen Macht und Reichtum? Nichts. Gar nichts! Ich muss nur an mich denken und nicht, was andere von mir halten!

Sven Knöth war nicht so selbstverliebt, dass er Bewunderer für seine Entdeckung brauchte. Zumindest versuchte er, sich das einzureden.

Gut, eigentlich war es ja nicht einmal meine Entdeckung, die mich zu Weltruhm führen könnte, aber das weiß ja niemand außer mir selbst und meinem Bruder.

Bei Chloé, der letzten notwendigen Probandin, hatte Sven sogar ein Auge zugedrückt und akzeptiert, dass sie aus Frankfurt kam. Stephan hatte wieder mal ganze Arbeit geleistet, denn sie hatte wie alle anderen auch keinerlei Angehörige, es würde keine Probleme geben. Niemand würde sie vermissen, auch wenn es schon ein wenig riskant war, sie aus nächster Nähe zum Firmenstandort zu rekrutieren.

Standardmäßig führte er bei Chloé den HIV-Test nach dem RT-PCR Verfahren durch und wie erwartet, war die Virenlast äußerst gering. Chloé hatte wohl tatsächlich ihre Medizin vorschriftsmäßig täglich zu sich genommen.

Nicht so schlimm, dachte er sich, *dann dauert es halt ein paar Tage länger, bis wir ihr Agronationylfloxacyl spritzen können.*

Die Testreihe sah vor, dass die Injektion des neuen Mittels erst zu einem Zeitpunkt erfolgte, an dem eine bestimmte HIV-Virenlast im Blut überschritten war.

Für solche Fälle haben wir ja unsere geschlossene Probandenstation, die schon bei unseren ersten Probanden, die noch unter Dauerüberwachung standen, gute Dienste geleistet hatte.

Sven ging zu Chloé in den Ruheraum, wo sie immer noch gespannt wartete, was als Nächstes geschehen würde. Sie war so euphorisch, dass ihr alles nicht schnell genug gehen konnte.

»Chloé, ich habe gute Nachrichten. Sie sind für unser Programm hervorragend geeignet. Wir werden umgehend mit der Behandlung beginnen.«

»Das freut mich sehr. Heißt das, dass sie mich nun tatsächlich ein für alle Mal von diesem Virus befreien können?«

Dieses hoffnungsvolle Strahlen in ihren Augen entschädigte Sven für seinen Schmerz über den Verlust von Nummer sieben. Die Augenblicke, in denen er die ungläubige Freude in den Augen der Probanden sah, ließen seine Zweifel dahinschmelzen, ob sein manchmal so skrupelloses Vorgehen gerechtfertigt sei. Trotzdem lag er öfter nachts wach und konnte sein Gewissen nicht beruhigen. Fand keinen Schlaf, ob seiner quälenden Gedanken über das, was er tat. Nun würde er wieder einen Menschen heilen und das rechtfertigte einiges.

Auch, dass ich wie Gott in das Leben von ihr eingreifen werde.

Seine düsteren Gedanken zur Seite schiebend, antwortete er Chloé:

»Ja, ich werde Ihnen nun die Injektion geben, die Ihr Leben für immer verändern wird. Kommen Sie bitte mit ins Behandlungszimmer.«

Es wird ihr Leben verändern, aber nicht so, wie sie sich das denkt!

Sven legte seine Hand fürsorglich auf Chloés Schulter und führte sie zurück in das steril weiße Zimmer mit dem schwarz glänzenden Granitboden.

»Ach, ich freue mich so für Sie, Chloé! Ich muss Sie noch darüber informieren, dass die meisten Patienten direkt nach der Injektion ein wenig müde werden. Das ist aber kein Grund zur Besorgnis. Das legt sich innerhalb der ersten Tage und nach ein, zwei Wochen sind Sie wieder ganz die Alte. Wie als ob Sie nie zuvor HIV gehabt hätten. Keinerlei Neben- oder Folgewirkungen der Infektion. Sie werden sich wie neugeboren fühlen! Legen Sie sich zur Sicherheit bitte hier auf das Krankenbett.»

Sven lächelte Chloé an, wartete, bis sie sich auf der Liege ausgebreitet hatte, nahm ihren rechten Arm und desinfizierte die Einstichstelle.

»Sind sie bereit für diesen großen Augenblick? Sehen Sie sich diese Ampulle hier genau an. Dieses Medikament bedeutet ein neues sorgenfreies Leben für Sie!«

Chloé lächelte dankbar und konnte ihr Glück gar nicht fassen. Prof. Dr. Sven Knöth zog die Spritze auf. Doch anstatt das neue HIV-Wundermittel zu injizieren, verabreichte er seinem neuesten Opfer ein starkes Hypnotikum.

Kurze Zeit später war Chloé bewusstlos. Sven schob ihre Liege in den etwas abgeschieden liegenden Probandentrakt. Er war durch eine schwere, automatische Stahltür mit einer Codekartenzugangssperre gesichert. Hier würde sie niemand hören, sollte sie schreien, wenn sie aufwachte. Nur er und sein Bruder hatten hier Zugang. Von den übrigen Angestellten von *Trimpa-Pharm* hatte es noch niemand gewagt zu fragen, was hinter der, mit *Privat* gekennzeichneten, schweren Stahltür verborgen war.

Vermutlich dachten die anderen, hier hätte er seinen privaten Ruheraum.

Nachdem sich die Stahltür hinter ihm wie von Geisterhand verschlossen hatte, schob Sven Chloés Liege in das freie Zimmer auf der linken Seite. Anschließend legte er ihr Hand- und Fußfesseln an, befestigte die Sensoren an Chloés Körper und aktivierte das Überwachungssystem. Sobald aus dem Zimmer ein Geräusch wahrnehmbar wäre oder eine sonstige Anormalität an Chloés Werten auftauchen sollte, würde ihn die App in seinem Smartphone entsprechend informieren.

Niemand wird dich vermissen!

Sven machte sich anschließend an die Arbeit, Chloés Handtasche zu durchsuchen. Er achtete auf jede Kleinigkeit. Jeder kleine Zettel mit einer Telefonnummer interessierte ihn. Doch er fand nichts Besonderes, was ihn irgendwie beunruhigen würde. Er legte alles wieder zurück in die Handtasche. Um sie würde sich sein Bruder später kümmern. Zufrieden mit seinem Arbeitstag fuhr er nach Hause in seine Villa im noblen Hardtwald in Bad Homburg. Wieder ein Tag zu Ende, an dem alles nach Plan verlaufen war und der ihn ein großes Stück näher an sein Ziel gebracht hatte.

12.

Frank Büchner fuhr so unauffällig wie möglich.

Nur nicht auffallen und in keine Polizeikontrolle geraten!

Er achtete peinlichst genau auf die Verkehrsregeln, was normalerweise so gar nicht sein Fall war. Er war froh, bereits nach rund zwanzig Minuten in Rödelheim auf dem verlassenen Fabrikgelände anzukommen. Eine solch kurze Fahrt hatte er normalerweise nie. Die anderen Opfer musste er immer von weit entfernten Orten aus ganz Deutschland einsammeln.

Pocke erwartete ihn bereits. Das Tor zur verlassenen Halle stand offen und wurde umgehend geschlossen, nachdem Frank in die Halle gefahren war. Ein Austausch, wie sie ihn schon allzu oft gemacht hatten. Ohne Worte zu wechseln, trugen sie Nummer 16 gemeinsam aus dem Corsa in Pockes schwarzen Chrysler 300C Touring mit den verdunkelten Seiten- und Heckscheiben, platzierten ihn auf dem Beifahrersitz und schnallten ihn an. Wie immer übergab Pocke Frank einen dicken, verschlossenen Briefumschlag.

»Das ist für den Job. Aber warte noch kurz!«

Frank sah ihn verwundert an, als Pocke zum Handschuhfach griff und es öffnete. Umständlich kramte er dort herum und suchte scheinbar etwas.

Er wird doch nicht? Er wird mich doch nicht hier kaltmachen wollen? Aber warum hätte er mir dann zuvor den Briefumschlag gegeben?

In diesen Sekunden realisierte Frank das erste Mal, wie verletzlich er doch eigentlich war und auf was er sich eingelassen hatte, und vor allem auf wen. Er war Pocke ausgeliefert!

Wenn dieser Zombie mich nicht mehr brauchte, was sollte ihn davon abhalten, mich hier einfach umzulegen?

Doch Pocke hatte keine Waffe in der Hand, sondern ein Bündel Geldscheine, die mit einem Gummi umwickelt waren.

Verwirrt sah Frank Pocke an. Dieser lächelte auf seine einzigartige Weise in sich hinein, die ihn so kalt und absolut unmenschlich wirken ließ, als er Frank das Bündel Geldscheine übergab.

»Hier, kauf dir ein anderes Auto. Einen gebrauchten, nicht ganz so klein, wie dein Corsa. Es ist immer ein bisschen umständlich, die Körper aus der kleinen Türöffnung zu zerren. Nummer 16 hat ein bisschen zu viel Wind in der Öffentlichkeit gemacht, also müssen wir besonders vorsichtig sein. Du musst den Corsa so schnell wie möglich loswerden. Fahre zum Schrott-Michel am Ende der Hanauer Landstraße. Richte ihm einen schönen Gruß von mir aus, er soll den Corsa in die Presse geben und dir einen Golf besorgen. Unauffällige Farbe, Rot oder Silber, das fährt die halbe Welt! Lass deinen Corsa aber noch ein paar Wochen angemeldet. Schrott Michel wird dir für den Golf eine Zulassung auf einen anderen Namen besorgen. Später, wenn Gras über die Sache gewachsen ist, melden wir den Corsa ab und lassen den Golf auf dich zu.

Alles klar, mein Guter? Guck mich nicht so verschreckt an. Mach dich geschmeidig, Alder! So und nun mach die Fliege, ich habe noch zu tun.«

Pocke wartete, bis Frank davonfuhr. Danach griff er zu seinem Smartphone und informierte Sven, dass er in fünf Minuten da wäre. Er stieg in seinen 300C und fuhr aus der Halle auf die Hauptstraße hinaus. Er war sich zwar sicher, dass Frank nie versuchen würde, ihn zu beobachten oder ihm gar zu folgen, trotzdem wartete er noch, bis die Rücklichter des Corsas auf der Eschborner Landstraße kleiner wurden und schließlich ganz verschwanden. Nun war er sich sicher, unbeobachtet zu sein, und fuhr die paar Häuser weiter zu *TrimpaPharm*.

Dieser Angsthase würde sich nie trauen, mir nachzuspionieren. Er erledigt seine Aufträge präzise wie ein Schweizer Uhrwerk, stellt niemals Fragen und ist wohl froh, nicht zu erfahren, was mit den Opfern in weiterer Folge geschieht. Wann immer er mich sieht, steht ihm die blanke Angst ins Gesicht geschrieben. Gott, wie ich solche Schisser hasse!

Pocke lächelte verächtlich und fuhr seinen 300C in die Tiefgarage des Gebäudes. Wie gewöhnlich stand neben seinem reservierten Parkplatz schon eine Krankenbahre bereit, auf die er Nummer 16 bugsierte und anschließend durch den direkten Gang zur Probandenstation schob.

»Keine Zwischenfälle. Alles nach Plan, wie immer!«, sagte er zu Sven, der schon auf ihn wartete.

»Sehr gut, schieben wir ihn ins Zimmer Zwei. Unsere letzte Probandin, Nummer 25, ist wie erwartet heute aufgetaucht und liegt auf der Eins.«

Schweigend schoben die beiden Männer Nummer 16, alias Robin Fremder, ins zweite Probandenzimmer. Sie wuchteten ihn gemeinsam auf das Sonderbett und legten ihm die Fuß- und eine Handfessel an. Sicher ist sicher, auch wenn er noch Stunden tief schlafen sollte. Das Hypnotikum, mit dem sie Frank für seine Einsätze immer ausstatteten, haute glatt einen Bullen um.

»Den anderen Arm lassen wir noch frei, ich muss ihm ja noch Blut abnehmen. Bei ihm muss ich immer erst pumpen, bis ich die Venen sehe. Komm morgen Abend vorbei, dann können wir ihn wieder auschecken.«

Auswildern, ist das richtige Wort. So eine Nummer ist doch wie ein Stück Vieh für uns, dachte sich Pocke, als er den Trakt Richtung Tiefgarage verließ. Dass Sven sich immer so gewählt ausdrücken musste, ging ihm mächtig auf die Nerven.

Aber ist schon okay, ohne ihn wäre ich nicht da, wo ich heute bin. Er sorgt für mich, trotz all dem Leid, das ich der Familie angetan habe. Insgeheim bewundert er mich aber, der talentierte, berühmte Professor! Bah, zum Glück bin ich nie so ein Schnösel wie er geworden.

Ohne Sven wäre Pocke wohl nicht mehr unter den Lebenden. Das war ihm durchaus bewusst. Sein großer Bruder hatte ihn damals von der Straße geholt. Aus dem ewigen Kreislauf aus Drogen, Gewalt und Beschaffungskriminalität. Pocke hatte schon mit 14 alle Drogen durch, die man irgendwie in Frankfurt für Geld bekommen konnte. Und in der Frankfurter Szene bekam man alles! Er war ganz unten gewesen. So weit unten, dass Sven ihn schließlich mit 27 Jahren für den kalten Entzug in seinem Heizungskeller mit der dicken Feuerschutztür eingeschlossen hatte. Durch den jahrelangen Drogenmissbrauch war Pockes

Körper so kaputt, dass Sven keinen anderen Ausweg mehr gesehen hatte.

Eingeschlossen im Heizungskeller, hatte sich Pocke eine ganze Woche lang auf einem Matratzenlager regelrecht die Seele aus dem Leib gekotzt, bis er völlig leer war und nur noch Galle spie. Die ersten Essversuche in flüssiger Form kamen immer wieder hoch, sein Körper schrie nach Dope und konnte mit normaler Nahrung nichts mehr anfangen.

Er und sicher auch Sven würden den Tag nie vergessen, als die erste Rinderbrühe unten blieb. Drei Stunden nach der Aufnahme der paar Esslöffel hatte er sich immer noch nicht übergeben müssen. Das war wie eine Wiederauferstehung. Von da an ging es steil aufwärts mit ihm und er wurde Tag für Tag mehr zu einem Lebenden. Sah zwar immer noch aus wie eine wandelnde Leiche mit seiner aschfahlen Haut und den extremen Narben im Gesicht, aber er lebte und das jeden Tag mehr.

Mein Aussehen wird sich nie mehr verändern, aber scheiß drauf. Hat auch seine guten Seiten, denn jeder hat Angst vor mir. Selbst die, die mich nicht kennen, noch nie gesehen haben, weichen unmittelbar vor mir zurück, wenn ich ihnen zu nahe komme. Auch die, die meinen Ruf nicht kennen, die nicht wissen, zu was ich fähig bin!

Seine frühe Drogensucht und sein jahrelanges Dahinsiechen hatten ihn abgestumpft. Als er Kumpel von ihm hatte auf der Straße verrecken sehen, war ihm klar geworden, dass es für ihn nur noch ums blanke Überleben ging. Entweder er würde das Geld für den nächsten Schuss auftreiben können, oder jämmerliche Qualen erleiden. Wie oft hatten seine Eltern versucht, ihn in einen Entzug zu stecken. Zweimal war es ihnen gelungen, als er noch minderjährig war. Doch er war nach ein paar Tagen geflohen. Hatte es nicht mehr ausgehalten und wollte zurück auf die Straße.

Diese Jammerlappen von Eltern hatten seit meiner frühesten Kindheit an mir herumgenörgelt. Haben mich fertiggemacht, weil ich nie an meinen großen Bruder herankommen würde. Sven ist schon einzigartig, das musste ich mir irgendwann eingestehen. Doch warum wollten sie mich nur zu einem zweiten Sven machen? Ich habe andere Talente, dachte er und setzte im

Wagen sein typisches Grinsen auf. Das Grinsen, mit dem er andere manipulieren konnte, wie kein Zweiter.

Seinen ersten Mord hatte er noch vor seinem fünfzehnten Geburtstag begangen. Es war in einem verlassenen Haus in der Frankfurter Nordweststadt gewesen. Junkies, wie er, schliefen dort im eigenen Kot auf vollgekotzten Matratzen, die sie irgendwo gefunden und in dem Haus zusammengetragen hatten. Es war ihr Zuhause. Das Zuhause einer eingeschworenen Gemeinschaft, solange alle breit waren. Doch wenn sie nicht genügend Dope hatten, wurde es ziemlich ungemütlich.

Irgendeiner war fast immer auf Turkey und tat alles, um einen Schuss zu bekommen. Pocke wusste bis heute nicht mehr, wie es damals genau passiert war. Er brauchte einen Schuss so dringend wie nichts anderes auf dieser Welt. Detlef, die Ratte, so nannten sie ihn, hatte genügend Dope, wollte ihm aber nichts abgeben. Pockes Schmerzen waren unerträglich geworden. Sein Körper hatte sich völlig zusammengekrampft, bis er gekrümmt auf dem Boden lag und nur noch verzweifelt nach dem nächsten Schuss gierte. Irgendwie war dann wohl der rote Ziegelstein in seine Hände gekommen, der immer in einer Ecke herumgelegen und bis dato niemanden interessiert hatte.

Obwohl Pocke zu diesem Zeitpunkt heftigste Entzugserscheinungen hatte und die Welt um ihn herum kaum wahrnahm, an das Geräusch von damals würde er sich sein ganzes Leben lang erinnern. Das seltsam dumpfe Geräusch eines splitternden Schädelknochens, als der Ziegelstein auf Rattes Kopf krachte, der völlig breit auf dem Betonboden lag. Es waren wohl nur Sekundenbruchteile, in denen Pocke abgelenkt wurde von dem Anblick des zertrümmerten, blutigen Kopfes. Dann konzentrierte er sich wieder auf das für ihn Wesentliche und griff in aller Seelenruhe zu Rattes silbernem Päckchen und bereitete sich seinen erlösenden Schuss vor, während Blut und Hirnmasse weiter aus Rattes Schädel neben ihm flossen. Dann setzte Pocke sich seinen befreienden Schuss und war wieder zufrieden mit sich und der Welt.

Ratte hätte einfach nicht so geizig sein sollen. Ich hatte ihn davor nicht nur einmal angefleht, mir das zweite Päckchen Dope zu geben. Er hatte doch zwei. Hätte für uns beide gereicht. Nicht meine Schuld!

Ein paar Minuten später fanden andere Junkies Pocke noch mit der Spritze im Arm und seinen zufriedenen, glasigen Augen neben dem toten Körper von Ratte. Niemand sagte etwas. Es war allen nur allzu klar, was passiert war.

»Keine Bullen!«, lautete das oberste Gebot. So wurden die sterblichen Überreste von Ratte entsorgt und alles ging seinen gewohnten Gang. Nicht ganz, denn immer weniger Junkies kamen noch in das besetzte Haus. Alle hatten sie Angst, mit Pocke allein zu sein, zumal sich ähnliche Vorfälle im Frankfurter Drogenmilieu häuften. Wie viele Leichen davon auf Pocke gingen, wusste er selbst nicht mehr. Vermutlich die meisten. Für einen Schuss war ihm alles recht gewesen. Er mutierte regelrecht zum einsamen Wolf, ohne jegliche Skrupel und Mitgefühl für andere. Wo immer er auftauchte, sein Ruf war ihm bereits vorausgeeilt.

Einmal taten sich zwei besonders Mutige zusammen und wollten Pocke umbringen. Im gemeinsamen Drogenrausch hatten sie immer wieder davon gesprochen, was sie machen würden, um die Szene endlich von dem Problem Pocke zu befreien. Doch es blieb zu lange nur bei der Absicht. Wenn sie selbst auf Turkey waren, hatten sie andere Probleme. Da sie jedoch öfters davon sprachen, wenn sie breit waren, wusste nach und nach das ganze Viertel Bescheid. So einen wie Pocke konnte man im Milieu nicht brauchen und die beiden wollten etwas dagegen tun.

Auch wenn es keinen richtigen Zusammenhalt zwischen den Junkies gab, besonders wenn sie einen Druck brauchten, Pocke ging über Leichen und das machte allen Angst. Nachdem die beiden jedoch über Nacht spurlos verschwanden und Pocke in eben jener Nacht von vielen im Bahnhofsviertel breit grinsend in bester Stimmung gesehen wurde, wagte sich niemand mehr, Pocke auch nur zu widersprechen oder ihm direkt in die Augen zu sehen. Alle Junkies passierten ihn von dieser Nacht an mit einem gesenkten Blick, wo immer er auftauchte. Pocke war zur unantastbaren Ikone des Frankfurter Bahnhofsviertels geworden.

Niemand hatte es jemals mehr gewagt, etwas gegen ihn zu unternehmen.

Heute war Pocke seinem Bruder Sven dankbar. Dankbar für immer und ewig, denn seit Sven ihn aus dieser Hölle herausgeholt hatte, ging es ihm gut. Er hatte nie wieder Heroin gespritzt und auch keinerlei andere Drogen zu sich genommen, nicht einmal einen lächerlichen Joint geraucht. Klar, ein paar Bierchen ab und zu, aber sonst blieb er clean. Clean wie ein frisch gewaschener Babypopo und das würde auch so bleiben. Doch eins hatte er nie wieder gelernt: Skrupel. Er hatte nicht den geringsten Skrupel, was auch immer zu tun. Es gab keine Tabus für ihn.

Mitleid? Er war sich nicht sicher, ob er das jemals besessen hatte. Die vielen Drogen hatten sein Gehirn so zerstört, dass er sich nicht mehr daran erinnern konnte. Und das war gut so. Wann immer er daran dachte, setzte er sein für ihn so typisches, eiskaltes Grinsen auf und war mit sich und der Welt zutiefst zufrieden.

Nachdem sich im Kiez herumgesprochen hatte, dass Pocke von den Drogen weg war, stieg der Respekt der anderen vor ihm sogar noch mehr an. Er war der König der Frankfurter Unterwelt geworden. Niemand wusste, wo er überall seine Finger drin hatte, doch jeder wusste, was immer Pocke wollte, es war besser, es ihm zu geben, denn er bekam es am Ende ja doch.

13.

Nachdem Pocke gegangen war, nahm Sven bei Nummer 16 Blut ab. Das war der einzige Grund, warum sie ihn brauchten, sein Blut. Die Kette der Proben musste lückenlos sein, als Nachweis, dass *Agronationylfloxacyl* dauerhaft wirkte. Für die Dauer von zwei Jahren, alle drei Monate eine Probe. So hatte er es mit Barry Ryan, dem Vorstandsvorsitzenden des Pharmariesen *Struggles*, vereinbart. Das würde auch die Anforderungen von jeglichen anderen Interessenten erfüllen, sollte Ryan sich nicht an sein Wort halten, den Wirkstoff zu kaufen. Doch das würde er schon! Er wäre ein Narr, es nicht zu tun, denn auf dieses Mittel wartete die ganze Welt. Sie waren deutlich weiter als jedes andere Forschungslabor.

Das Mittel würde wie eine Bombe einschlagen und somit von allen Pharmariesen heiß begehrt sein wie kein Mittel zuvor in der Geschichte der Medizin – seit der Entdeckung von Penicillin.

Nach der Blutabnahme injizierte Sven dem *Fremden* noch ein weiteres Schlafmittel. Er musste lachen, wenn er an die diversen Artikel dachte, die er über ihn gelesen hatte. Es war ihm zwar nicht recht, dass Nummer 16 in der Öffentlichkeit so viel Staub aufgewirbelt hatte, doch war es auch wiederum ein gutes Gefühl zu sehen, wie perfekt ihr System funktionierte. Nicht einmal mithilfe der Öffentlichkeit würden sie ihm auf die Schliche kommen. Zumindest nicht, bis er weit weg in Sicherheit war.

Das Schlafmittel injizierte Sven, weil sie es sich nicht leisten konnten, dass der Proband zwischendurch wach wurde. Morgen würden sämtliche Blutwerte vorliegen. Erst dann konnten sie Nummer 16 wieder auschecken. Sie mussten auf Nummer sicher gehen – nur kein Risiko jetzt, wo das Ziel zum Greifen nahe war.

Es war schon einmal vorgekommen, dass die ersten Werte nicht eindeutig waren und sie eine zweite Probe nehmen mussten. Sven musste nur sicherstellen, dass Nummer 16 auf keinen Fall zwischendurch aufwachen würde. Er durfte sich an nichts erinnern. Die anderen Spritzen vergaben sie nur alle sechs Monate. Die fürs Vergessen.

Vor fünf Jahren hatte der damalige Versuchsleiter Thomas Sauerborn quasi zufällig ein Mittel entdeckt, das eine retrograde Amnesie verursachen konnte. Welch ein Segen! Zuerst waren sie sich der Bedeutung dieser Entdeckung gar nicht bewusst gewesen. Im normalen medizinischen Bereich waren die Anwendungsmöglichkeiten sehr beschränkt, sodass es keine wirtschaftlich sinnvolle Vermarktungsmöglichkeit gab. Nichtsdestotrotz behielten sie die Formel für *Primazolam* geheim, denn vielleicht ergab sich ja eine anderweitige Verwendung für solch ein Mittel, das quasi den ‚Arbeitsspeicher' des Gehirns löschte. Sie waren keine Hirnforscher, doch sie fanden schnell heraus, dass nur das Erlebte gelöscht wurde.

Das Mittel wirkte ähnlich wie *Midazolam*, das einmal verabreicht, das Gehirn veranlasst, Dinge, die in den nächsten Stunden passieren, nicht zu speichern und das deshalb in der Medizin oft in der Notfalltherapie und vor schweren Eingriffen eingesetzt wurde. Das von ihnen entdeckte *Primazolam* wirkte zwar ähnlich, war aber in die Vergangenheit gerichtet. Im Prinzip das genaue Gegenteil. Das Leben eines Menschen, mit allem, was bis dato passiert war, wurde quasi auf null zurückgesetzt. Interessant und für die beiden Forscher bis dato unerklärlich war die Tatsache, dass das Sprachzentrum vollständig erhalten blieb, nur eben alles Erlebte ausgelöscht wurde.

Später fanden die beiden Forscher heraus, dass diese Löschung im Gehirn nicht dauerhaft war. Nein, nach sieben bis acht Monaten kam die Erinnerung allmählich zurück. Dies war die Schwäche des Mittels, aber damit mussten sie leben, denn die Entdeckung von *Primazolam* hatte ihnen überhaupt erst das Vorgehen ermöglicht, das sie reich machen würde. Ansonsten hätten sie auf ein Dritte-Welt-Land zurückgreifen und auf andere Weise *freiwillige* Probanden akquirieren müssen.

Doch das, was Pharmariesen mit ihren grenzenlosen Budgets

und riesigen Organisationen tagtäglich im Geheimen mit *freiwilligen* Probanden aus den ärmsten Gesellschaftsschichten irgendwo in einem fernen Land abseits jeglicher Öffentlichkeit unter strengster Geheimhaltung machten, war für ihre kleine Firma zu aufwendig. Somit war die zufällige Entdeckung von *Primazolam* lange vor der Versuchsreihe ihres HIV-Mittels *Agronationylfloxacyl* die Grundlage ihrer späteren Machenschaften.

Sie waren damals zu zweit gewesen, Dr. Thomas Sauerborn und er, Prof. Dr. Sven Knöth. Gemeinsam hatten sie vom großen Reichtum geträumt. Nach kürzester Zeit würden sie in die Liga der reichsten Männer auf Erden aufsteigen, ihnen würde die Welt zu Füßen liegen – so die damaligen Pläne der beiden engagierten Forscher.

Verbittert ließ Sven immer wieder seine Gedanken zu dieser Zeit zurückschweifen. Er konnte nicht anders. Zu tief saß die Enttäuschung über seinen damaligen Freund und Partner.

Alles hatte sich an diesem verhängnisvollen Tag, dem 23. Mai 2013, schlagartig geändert. Dem Tag, an dem Sven seinen besten Freund verlor. Sie waren mehr als Freunde gewesen, quasi Seelenverwandte. Wie Zwillinge! So sehr miteinander verbunden, dass es stets außerhalb ihres Vorstellungsvermögens gelegen hatte, dass sich daran jemals etwas ändern könnte. Nie würde er dieses Datum vergessen, niemals in seinem Leben!

14.

Dr. Karl Brückner war nervös. Er kannte Chloé noch nicht gut, denn er hatte sie gerade mal vor zehn Tagen kennengelernt. Er hatte sich zwar innerlich gesträubt, doch musste er sich eingestehen: Es hatte ihn erwischt. Er hatte sich Hals über Kopf verliebt, wie ein Teenager, der noch grün hinter den Ohren war. Doch wie konnte das nur passieren? Diese Frage hatte er sich die letzten Tage immer wieder gestellt. Er, der Beziehungskrüppel, der nur für seinen Beruf lebte und eigentlich, wenn er mal selbstkritisch über sich nachdachte, noch nie eine richtige Beziehung gehabt hatte.

Bis zu seinem 40. Geburtstag hatte er sogar im Hotel Mama gewohnt. Dann war seine geliebte Mutter auf so tragische Weise ums Leben gekommen, sonst würde er sicherlich heute noch bei ihr leben. Die Obduktion hatte ergeben, dass sie auf dem Weg zum Einkaufen im Treppenhaus einen Schlaganfall erlitten hatte und dabei so unglücklich die harte Steintreppe hinuntergefallen war, dass ihr Schädel beim Aufprall auf die Kante einer Stufe gebrochen war.

Vielleicht hätte man sie nach dem Schlaganfall noch retten können, doch der Schädelbruch mündete direkt in einen Exodus. Eigenartig, obwohl er sein ganzes Leben bei seiner Mutter gelebt hatte und sie ihm bis zuletzt jeden Tag gekocht und seine Wäsche gewaschen hatte, konnte Karl bei ihrem überraschenden Tod keine Träne vergießen. Er hatte scheinbar eine etwas skurrile Art der Trauerarbeit.

Direkt, nachdem der Leichenwagen sie abgeholt hatte, ging er unter die Dusche und machte sich auf den Weg in die Taunusstraße 27. Dort befriedigte er seine Lust bei einer Prostituierten aus Thailand. Das hatte er sein ganzes Leben schon gemacht. Wann immer er Kummer hatte oder es ihm besonders gut ging oder einfach wenn ihm danach war, ging er zu einer Hure und suchte Erleichterung.

Bis er Chloé kennengelernt hatte, war er fast täglich im Frankfurter Bahnhofsviertel unterwegs gewesen. Kaum eine Gewerbliche dort, die er nicht schon mal beglückt hatte. Alle mochten ihn für seine Großzügigkeit. Er knauserte nie und gab jeder nach verrichteter Arbeit ein fürstliches Trinkgeld.

Karl hatte keine Freunde, obwohl er auf seiner Arbeit im Krankenhaus Nordwest in Frankfurt von allen Kollegen sehr geschätzt wurde. Er war ein wahrer Eigenbrötler geworden, warum, wusste er selbst nicht. Aber er fühlte sich wohl in seiner Haut.

In seinem täglichen Job half Karl über die Jahre Tausenden von Menschen, was ihm ein wahres Glücksgefühl bereitete. Es war überhaupt das Schönste für ihn, etwas Gutes für andere zu tun. Wenn es ihm gelang, einem bereits totgesagten Menschen das Leben zu retten, hatte er Mama oft am Abend Blumen mit nach Hause gebracht. Das war ein Dankeschön dafür, dass sie ihn die ganzen Jahre ohne Wenn und Aber liebte und sich so gut um ihn, den Workaholic, kümmerte.

Es war aber auch ein Dankeschön an sich selbst, an das Leben, das einfach so wunderbar war an diesen besonderen Tagen. Wehmütig dachte er an die Zeit zurück, als Mutter noch lebte. Doch als Arzt konnte er mit dem Tod umgehen und schob seine sentimentalen Gedanken schnell zur Seite, wenn sie auftraten.

So war es auch gekommen, dass er Chloé kennengelernt hatte. Geplagt von traurigen Gedanken an seine Mutter, war er wieder ins Frankfurter Bahnhofsviertel gefahren und hatte sich bei einer seiner Lieblingsprostituierten erleichtert. Anschließend ging Karl in sein Stammcafé, das *Starbucks* in der Kaiserstraße. Zutiefst zufrieden setzte er sich mit einem Cappuccino an den einzig freien Tisch. Am Nebentisch schlürfte eine äußerst attraktive Farbige an ihrem Latte macchiato. Er war sofort gefangen von ihrem attraktiven Äußeren.

»Ist das nicht ein herrlicher Tag?«

Karl war selbst erstaunt über sich. Es war so gar nicht seine

Art, eine fremde Frau anzusprechen, doch die vor Glück nur so leuchtenden Augen von Chloé hatten ihn ermutigt. Es kam, wie es kommen musste. Man war sich sympathisch, plauderte über dies und das und landete schließlich am Abend zusammen in Karls Wohnung, die er erst kürzlich von seiner Mutter geerbt hatte. Alles war perfekt wie in einem abgedroschenen Hollywoodfilm. Der Beginn einer großen Romanze.

Sie trafen sich jeden Tag nach seiner Arbeit, übernachteten bei ihm und einmal auch bei ihr, als sie gerade am Abend in der Nähe ihrer Wohnung etwas gegessen und dabei das eine oder andere Glas zu viel getrunken hatten.

Es machte Karl nicht einmal etwas aus, als Chloé ihm gestand, eine Prostituierte zu sein. Warum auch? Er liebte ja die Damen vom horizontalen Gewerbe auf seine eigene Weise. Doch mit Chloé war alles anders, hier waren die Gefühle deutlich tiefer. So etwas hatte er schon ewig nicht mehr empfunden, zuletzt wohl als Teenager auf dem Gymnasium.

Karl genoss jede Sekunde mit Chloé, es war einfach perfekt! Bis zu jenem verhängnisvollen Abend, eine Woche nach ihrem Kennenlernen. Karl verstand selbst nicht, wie es passieren konnte – es geschah einfach. Er hatte zuvor auf der Arbeit eine derbe Niederlage erlitten. Ein kleiner Junge, gerade mal drei Jahre alt, war mit schweren inneren Verletzungen ins Krankenhaus Nordwest eingeliefert worden. Karl kämpfte mit seinem Team in einer vierstündigen Notoperation wie ein Besessener um das Leben dieses kleinen Jungen. Doch trotz all der Bemühungen mussten sie am Ende ihr Scheitern eingestehen. Es war vergeblich, sie konnten den kleinen Jungen nicht retten. Er starb Karl unter seinen blutverschmierten Händen weg.

Direkt nach der Notoperation rief Karl Chloé an, dass er sie unbedingt treffen müsse, am besten bei ihm zu Hause. Als Chloé dann endlich, deutlich später als versprochen, bei ihm auftauchte, ging das ganze Theater los. Karl war traurig über den herben Verlust, den dieser Tag gebracht hatte, und nun kam auch Chloé afrikatypisch mehr als eine Stunde später als verabredet.

»Warum bist du so spät, hatten wir nicht 18 Uhr gesagt?«

»Schatzi, ich musste mich doch schön machen für dich, nur für dich!«

»Haha, dass ich nicht lache, nur für mich! Was ist mit deinen Freiern? Du machst dich doch für jeden schön, der ein paar Euro auf den Tisch legt. Egal, jetzt komm ins Schlafzimmer, ich brauch es jetzt!«

»Schatzi, beruhig dich doch erst mal! Hattest du einen schlechten Tag?«

Chloé erkannte Karl kaum wieder. Bislang war er immer verständnisvoll gewesen und hatte über ihre notorische Unpünktlichkeit hinweg gesehen.

»Tut nichts zur Sache, komm jetzt endlich, zieh dich aus!«

»Ich habe aber keine Lust, du bist so anders als sonst. Lass uns doch erst was essen gehen und dann machen wir uns einen schönen ruhigen Abend!«

»Was essen gehen? Du machst doch immer für jeden die Beine breit, wann immer einer will, und bei mir willst du erst etwas essen gehen? Pah! Zick nicht rum, ich will dich jetzt ficken!«

»So redest du nicht mit mir! Ich werde jetzt gehen!«

Dabei sah Chloé ihn mit funkelnden Augen an, in denen die schiere Wut geschrieben stand. Da passierte es, warum auch immer. Karl gab ihr in seiner Verzweiflung eine schallende Ohrfeige und sagte:

»Du gehst nirgendwo hin. Willst du etwa, dass ich dich bezahle? Hier haste einen Hunderter und hör auf herumzuzicken!«

Chloé, völlig ungläubig, wie sich ihr bislang so sanftmütiger Karl benahm, hielt sich ihre schmerzende Wange.

»Du wirst mich nie wieder sehen, du verdammter Mistkerl!«

Sie stürmte zur Tür und eilte nach draußen, die Tür laut hinter sich zuknallend. Karl realisierte erst nach und nach, was geschehen war. Er stand immer noch wie paralysiert in seinem Flur, wütend auf Chloé. Je mehr er über das Vorkommen nachdachte, desto verzweifelter und wütender wurde er, jedoch nicht auf sie, sondern auf sich selbst. Ihm wurde sofort klar, dass das Ganze allein seine Schuld war. Er hasste sich für diesen

Ausrutscher. Es war noch nie passiert, dass er sich derart hatte gehen lassen. Dass er sogar eine Frau geschlagen hatte. Er verabscheute sich selbst in diesem Augenblick.

Reuig griff Karl zum Telefon und rief Chloé sofort auf ihrem Handy an. Doch niemand nahm ab, nicht einmal ihre Mailbox war eingeschaltet. Es tat ihm so unsäglich leid, er musste sich einfach entschuldigen. Also rief er noch bei ihr zu Hause an, obwohl ihm klar war, dass sie noch gar nicht dort sein konnte. Er sprach auf ihren Anrufbeantworter:

»Chloé, es tut mir so leid! Verzeih mir bitte, ich weiß nicht, was mit mir los war, aber ich hatte einen schrecklichen Tag. Bitte, bitte melde dich!«

Nein, das waren nicht die richtigen Worte. Was bin ich nur für ein Idiot. Wie konnte das passieren?

Wieder rief er an:

»Chloé, ich war der größte Idiot auf Erden! Ich hatte so viele Probleme heute auf der Arbeit. Wir haben um das Leben eines kleinen Jungen gekämpft und verloren. Ich weiß, das ist keine Entschuldigung für das, was ich getan habe, aber bitte, bitte glaube mir, ich wollte dich nicht schlagen! Die Hand ist mir einfach ausgerutscht, ich war so verzweifelt. Bitte Schatz, sei nicht mehr böse. Ich verspreche dir, das wird niemals wieder vorkommen. Ich liebe dich doch!«

Erschrocken über seine eigenen Worte legte er auf. Ihm wurde zum ersten Mal bewusst, dass er sich tatsächlich in Chloé verliebt hatte. Hatte er sie deshalb geschlagen? Weil er mit der Situation nicht klarkam, dass seine Liebste als Prostituierte arbeitete? Vermutlich. Aber im Prinzip egal, denn es war unverzeihlich, was er gemacht hatte. Er musste das irgendwie aus der Welt schaffen. Er durfte Chloé nicht verlieren. Um keinen Preis! Wieder rief er an, doch auch diesmal ging nur der Anrufbeantworter dran. Er versuchte es wieder und wieder, aber Chloé ging nicht an den Apparat. Zwischendurch weinte er in seiner Verzweiflung hemmungslos drauflos. Es war wie ein Staudamm, der zuerst einen kleinen Riss bekam, der sich dann aber rasch ausweitete.

Karl konnte sich nicht einmal daran erinnern, wie oft er an diesem Abend völlig niedergeschlagen Monologe mit Chloés Anrufbeantworter gehalten hatte. Dazu trank er immer mehr Whisky, bis er völlig zerbrochen auf seiner Couch zur Seite kippte. Sein Wohnzimmer drehte sich unaufhaltsam im Kreise.

Am nächsten Mittag schaffte es Karl kaum, seine Augen zu öffnen. Das erste Mal seit vielen, vielen Jahren hatte er einen Brummschädel. Er schleppte sich mühsam ins Bad, nahm zuerst ein paar Aspirin aus seinem Arzneischränkchen und schluckte sie mit Leitungswasser hinunter. Anschließend stellte er sich unter die kalte Dusche. Alles ging im Schneckentempo, denn jede Bewegung seines Kopfes tat weh und er fühlte sich immer noch schwindlig. Das Anziehen wurde ebenfalls zur Qual, doch wusste er, dass er sich beeilen musste. Also hielt er durch und schaffte es schließlich, nach einer halben Stunde seine Wohnung zu verlassen.

Karl machte sich auf den Weg zu Chloé. Das war seine einzige Chance. Er musste ihr gegenübertreten und mit ihr sprechen. Der Weg zu ihrer Wohnung schien heute endlos. Jeder Schritt war in seiner Verfassung mühsam. Die längste Strecke legte er mit dem Bus zurück. Er hätte sich in diesem Zustand nie selbst hinters Steuer gesetzt und hatte sich gegen ein Taxi entschieden, weil er befürchtete, ansonsten sich übergeben zu müssen. Ein wenig frische Luft zwischendurch sollte seinen Kopf wieder klar machen. Unterwegs kaufte er einen Strauß roter Rosen.

Endlich hatte Karl Chloés Wohnung erreicht, doch trotz mehrmaligem Klingeln blieb ihre Wohnungstür verschlossen. Er legte immer wieder sein Ohr an die Tür, um etwas zu erlauschen, aber er konnte keinen Laut vernehmen. Entweder war sie tatsächlich nicht da oder stellte sich tot. Entnervt und niedergeschmettert von seiner eigenen Unzulänglichkeit, ließ er sich an Chloés Haustüre runtergleiten und saß wie ein Obdachloser in ihrem Türstock. Er würde auf sie warten und wenn es Stunden dauern sollte, bis sie endlich auftauchte! Das war er ihr schuldig. Er würde um Chloé kämpfen, die ihm nun wie das begehrenswerteste Wesen auf Erden vorkam!

Stunden vergingen, aber nichts passierte. Karl hörte lediglich ein paar Mal jemanden in die unteren Stockwerke gehen, doch niemand ging bis ganz nach oben zu Chloés Wohnung. Nachdem Chloé bis 22 Uhr nicht aufgetaucht war, machte Karl sich enttäuscht wieder auf den Weg nach Hause.

Wahrscheinlich ist sie in ihrer Rage über mich weggefahren. Ja das könnte sein! Vielleicht sogar ins Ausland. Das würde erklären, warum sie ihr Handy ausgeschaltet hat. Scheiß Roaminggebühren! Ich verdammter Idiot, warum bin ich nur so ausgerastet?

Karl versuchte die nächsten Tage, Chloé immer wieder zu erreichen. Mal telefonisch, mal fuhr er bei ihrer Wohnung vorbei und wartete auf sie. Doch Chloé blieb verschwunden. Er wollte sich nicht lächerlich machen und eine Vermisstenanzeige aufgeben. Für wen denn? Für eine Prostituierte namens Chloé? Und vor allem, wie sollte er denn erklären, dass er, der Oberarzt aus dem Krankenhaus Nordwest, sie vermisste? Nein, nein, das konnte er nicht machen. Er würde ihr mehr Zeit geben müssen und es immer wieder mal probieren, sie zu erreichen. Irgendwann würde sie schon auftauchen!

15.

Chloé hatte einen seltsamen Traum. Sie fiel rückwärts in ein schwarzes Loch. Tiefer und tiefer. Es war nicht unangenehm. Ein Gefühl des Fliegens immer weiter und weiter. Trotz des freien Falls fühlte sie sich sicher, zumindest im Traum. Dann juckte es an ihrer Stirn. Sie versuchte, ihren Arm zu heben. Er war bleiern schwer. Sie versuchte es mit aller Kraft, aber es gelang ihr nicht, ihn auch nur ein wenig anzuheben.

Chloé wollte ihre Augenlider öffnen, doch auch sie waren schwerer als gewöhnlich. Hatte sie nun die Augen schon offen? Alles war so stockdunkel. Sie kam allmählich immer mehr zu sich und versuchte, ihre Beine zu bewegen. Eine leichte Panik überkam sie, als ihr gewahr wurde, dass dies ebenfalls nicht ging. Ihr kam es vor, als sei sie angebunden. Angebunden an das Bett, auf dem sie lag. Nein, sie musste träumen. Und doch fühlte sie sich total hilflos und war unfähig, sich zu bewegen.

Sie wollte schreien, aber mehr als ein schwaches Grummeln kam nicht über ihre Lippen. Blanke Panik überkam sie, als sie schließlich realisierte, dass dies kein Traum sein konnte. Sie war tatsächlich an das Bett unter ihr angebunden. Doch das Zerren an den Hand- und Fußfesseln hatte sie so geschwächt, dass sie zurück in ihren Dämmerschlaf versank.

Wie lange Chloé in diesem Zustand verharrte, konnte sie nicht sagen. Das Nächste, was sie bemerkte, war, dass sich jemand über sie beugte. Sie spürte einen sauren Atem über ihrem Gesicht. Entsetzt versuchte Chloé, ihre Augen zu öffnen und tatsächlich, diesmal klappte es. Sie blickte erstaunt in das vertraute Antlitz von Prof. Knöth, der mit ruhiger Stimme auf sie einredete.

»Chloé, hallo hören Sie mich? Alles ist bestens, Sie haben das Mittel gut vertragen, wie erwartet.«

Chloé war verwirrt. Was war geschehen? Sie hatte ein seltsam pelziges Gefühl auf ihrer Zunge. Sie konnte sich nicht bewegen und wollte gerade anfangen zu protestieren, als sie sah, dass Prof. Knöth eine Spritze neben ihr aufzog. Ihre Augen weiteten sich vor Angst, da nahm er schon ihren rechten Arm und setzte die Kanüle an ihre Vene.

»Was machen Sie mit mir?«, brachte sie ganz langsam über ihre Lippen, doch sie war zu schwach, um sich auf die Geschehnisse um sie herum konzentrieren zu können. Ihre Augenlider schlossen sich gegen ihren Willen, obwohl sie sich krampfhaft dagegen sträubte. Dann wurde alles wieder schwarz, tiefschwarz.

Während der nächsten beiden Wochen wachte Chloé immer wieder mal auf, doch sie konnte sich nie lange genug wach halten, um zu verstehen, was mit ihr geschah. Oft waren es nur wenige Minuten oder gar Sekunden. Sie realisierte, dass sie Kompressionsstrumpfhosen anhatte, und an einem Tropf hing. Vielleicht hatte man ihr zwischendurch auch Blut abgenommen, doch da war sie sich nicht sicher. Darüber hinaus hatte sie jegliches Zeitgefühl verloren.

Eines Tages wurde es heller um Chloé. Sie öffnete ihre Augen und sah sich benommen um. Ihre Arme und Beine waren ans Bett gebunden, sodass sie sich kaum bewegen konnte. Lediglich den Kopf konnte sie drehen. Der Raum, in dem sie lag, war hell erleuchtet, hatte aber keine Fenster. Bis auf ihr Bett erblickte sie nur ein einsames weißes Sideboard an einer Wand. Darüber hing ein Medikamentenschränkchen mit Glastüren. Ansonsten war der Raum leer. Nichts. Kein Bild an der Wand. Einfach nur ein steriles Nichts. Links neben dem Bett noch ein Monitor auf einem Metallgestell. Dort blinkte alles wild, und es waren Kurven zu sehen. Chloé verstand, das mussten ihre Werte sein. Was für Werte, verstand sie nicht, nur dass ihre Herzfrequenz dort auch angezeigt wurde. *Was hat das alles zu bedeuten? Warum bin ich hier und warum bin ich ans Bett gefesselt?*

Sollte sie um Hilfe schreien oder besser erst einmal still bleiben? Sie konnte sich keinen Reim darauf machen, was dieser

Professor mit ihr vorhatte. Noch beim Versuch, ihre Gedanken zu sortieren, öffnete sich die einzige Tür zu dem Zimmer und Prof. Knöth kam herein.

»Guten Tag, Chloé, wie geht es Ihnen?«

»Was geht hier vor? Warum bin ich gefesselt?«

»Beruhigen Sie sich, Chloé, das ist nur zu Ihrer eigenen Sicherheit. Sie haben sich im Schlaf so heftig hin und her bewegt, dass ich Angst hatte, Sie könnten aus dem Bett fallen. Sie haben fast zwölf Stunden geschlafen und müssen etwas Heftiges geträumt haben, das Sie innerlich so aufgerüttelt hat, dass Sie nicht zur Ruhe kommen konnten.

Ich gebe Ihnen nun noch eine Beruhigungsspritze und morgen früh werden Sie ganz entspannt aufwachen und können nach Hause gehen. Ich erwarte Sie dann wieder zur Blutkontrolle in drei Monaten – reine Routine, keine Angst. Sie sind für immer geheilt!«

Chloé war verwirrt. Sollte wirklich alles in Ordnung sein? Sie hatte das Gefühl, dass sie keinesfalls nur zwölf Stunden in diesem Raum verbracht hatte. Es kam ihr wie eine Ewigkeit vor, doch war sie zu schwach, ihre widersprüchlichen Gedanken zu sortieren. Ungläubig sah sie Prof. Knöth an, der schon wieder eine Injektion aufzog und ihr an die Vene setzte. Unmittelbar nach dem Einstich wurden Chloés Augenlider wieder schwerer und sie verlor abermals das Bewusstsein.

16.

Nach ihrem Telefonat mit Egon Urschitz von der Zeitung war Martina nervös und ratlos.

Also hatte Robin tatsächlich mit ihm telefoniert und sich über den Fall in Deggendorf erkundigt. Vielleicht ist er wirklich nach Bayern gefahren und hat in seiner Aufregung vergessen, mich anzurufen?

Nein, das kann nicht sein, Robin würde mir so etwas nie antun! Andererseits ...

Was soll ich nur machen? Wenn ich nach Deggendorf fahre, ist er womöglich gar nicht dort. Vielleicht kommt er genau dann hier ins leere Haus zurück, wenn ich unterwegs bin, um ihn zu suchen. Aber ich kann doch auch nicht hier untätig herumsitzen und warten, bis er eventuell irgendwann zurückkommt!

Ihre Gedanken fuhren Karussell mit ihr. Die ganze Situation war so unwirklich, einfach absurd! Martina rief ihre Freundin Sheila an. Sie wollte sich ihre Probleme von der Seele reden und vielleicht hatte Sheila eine sinnvolle Idee. Doch Sheila war viel zu sehr mit sich selbst und ihren eigenen Problemen beschäftigt. Sie bedauerte zwar die schreckliche Situation, in der Martina sich befand, doch merkte Martina schnell, dass Sheila nicht mit ganzem Ohr bei der Sache war und ihr nicht richtig zuhörte. Also beendete sie das Gespräch genervt.

Wie immer! Typisch! Ich bin allzeit für sie da, doch wenn ich einmal Hilfe brauche, stehe ich alleine da. Was soll ich nur machen? Erst einmal in Deggendorf anrufen. Vielleicht ist Robin tatsächlich dort aufgetaucht, auch wenn es eher unwahrscheinlich ist?

Nach kurzem Zögern wählte Martina die Nummer, die ihr Egon Urschitz von der Frankfurter Rundschau gegeben hatte. Sie hatte Glück, denn sie wurde gleich von der Zentralstelle zum behandelnden Arzt durchgestellt. Leider hatte Robin bei ihm nicht vorgesprochen, so viel bekam sie von ihm heraus, doch schwieg er sich über jegliche weitere Informationen zu seiner Patientin aus.

Ärztliche Schweigepflicht – bla bla. Möchte nicht wissen, was der zu Hause seiner Frau immer alles über die Patienten erzählt. Sicher die übelsten Geschichten bis ins letzte Detail und mir erzählt er etwas über Schweigepflicht!

Mein Gott, ich habe ein Recht darauf, vielleicht hat dieser Fall ja wirklich was mit Robin zu tun. Wie auch immer, Robin war offenbar nicht dort und somit bringt mich das derzeit nicht weiter!

Sie beendete das Telefonat mit dem Arzt, ließ sich auf der Wohnzimmercouch nieder und schloss die Augen. Zu viele Dinge kreisten in ihrem Kopf. Dann kam ihr plötzlich ein absurder Gedanke. Doch war er wirklich so absurd?

Was ist, wenn diese Frau in Straubing Robins Frau oder Freundin war? Was ist, wenn ihnen beiden zusammen etwas zugestoßen war und sie nur durch unglückliche Umstände getrennt worden waren?

Bei diesem Gedanken verspürte sie einen Stich in ihrem Herzen. Dort war Robin inzwischen so tief verankert, dass dieser Gedanke sie schier wahnsinnig machte. Sie durfte und konnte Robin einfach nicht verlieren. Er gehörte ganz und gar ihr!

Zur Ablenkung öffnete Martina eine Flasche Wein und trank das erste Glas in einem Zug leer. Das half ihr zwar nicht wirklich weiter, doch die Wirkung des 2008er Chardonnays ließ nicht lange auf sich warten. Ein warmes Gefühl stieg in ihr auf und der Alkohol benebelte ein wenig ihre Sinne. Den weiteren Abend grübelte und grübelte sie darüber nach, ob sie nicht wirklich versuchen sollte, mehr über die Frau in Deggendorf herauszufinden oder doch besser die Füße stillzuhalten, um keine schlafenden Hunde zu wecken. Es wurde später und später.

Ach, die Flasche ist auch schon leer. Soll ich noch eine? Ja, ich kann sowieso nicht einschlafen in dieser Situation. Lass mich noch eine trinken, nur noch eine ...

17.

»Komm, lad sie ins Auto, schnell!«

Sven war aufgeregt, wie immer bei solchen Aktionen. Es war nicht seine Welt. Sein Bruder lächelte nur mitleidig.

»Du wirst dich nie daran gewöhnen. Mach dich geschmeidig, Alder! Ich habe alles im Griff. Sie taucht auf, wie sie verschwunden ist, nur wird sie sich an nichts mehr erinnern.«

»Ja, ja, ich weiß, aber mach schnell! Sieh zu, dass du sie gleich loswirst!«

»Nur ruhig! Ist doch alles Routine, wie oft haben wir das schon gemacht? Der Wichser Frank wartet doch bereits auf sie. Der ist gierig nach jedem Briefumschlag. Es gibt keine Spur zu uns zurück!«

»Gut, aber pass auf, du weißt, wir sind bald am Ziel. Wir können es uns nicht leisten, dass so kurz davor noch irgendetwas schief geht!«

Nachdem Pocke Nummer 25 im riesigen Kofferraum seines 300C verstaut und mit Decken entsprechend die Seiten ausgepolstert hatte, damit sie sich nicht auf der kurzen Strecke noch verletzte, fuhr er langsam aus der Tiefgarage hinaus in die schwarze Nacht. Die große 5,3-Liter-Maschine blubberte kaum hörbar bei niedrigen Drehzahlen vor sich hin. Die Heckscheibe und alle Seitenscheiben seines Wagens waren mit Klebefolie verdunkelt, sodass man nichts von außen sehen konnte, selbst wenn man seine Nase an eine der Scheiben presste.

Pocke achtete immer auf jedes Detail, auch wenn jetzt um drei Uhr in der Nacht bei der Stockdunkelheit ohnehin keiner etwas erkennen, geschweige denn irgendeinen Verdacht schöpfen könnte.

Nach ein paar Hundert Meter fuhr er wieder auf das verlassene Fabrikgelände, stieg vor der riesigen Halle aus und öffnete das große Tor. Er fuhr gemächlich in die Halle und schaltete sofort die Scheinwerfer aus. Frank würde in ein paar Minuten kommen. Lieber wartete er etwas länger, als dass Frank vor dem Fabrikgelände warten müsste. Zu groß war die Gefahr, dass Frank sah, von woher Pocke kam oder sonst jemandem Franks wartendes Auto vor dem Tor auffiel.

Pocke legte stets Wert darauf, dass auch Frank sehr langsam und leise die Eschborner Landstraße entlangfuhr und darauf bedacht war, dass ihn niemand sehen konnte, wie er zum Fabrikgelände abbog. Sollte jemand in der Nähe sein, musste Frank weiterfahren und durfte erst nach frühestens einer viertel Stunde noch einmal versuchen, ungesehen aufs Gelände zu fahren. Dort angekommen, verschwanden sie immer schnell in der Halle und schlossen das Tor hinter sich. Jede kleine Einzelheit war sorgfältig durchgeplant und Frank bis ins kleinste Detail angewiesen, was er zu tun oder zu unterlassen hatte. Nie hatte es bislang Probleme gegeben, dafür hatte Pocke gesorgt.

Pocke rauchte bereits die zweite Zigarette, als er endlich das Motorengeräusch eines sich nähernden Autos vernahm. Kaum hörbar, da jemand sehr langsam fuhr. Frank war wieder pünktlich wie die Uhr. Ein Grinsen ging über Pockes vernarbtes Gesicht. Der kleine Handlanger hatte genügend Respekt vor ihm, er würde keinen Fehler machen.

Pocke begab sich zum Tor und schloss es sofort wieder, nachdem Frank in die Halle gefahren war. Zufrieden stellte Pocke fest, dass der Rettungssanitäter nun einen roten Golf fuhr. Routinemäßig stellte Frank sein Auto mit der Beifahrerseite nahe dem Kofferraum von Pockes Kombi ab und begrüßte seinen Chef.

»Hey Boss, wen haben wir denn diesmal?«

»Hallo Frank, mein Lieber! Schön, dich zu sehen. Sieh sie dir wie immer genau an. Das ist Nummer 25, aber erschrecke nicht, hihi.«

Frank verstand sofort, was Pocke meinte, als er den Kofferraum des Kombis aufmachte und eine Schwarze sah. Das erste Mal, dass jemand farbig war.

»Ab und zu mal was Neues, warum nicht. Wohin soll ich sie bringen?«

»Ulmenstraße 93 in Bockenheim. Fünfter Stock ganz oben, die Mansardenwohnung. Keine Angst, da ist ein Aufzug. Auf der Klingel steht Chloé Moreau. Hier ist ihr Schlüsselbund, der Richtige ist der Abus hier, wenn ich mich recht entsinne. Wenn nicht, musst du halt die anderen probieren. Leg sie einfach im Wohnzimmer auf die Couch. Wie immer keine Spuren, aber das muss ich dir ja nicht sagen! Sie ist eine Gewerbliche, ich habe es für klug gehalten, der Nutte ihr Handy zu lassen. Sie soll sich so schnell wie möglich wieder an ihren ehrwürdigen Beruf gewöhnen. Wenn sie so toll in der Kiste ist, wie sie aussieht, werden die Freier ohnehin ständig anrufen und sie wird bald vergessen haben, dass sie nichts mehr weiß.«

Eigenartiger Humor, dachte sich Frank noch, doch hütete er sich, auch nur eine Anmerkung zu machen. Nach dem Verfrachten der bewusstlosen Chloé auf den Beifahrersitz des Golfs, übergab Pocke den üblich dicken Briefumschlag mit einem Augenzwinkern an Frank. Dieser stieg in sein Auto und ließ den Motor an. Wie immer trennten sich nun die Wege der beiden Männer und würden sich erst wieder kreuzen, wenn Pocke bei Frank für den nächsten Auftrag anrufen würde. Frank fuhr gut gelaunt, aber trotzdem mit einer gewissen Nervosität so leise und unauffällig wie möglich durch die nächtlichen Straßen von Frankfurt, das er kannte wie seine Westentasche.

Seltsam! Dies ist nun schon der zweite Auftrag in Frankfurt innerhalb kürzester Zeit. Und das, obwohl sie bislang immer darauf geachtet haben, dass ich so weit wie möglich fahren musste. Haben sie ihre Strategie geändert oder bedeutet das gar das baldige Ende meiner Aufträge?

Er konnte sich keine weiteren Gedanken machen, da er schon an der angegebenen Adresse ankam. Dort stellte er beruhigt fest, dass in dieser ruhigen Wohngegend wohl alle schliefen. Er stellte seinen neuen Golf ab und ging mit dem Schlüsselbund zur Haustür, um die Lage zu checken.

Nummer 25 sah in ihre Wolldecke eingepackt so aus, als würde sie schlafen. Selbst wenn jemand vorbeikommen sollte, wäre das kein Problem. Niemand würde Verdacht schöpfen. Wichtiger war, dass er den Zugang zu ihrer Wohnung erst inspizierte, damit es später so schnell wie möglich ging.

Das größte Risiko an der Geschichte war, dass ihn jemand überraschen könnte, wenn er seine menschliche Fracht aus dem Wagen hievte und in die Wohnung brachte. Er würde dann zwar so tun, als sei Chloé seine Freundin, die einen über den Durst getrunken hatte, doch es wäre fatal, wenn ihn jemand sehen würde. Nur keine Spuren!

Der Aufzug war zum Glück groß genug, wie Frank feststellte. Er fuhr bis zur Mansardenwohnung hinauf und schloss die einzige Tür auf, die es auf diesem Stockwerk gab. Frank schaltete das Licht im Flur ein und blickte sich noch kurz in der Wohnung um.

Alles musste schnell gehen, damit er die Dame nicht zu lange im Auto warten ließ. Je schneller sie oben war, desto sicherer, auch wenn es um diese Zeit sehr unwahrscheinlich war, entdeckt zu werden. Jede Sekunde im Auto bedeutete ein Risiko. Es musste nur irgendein Spätheimkehrer auf die eingehüllte Frau im Auto aufmerksam werden und sich irgendwann einmal an diesen Vorfall erinnern. Das könnte Probleme geben. Also ließ Frank die Wohnungstür angelehnt und fuhr schnell wieder ins Erdgeschoss hinunter. Er blickte sich sorgfältig nach allen Seiten um, ging zügig zu seinem Auto, zog Nummer 25 vom Beifahrersitz und schulterte sie so, dass eventuelle Passanten denken würden, seine Freundin wäre sturzbetrunken und er helfe ihr, nach Hause zu kommen.

Als Rettungssanitäter war er solche Situationen ohnehin gewohnt und alles dauerte nur ein paar Sekunden, bis Frank mit seiner Fracht im Hauseingang verschwunden war. Schnell in den Lift und ab in die Wohnung mit ihr. Es lief alles wie geschmiert. Keine Zwischenfälle, niemand hatte sie gesehen.

Er schliff Nummer 25 ins Wohnzimmer und legte sie aufs geblümte Sofa. Dann konnte er Chloé Moreau zum ersten Mal in Ruhe und bei besserer Beleuchtung betrachten, wie sie so friedlich da lag. Ihr Brustkorb hob und senkte sich ganz ruhig. Es würde wohl noch Stunden dauern, bis sie wieder zu sich kommen würde. Er sah auf ihre hübsche Figur. Sie war schon ein verdammt heißer Feger. Beim Herauftragen hatte er deutlich ihre harten, üppigen Brüste an seiner rechten Seite gespürt. Doch nein, er würde sie nicht anfassen, so einer war er nicht!

Frank blickte in Chloés hübsches Gesicht. Diese Lippen, diese wunderbar vollen Lippen sahen so weich und verführerisch aus. Richtiggehend dafür gemacht, sie auf den seinen zu spüren. Er konnte es nicht lassen und strich ganz vorsichtig wie eine Feder mit seinem Zeigefinger über ihren sinnlichen Mund. So etwas hatte er noch nie gefühlt. So zart, so verletzlich und doch so wunderbar voll und samtig weich. Die Lippen einer afrikanischen Schönheit. So ganz anders als die schmalen Lippen seiner letzten Freundin. Doch das war schon Jahre her, dass er das letzte Mal überhaupt die Lippen einer Frau berührt hatte! Frank war kein Frauentyp, das wusste er. Die Frauen beachteten ihn gar nicht. Die Blicke der Mädels zogen immer nur andere Männer auf sich.

Frank spürte eine prickelnde Erregung in sich aufsteigen, spürte deutlich, wie sein Genitalbereich anschwoll. Er musste hart mit sich kämpfen, dass er seinen Finger von Chloé nahm und sich von ihr abwandte.

Nein, so einer bin ich nicht!

Seufzend ließ Frank seinen Blick von der schlafenden Nummer 25 ab in den Raum gleiten. Alles schön ordentlich und aufgeräumt, nicht wie bei ihm zu Hause. So lebten also die Schwarzen. Ganz zivilisiert und nicht im Dreck wie er selbst. Irgendetwas schien an seinem Menschenbild nicht zu stimmen. Kopfschüttelnd drehte er sich um und steckte den Schlüssel von innen in die Wohnungstür. Einen letzten Blick warf er noch auf die so friedlich schlafende und ungemein verführerisch anmutende Afrikanerin. Dann verließ er die Wohnung und zog leise die Tür hinter sich zu.

Auftrag erledigt und vergessen!

Morgen würde er wieder routinemäßig als Rettungssanitäter durch die Gegend fahren und schreckliche Dinge sehen. Wenn er darüber nachdachte, wurde ihm bewusst, wie sehr er seinen normalen Job hasste. Was waren die gelegentlichen Aufträge von Pocke dagegen? Klar, es war immer ein Nervenkitzel, doch musste er nichts Schlimmes machen. Und mit den Nummern würden sie wohl auch nichts Besorgniserregendes anstellen. Ja, das musste so sein, denn nie hatte er bei jemandem irgendeine Verletzung oder etwas anderes Auffälliges gesehen, beruhigte er sein Gewissen, während er den Golf in Richtung seiner Wohnung steuerte.

18.

Frankfurt am Main, 23. Mai 2013

Um 03:23 Uhr sah Dr. Thomas Sauerborn zum wiederholten Male in dieser Nacht auf seinen in die Jahre gekommenen Radiowecker, der neben dem Bett auf dem Nachtkästchen stand. Die großen, grün leuchtenden Zahlen im Display schienen wie zum Hohn über ihn zu lachen. Seit Wochen konnte er nicht mehr richtig schlafen. Deutliche Augenringe zeigten sich in seinem Gesicht. Sein bester und einziger Freund, Prof. Dr. Sven Knöth, hatte ihn schon darauf hingewiesen, dass er zu viel arbeitete. Das wusste er selbst, doch das war es nicht, was ihm den Schlaf raubte.

Es hatte damit begonnen, dass sie Nummer sieben verloren hatten, einen Mann in der Blüte seines Lebens. Ralf Martitsch aus Passau war zwar vom Schicksal gebeutelt worden, doch hatte er es immer wieder geschafft, trotz herber Tiefschläge zu einem glücklichen Leben zu finden. Schon früh hatte er von seiner HIV-Infektion erfahren. Ralf war Opfer einer verunreinigten Bluttransfusion gewesen. Keiner, der durch ungeschützten Verkehr mit einer aus den Risikogruppen sein Leben leichtsinnig aufs Spiel gesetzt hatte. Nein, Ralf hatte nur das Pech gehabt, aufgrund eines erheblichen Blutverlustes nach einem Motorradunfall auf eine Bluttransfusion angewiesen gewesen zu sein.

Die Blutkonserve der Firma UB Plasma, die ihm im Krankenhaus zur Rettung seines Lebens verabreicht wurde, stammte unglücklicherweise ausgerechnet aus einer verunreinigten Charge. Der Skandal um verseuchte Blutkonserven war danach eine Zeit lang in allen Medien präsent. Wider besseren Wissens hatte man damals viel zu spät angefangen, Blutspenden lückenlos auf HIV zu untersuchen. Erst 1998 wurde das

Transfusionsgesetz verabschiedet, um Infektionen durch Blutprodukte zu verhindern. Dies hatte Ralf jedoch im Nachhinein nichts mehr genutzt. Er war bereits infiziert.

Ralf war seiner damaligen Freundin stets treu gewesen und konnte es sich beim besten Willen nicht erklären, als er im Jahre 1995 bei einer Standarduntersuchung die Diagnose HIV-positiv bekam. Es traf ihn wie ein Keulenschlag mit Tornadogeschwindigkeit. Ralf, der mitten im Leben stand, dessen Karriere steil nach oben ging und dessen bezaubernde Freundin Petra ihn über alles liebte, hatte immer auf der Sonnenseite des Lebens gestanden.

Über sein Aussehen konnte sich Ralf wahrlich nicht beklagen. Die Blicke der Frauen verharrten allerorts auf ihm, wo auch immer er auftauchte. Und doch war er eine treue Seele und hätte niemals seine Partnerin auch nur in Gedanken betrogen. Er konnte keiner Fliege etwas zuleide tun und war überaus beliebt.

Eine Schwäche hatte Ralf jedoch gehabt. Er war ein Draufgänger und genoss es immer aufs Neue, seine Grenzen auszuloten. Er versuchte bei allem, was er machte, immer noch ein wenig mehr herauszukitzeln. Sei es bei riskanten Manövern auf der Skipiste, bei nicht ganz risikolosen Spekulationen an der Börse oder beim Motorradfahren.

Vielleicht würde ja die Kurve, die er heute mit seiner geliebten 130 PS starken Yamaha RD 500 mit der Marlboro Lackierung noch mit 80 km/h schaffte, morgen 81 km/h vertragen? Er war nie scheu, es auszuprobieren, auch wenn er an seinem wunderbaren Leben hing. Im August 1993 war es genau eine solche Kurve, die ihm zum Verhängnis wurde. Waren es ein paar Sandkörner unter den schmalen Pneus seiner Maschine oder eine aus anderem Grund etwas glattere Stelle auf dem glänzenden Asphalt an jenem heißen Sommertag? Am Ende spielte es keine Rolle. Die Tatsache blieb, dass er immer weiter in den entgegenkommenden Verkehr auf die andere Straßenseite geriet, als seine Reifen die letzte Haftung verloren und er frontal mit einem schwarzen Mercedes zusammenstieß.

Nach dem Aufprall auf die Windschutzscheibe flog er in

einem hohen Bogen über den Wagen, krachte auf den Asphalt und rutschte aufgrund der hohen Geschwindigkeit weit über die Straße, wobei er sich mehrmals überschlug. Schließlich stoppte ein Baum am Straßenrand seine heftigen Überschläge sehr unsanft.

Die Rettungskräfte, die kurz darauf an der Unfallstelle eintrafen, hatten anfänglich wenig Hoffnung, dass die Person, die sie dort reglos am Baum vorfanden, überlebt haben könnte, denn der Sturzhelm war in der Mitte vollständig gespalten. Ein Bild der Verwüstung bot sich allen Beteiligten. Ralfs Maschine lag weit verstreut in Trümmern im anschließenden Wäldchen.

Wie durch ein Wunder hatte Ralf damals jedoch keine bleibende Hirnschädigung davon getragen. Von der schweren Gehirnerschütterung hatte er sich in den darauf folgenden Tagen erstaunlich gut erholt. Doch aufgrund des herben Blutverlustes hatten die Ärzte ihm mehrere Bluttransfusionen geben müssen, deren fatale Wirkung sich erst ein paar Jahre später zeigte.

Ralfs Beziehung mit seiner damaligen Partnerin ging nach der Diagnose seiner Infektion in die Brüche. Obwohl er Petra weder betrogen noch infiziert hatte, konnte sie mit der Situation, dass ihr Freund HIV-positiv war, nicht umgehen. Dies ließ Ralf den Glauben an das Gute im Menschen verlieren.

Ausgerechnet in der dunkelsten Stunde seines Lebens, als er von seiner Infektion erfuhr und selbst kaum diesem Schock gewachsen war, hatte ihn seine Freundin verlassen. Petra hatte sich eines Nachts still und leise davon geschlichen und nur einen kurzen Abschiedsbrief hinterlassen:

Ralf, verzeih mir, aber ich muss gehen. Mein eigenes Leben ist schwierig genug, da kann ich deine Krankheit nicht auch noch ertragen. Bitte verstehe mich und suche mich nicht!
Petra

Ralf hätte damals nicht einmal die Kraft gehabt, Petra zu suchen. Nach dieser derben Enttäuschung hatte er auch gar nicht mehr den Willen, um Petra zu kämpfen. Er fühlte sich einfach nur einsam und von allen verlassen. Auch in seinem Freundeskreis hatte es sich schnell herumgesprochen, dass er infiziert war. Trotz vieler aufmunternder Worte spürte er mehr und mehr, dass er mit seiner Situation alleine war. Seine sogenannten Freunde hatten nie mehr Zeit, ihn zu treffen. Immer gab es irgendwelche Ausreden. Schließlich verstand er, dass niemand etwas mit einem HIV-Positiven zu tun haben wollte.

Zu diesem Zeitpunkt war das Wissen über HIV noch nicht allzu weit verbreitet. Viele hatten Angst, sich durch einfachen Kontakt wie durchs Händeschütteln oder das Benutzen derselben sanitären Einrichtungen anstecken zu können. Die vielerorts betriebene Aufklärungsarbeit wurde zwar in der Bevölkerung wahrgenommen und teilweise auch verstanden, doch die Angst, sich bei einem HIV-Positiven im tagtäglichen Leben zu infizieren, blieb weiterhin groß. Zu tief saß der Schock über den schrecklichen Tod von Prominenten wie Freddy Mercury und Rock Hudson. Sicher ist sicher, also mieden die meisten Menschen Personen, von denen sie wussten, dass sie den Virus in sich trugen.

Ralf sah nur einen einzigen Ausweg, seiner Isolierung zu entfliehen: Er startete ein neues Leben in einer neuen Stadt. Seine einzige Chance war ein solcher Neuanfang an einem Ort, an dem niemand etwas von seiner Krankheit wusste. Er zog von Passau nach Nürnberg um, da er innerhalb von Bayern bleiben wollte. Anders als früher sprach er mit niemandem mehr über seinen Gesundheitszustand. Er hatte seine Lektion über die Gesellschaft gelernt.

Just zwei Wochen nach seinem Umzug in seine neue Wohnung, noch bevor er neue private Kontakte knüpfen konnte, wurde er eines Abends auf der Straße von einem Unbekannten in einem grauen Opel Corsa angesprochen.

Dr. Thomas Sauerborn kannte Ralfs Lebensgeschichte in- und auswendig. Sie hatten ihn unter dem Codenamen Nummer sieben geführt. Nach dem tragischen Suizid von Nummer sieben hatte Thomas dessen Akte genauestens studiert, sich versucht in ihn hineinzuversetzen, sein Leben in Gedanken nachzuleben. Es ließ ihn einfach nicht mehr los, dass einer der Probanden den Freitod gewählt hatte.

Je mehr Thomas darüber nachdachte, desto sicherer war er, dass das nicht passiert wäre, wenn sie Ralf Martitsch nicht aus seinem Leben gerissen und ihn seiner Identität beraubt hätten. Über so eine mögliche Konsequenz hatte Thomas zuvor nie nachgedacht. Für ihn waren immer der medizinische Durchbruch und die spätere Heilung von Millionen und Abermillionen von HIV-Infizierten auf der ganzen Welt im Vordergrund gestanden. Doch dieser Fall zwang ihn dazu, die Strategie von *TrimpaPharm* zu überdenken und völlig infrage zu stellen.

Dr. Thomas Sauerborn hatte sich in einem Selbstversuch als erster *Agronationylfloxacyl* injiziert. Viele Jahre zuvor hatte er sich in einer feuchtfröhlichen Nacht während eines Urlaubs in Bangkok mit HIV infiziert. Seitdem hatte er seine Forschungsbemühungen ausschließlich auf dieses Virus konzentriert. Er war wie besessen von dem Gedanken, den medizinischen Durchbruch zu erzielen. In Dr. Sven Knöth hatte er einen Partner gefunden, der bessere finanzielle Möglichkeiten und geschäftliches Geschick besaß.

Sie waren das perfekte Team: Thomas, der unermüdliche Forscher, der ausschließlich für dieses Projekt zu leben schien, und Sven, der auf bewundernswerte Weise Medizin und das Kaufmännische miteinander verbinden konnte.

Nachdem Thomas Sauerborn durch den Selbstversuch anscheinend geheilt war und keinerlei Nebenwirkungen verspürte, hatten sie damals entschieden, eine Versuchsreihe zu starten. Wie immer hatte Thomas dabei das Organisatorische voll und ganz seinem Partner Sven überlassen und sich selbst ganz und gar auf die Durchführung und Dokumentation der Tests fokussiert.

Das etwas eigenartige Vorgehen seines Geschäftspartners Prof. Dr. Sven Knöth bei der Rekrutierung von Probanden hatte er bis dato billigend in Kauf genommen, ohne über alle Abläufe im Einzelnen informiert gewesen zu sein. Zu groß war die Euphorie über seine eigene Genesung und die Aussicht, das Leiden von Millionen und Abermillionen beenden zu können.

Das hohe Ziel, HIV ein für alle Mal erfolgreich bekämpfen zu können, hatte ihn nie wirklich tiefer darüber nachdenken lassen, ob ihr Vorgehen moralisch vertretbar sei. Nach dem Freitod von Nummer sieben hatte er Sven mehrmals zur Rede gestellt und von ihm schließlich sämtliche Details der Beschaffung der Probanden bekommen.

Seltsam, wie blauäugig ich damals war. Warum habe ich nie hinterfragt, was unser Vorgehen bei den einzelnen Probanden auslösen könnte. Das muss nun ein Ende haben!

Ich werde gleich heute Morgen als Erstes mit Sven sprechen und darauf bestehen, dass wir das stoppen. So kann es nicht weitergehen! Wir müssen einen legalen Weg einschlagen, unser Mittel so schnell wie möglich auf offiziellem Weg testen zu lassen und die Zulassung als Medikament zu erreichen. Geld ist nicht alles!

19.

Frank Büchner war direkt nach seiner Heimkehr am frühen Morgen auf der Couch eingeschlafen. Schnell schlief er tief und fest und wurde ins Reich der Träume entführt. Es war so lebendig, so ungemein präsent. War es wirklich ein Traum? Diese weichen, vollen Lippen, die sich wunderbar anfühlten. Er sah sie ständig vor sich. Chloé lag nicht bewusstlos auf der Couch, sondern kam mit ihrem Kopf immer näher und bot ihm willig ihre Lippen zum Kuss an. Ein Wunsch, den er ihr nicht abschlagen konnte. Ihre Lippen fühlten sich schön warm an und er konnte es gar nicht glauben, als sich ihre Zungen das erste Mal umkreisten und miteinander spielten.

Frank spürte ihre üppigen Brüste auch nicht nur leicht an seiner Seite, als er sie spät nachts in den Aufzug wuchtete. Nein, er fühlte sie nun ganz deutlich auf seiner Brust, wie er gerade Chloé in seine Arme schloss und sich ihre Münder vereinten. Dabei zog er sie so nahe an sich heran, dass ihre Brüste sich nach oben schoben. Diese wunderbaren Fleischberge drohten aus dem Dekolleté herauszuspringen. Er musste sich selbst dazu zwingen, seine Augen zu schließen und sich wieder ganz ihrem feuchten Kuss hinzugeben.

Als Frank um 06:30 Uhr jäh vom Alarm seines Handys zum Dienst geweckt wurde, merkte er, dass an diesem Morgen etwas anders war. In seiner Unterhose war es feucht und klebrig!

So etwas ist mir ja ewig nicht passiert. Einen feuchten Traum wie ein Teenie. Ich bin Mitte dreißig, wie kann das sein?

Doch seine Gedanken schwenkten schon wieder zu Chloé, dieser sinnlichen schwarzen Frucht, wie sie in ihrem Wohnzimmer lag und nur auf ihn zu warten schien. Er schloss seine Augen, um diese so reizvolle Vorstellung zu visualisieren. Ganz deutlich sah er sie vor sich: Verführerisch wie nichts anderes, was er seit Langem gesehen hatte. Seufzend rief er sich selbst ins Hier und Jetzt zurück:

Weg, ihr Gedanken! Ich muss arbeiten gehen. Außerdem ist sie tabu. Ich werde nichts tun, was meinen Nebenjob gefährdet. Was ist nur los mit mir?

Den ganzen Tag über war Frank im Stress. Ein Rettungseinsatz jagte den anderen. Es war wie verhext. Unfälle, ein Herzinfarkt, eine misshandelte Frau, ein von einem Hund gebissenes Kind, der Tag wollte einfach nicht enden. Kaum war er von einem Einsatz zurück zur Rettungszentrale gefahren, traf schon der nächste Hilferuf ein.

Um 18:23 Uhr konnte er sich endlich nach Dienstende auf den Weg nach Hause machen. Er hatte gerade die Fahrt angetreten, als sein zweites Handy klingelte. Das hatte er schon vermutet, dass das heute auf ihn zukommen würde. Doch war ihm jeder Auftrag von Pocke recht, selbst wenn er wie heute nach einem anstrengenden Tag hundemüde war.

»Ich brauche dich heute Nacht wieder. Wir sind mit Nummer 16 fertig. Um Punkt drei Uhr wie immer in der Halle!«

»Okay.«

Das Geschäft lief gut, er hatte ein neues Auto und würde bald genug Geld zusammenhaben, um Deutschland für immer ade sagen zu können. Alles wie geplant! Er war zufrieden mit sich und der Welt.

Pünktlich fuhr er in dieser Nacht zur verabredeten Zeit in die Halle. Routinejob, ohne größere Anstrengungen. Pocke teilte ihm mit, wo er Nummer 16 hinbringen sollte. Unangenehm war diesmal nur, dass Nummer 16 extrem nach billigem Fusel stank. Frank würde diesen Gestank auf der ganzen Fahrt in seinem Auto haben. Egal, das war sein Job und der lohnte sich mehr als alles andere. Zumal es in seinem Auto ohnehin nicht wirklich gut roch, wie er sich selbst eingestehen musste.

Als er die bewusstlose Nummer 16 neben ihm auf dem Beifahrersitz betrachtete, musste er grinsen, denn er sah deutlich Spuren von Lippenstift auf dem Gesicht und der Kleidung des Mannes.

Was auch immer sie mit diesen Menschen in der Zeit anstellen, in der sie sie bei sich behalten, die Tarnung, die sie bei der Auswilderung, wie Pocke es nennt, immer auflegen, ist wirklich perfekt. Die haben's drauf, die Jungs! Doch was für ein Geschäft bringt so viel Kohle, dass sie mich immer so fürstlich entlohnen können? Egal, besser nicht zu viele Gedanken machen und vor allem keine Fragen stellen. Ich weiß von nichts und ich sehe auch nichts! Erledige lediglich meinen Job wie befohlen.

Nachdem Frank sich versichert hatte, dass ihm weder jemand gefolgt war, noch ihn sonst jemand beobachtete, schubste er Nummer 16 in der Dunkelheit der Nacht im Hinterhof des *Sudfasses* in Frankfurt aus dem Wagen. Pocke hatte wieder einmal eine geniale Idee gehabt. Niemand würde Nummer 16 glauben, an was immer er sich auch erinnern konnte, wenn er aus seinem Dusel erwachte.

20.

Martina saß in ihrem Büro und vermochte sich kaum auf ihre Arbeit zu konzentrieren. Sie hatte in der Nacht deutlich zu viel getrunken und noch einen heftigen Kater. Doch sie war professionell genug, sich das auf der Arbeit nicht anmerken zu lassen. Sie war stets hart zu sich selbst und war stolz darauf, sich ihren Platz bei J&S erkämpft zu haben. Sicher würde sie noch höher kommen und bald auf der Partnererwartungsliste stehen. Wenn sie erst einmal Partnerin wäre, dann winkte das große Geld. Das war der Traum von allen, die in einer Wirtschaftsprüfungsgesellschaft als Assistenten anfingen und Karriere machen wollten.

Um kurz nach elf Uhr läutete ihr Handy wohl zum 15. Mal an diesem Tag. Doch der Blick aufs Display ließ sie aufschrecken. Nichts Geschäftliches, sondern Gerhard Marx, Hauptkommissar Gerhard Marx! Mit zittrigen Händen ergriff sie ihr Smartphone vom Schreibtisch.

»Hallo!«

»Guten Tag, Frau Schmidt. Ich habe gute Nachrichten für Sie. Wir haben Ihren Robin gefunden.«

»Endlich! Gott sei Dank! Ist er okay? Was ist mit ihm geschehen? Wo ist er jetzt?« Martinas Stimme überschlug sich förmlich.

»Ja, wie soll ich das sagen?« Martina hörte etwas Belustigtes in Marx' Stimme, so als ob er ein wenig schadenfreudig in sich hinein lächelte.

»Ihr Robin hat ein wenig über die Stränge geschlagen. Er wurde beim *Sudfass* gefunden mit einer gewaltigen Alkoholfahne.«

»Im *Sudfass*?«

Wie jeder in Frankfurt kannte Martina natürlich auch das *Sudfass*, eines der einschlägigen Bordelle der Stadt, das immer Raum für Schlagzeilen in der Lokalpresse bot.

»Ja, so leid es mir tut. Die Kollegen von der Polizeiwache am Hauptbahnhof haben ihn wohl in eine Ausnüchterungszelle gesteckt, wo er vor einer Stunde aufgewacht ist. Er scheint stark alkoholisiert zu sein und redet nur wirres Zeugs. Zum Glück konnte sich einer der Kollegen an Ihre Vermisstenanzeige erinnern und verglich ihn mit dem Bild des Gesuchten. Holen Sie Ihren Freund am besten gleich auf der Polizeiwache am Hauptbahnhof ab!«

»Ich verstehe das Ganze nicht« Martina wollte weiter fragen, doch besann sich schnell eines Besseren: »Aber ja natürlich, ich bin schon unterwegs. Vielen Dank!«

Martina schnappte sich ihre weiße Handtasche und stürmte aus dem Büro hinaus. Sie schaltete nicht einmal ihren Computer aus. Dafür war jetzt keine Zeit!

Von unterwegs rief sie ihren Chef an und teilte ihm mit, dass sie sich wegen einer dringlichen Familienangelegenheit den Rest des Tages freinehmen musste. Kopfschüttelnd stimmte ihr zuständiger Partner zu. Langsam machte er sich Sorgen um seine beste Managerin.

Auf der Fahrt zur Polizeiwache musste Martina aufpassen, dass sie keinen Unfall baute. Zu sehr wühlte sie diese Geschichte auf. Sie glaubte einfach nicht, dass die Erklärung für Robins Verschwinden so einfach war. Wie konnte er ihr das nur antun? Tränen standen ihr im Gesicht, als sie bei der Wache ankam. Schnell wischte sie sie mit einem Papiertaschentuch ab, kontrollierte noch kurz im Rückspiegel ihr Aussehen und betrat nur zwanzig Minuten nach dem Telefonat die Räumlichkeiten der Ordnungshüter.

Nur keine Schwäche zeigen. Ich muss einen gefassten Eindruck hinterlassen. Ich werde nicht ausflippen, sondern stattdessen so tun, als ob das was ganz Normales wäre. Als wenn jedem Mann so was mal passieren könnte. Zu Hause wird Robin schon sehen, da wird er was zu hören bekommen, dieser Schuft!

»Guten Tag, mein Name ist Martina Schmidt. Ich komme, um meinen Freund abzuholen. Ich wurde von Gerhard Marx von der Polizei Eschborn angerufen. Er soll hier bei Ihnen sein.«

»Guten Tag, ja da sind wir froh, dass wir so schnell einen Angehörigen gefunden haben. Er hatte keinerlei Papiere oder was auch immer bei sich. Nicht einmal ein Handy, oder Geld. Wir haben erst ein wenig im Dunkeln gestochert. Doch dann ist einem unserer Polizisten die Vermisstenmeldung von den Kollegen aus Eschborn eingefallen. Als wir das Foto verglichen, war die Sache für uns dann klar, aber sehen Sie selbst. Folgen Sie mir bitte!«

Martina wurde zur Ausnüchterungszelle geführt. Dort lag Robin auf einer einfachen Pritsche. Er stank nach Alkohol wie ein Spirituosenladen. Sofort bemerkte Martina verräterische rote Spuren von Lippenstift an seiner Kleidung. Unsägliche Wut stieg in ihr auf.

Dieser Mistkerl, wie kann er mir das nur antun? Mir, die ich ihn aufgenommen habe, alles für ihn mache, damit er wieder auf die Beine kommt und ein normales Leben führen kann. Was ist nur in ihn gefahren? Soll das nun der Dank für alles sein?

Robin erhob sich, als er von den eintretenden Personen aus seinen wirren Gedanken gerissen wurde. Er erkannte Martina sofort, obwohl er alles um ihn nur durch einen trüben Schleier wahrnahm. Er verstand nicht so richtig, wo er war. Nachdem ihn zuvor ein Polizist befragt hatte, war er sich zwar darüber im Klaren geworden, wer er war, beziehungsweise dass er der Mann war, der nicht wusste, wer er war. Er hatte jedoch keinen blassen Schimmer, wie er hier in diese ungemütliche Zelle gekommen war. Irgendwas stimmte nicht, das fühlte er ganz deutlich. Den Polizisten hatte er auch nicht richtig verstanden und dieser ihn wohl ebenso wenig. Völlig wirre Gedanken kreisten in seinem Kopf. Aber jetzt war Martina ja da! Hoffentlich würde sich nun alles schnell aufklären und sie konnten zusammen nach Hause fahren.

»Robin, was machst du nur für Sachen?«

»Ich weiß nicht, wie ich hierhergekommen bin! Es ist alles so seltsam. Bring mich bitte nur nach Hause!«

Martina riss sich zusammen und fragte nicht weiter nach. Sie wollte sich keine Blöße geben und erledigte noch kurz die

Formalitäten mit den Beamten, damit ihr Freund entlassen werden konnte. Anschließend verließ sie mit Robin die Polizeiwache. Gemeinsam machten sie sich auf den Weg zum Parkplatz ihres Audi TTs. Robin ging dabei äußerst langsam mit unsicherem Schritt neben ihr her. Kaum hatten sie das Gebäude verlassen, konnte sie sich nicht mehr zurückhalten:

»Wie kannst du mir so etwas antun? Was hast du in einem Puff zu suchen? Du bist einfach abgehauen, ohne jegliche Nachricht zu hinterlassen. Was ist los mit dir?«

»Wo war ich? In einem Puff? Das kann doch gar nicht sein. Ich verstehe nicht einmal, wie ich hier hergekommen bin. Ich kann mich an nichts mehr erinnern, rein an gar nichts!»

In diesem Moment hasste Martina die ewige Leier von Robin, dass er sich an nichts erinnern könne. Hatte er sie von Anfang an nur benutzt und war alles gar inszeniert?

»Ja, ja, verarsch mich nicht. Du bist immer noch völlig besoffen und stinkst wie eine Schnapsdrossel. Ich bin stinksauer!«

»Es tut mir leid, aber ich kann mich wirklich an nichts erinnern, ich war doch gerade noch zu Hause. Wie komme ich hierher? Scheiße, mein Schädel brummt! Ich will nur schlafen! Bitte!«

Auf der weiteren Fahrt nach Eschborn sprachen sie kein Wort mehr. Martina kochte innerlich, doch sie versuchte, ihre Wut unter Kontrolle zu bekommen. Robin döste neben ihr im Auto. Immer wieder fiel ihm der Kopf auf die Brust, er erschrak und hob den Kopf wieder an, nur um sogleich wieder einzudösen. Martina sah ihn häufig mit bösem Blick von der Seite an, was er jedoch in seinem Dämmerschlaf nicht mitbekam.

Vielleicht hat er die ganze Situation nicht mehr ausgehalten und ist was trinken gegangen. Aber das hat er noch nie gemacht und in der Regel trinke ich zu Hause sogar mehr als er. Wieso also auf einmal so ein Ausraster? Und verdammt noch mal, was hat Robin im Sudfass zu suchen? Da gehen Männer doch nur aus einem Grund hin, aus einem einzigen Grund!

Martina durfte gar nicht an die Spuren von Lippenstift an seiner Kleidung denken. Es machte sie rasend vor Wut und Eifersucht.

Zu Hause brachte sie Robin ins Wohnzimmer, wo er sich sofort auf der Couch breitmachte. Kurze Zeit später realisierte sie an seinem sonoren Schnarchen, dass er eingeschlafen war. Das Beste war wohl, wenn sie ihn erst einmal seinen Rausch ausschlafen ließ. Für ein vernünftiges Gespräch, das vielleicht ein wenig Licht hinter die Sache bringen könnte, war er in dem Zustand ohnehin nicht zu gebrauchen. Es war auch für sie besser, wenn sie vor einem solchen Gespräch erst ein wenig runterkam.

21.

Es war helllichter Tag und die Sonne schien durchs Dachfenster der Mansardenwohnung. Nur mühsam öffnete Chloé ihre Augen und sah sich um. Schmerzen hämmerten in ihren Schläfen. Sie verstand nicht, wo sie war. Langsam erhob sie sich und sah auf die Sachen, die sie anhatte. Alles kam ihr unbekannt vor. Was war nur geschehen?

Sie sah sich im Raum um, verstand aber nicht, wo sie war. Sie fühlte sich in dieser Umgebung wohl, das spürte sie sofort, doch alles war ihr gänzlich neu. Ihre Muskeln schmerzten heftig und sie fühlte sich ungelenkig.

»Hallo, ist da jemand?«

Selbst ihre eigene Stimme kam ihr unbekannt vor. Niemand antwortete. Scheinbar war sie allein. Seltsam alles! Werwar sie nur und wo war sie? Chloé reckte und streckte sich und rieb ihre Handgelenke, die stark schmerzten. Schließlich blickte sie sich im Raum um. Bunte Bilder hingen an den Wänden, ein Wohnzimmerschrank mit verschiedenen Dekorationsgegenständen, in der Mitte des Raumes ein rechteckiger, roter Teppich mit einem einfachen Wohnzimmertisch darauf. Rote Vorhänge mit etwas helleren, ebenfalls roten Stores.

Rot ist eine schöne Farbe, dachte sie sich, doch dieser Gedanke kam ihr sogleich in ihrer Situation absurd vor. Sie spähte zur Wohnzimmertür hinaus und sah auf die Wohnungstür. Langsam stand sie auf und ging in den Flur. Dort gab es zwei weitere Türen, die sie nacheinander öffnete. Sie fand eine kleine saubere und sehr aufgeräumte Küche mit weißen Möbeln und ein in Blau gehaltenes Badezimmer vor.

Sie wollte erst einmal auf die Toilette gehen und schaute in den Spiegel über dem Waschbecken. Sie blickte in ein hübsches, schwarzes Gesicht mit warmen Augen. Ihr war dieses Gesicht irgendwie vertraut, doch konnte sie ihm keinen Namen zuordnen. Sie war völlig verwirrt, griff mit ihren Händen an ihre Wangen und strich über ihre weiche Haut.

Eigenartig alles!

Nachdem sie auf der Toilette war, sah sie sich weiter in der Wohnung um. Im Flur hing ein Bild, das offensichtlich von ihr gemacht wurde. Ihr Gesicht in groß vor einer malerischen Strandkulisse kurz vor Sonnenuntergang. Sonst war niemand auf dem Bild. Seltsam, links und rechts von diesem Bild waren zwei Nägel in der Wand. Identische Nägel wie der, an dem das Strandbild aufgehängt war, so als hätten dort früher auch Bilder gehangen.

Hat die jemand entfernt? Was mag auf den fehlenden Bildern wohl drauf gewesen sein?

Chloé ging zurück ins Wohnzimmer. Erst jetzt bemerkte sie, dass ein kleines rotes Büchlein auf dem Tisch lag. *Union Européenne Royaume de Belgique,* las sie.

Sie öffnete den Reisepass und blickte abermals in ihr Antlitz. Dort stand ein Name daneben: Chloé Moreau, geboren am 25.04.1990 in Brügge. Dort war der Reisepass auch ausgestellt worden.

Das also bin ich, dachte sie sich, *dann wird das hier wohl auch meine Wohnung sein. Chloé, schöner Name, gefällt mir! Aber was ist mit mir passiert? Warum kann ich mich an nichts erinnern? Ist das alles nur ein seltsamer Traum?*

Sie kniff sich selbst ins Bein und war sich nun ganz sicher, dass das alles keineswegs nur ein böser Traum war. Sie konnte sich scheinbar an nichts erinnern.

In den nächsten Stunden untersuchte sie die Wohnung ganz genau. Sah in jeden Winkel in den Zimmern, öffnete jede einzelne Schranktür, kramte in den Schubladen herum, doch egal, was sie auch vorfand, sie konnte sich nicht daran erinnern, dies jemals zuvor schon einmal gesehen zu haben.

Schließlich überkam sie ein Hungergefühl, also ging Chloé in die Küche. Dort fand sie einen gefüllten Kühlschrank vor. Im Gefrierfach entdeckte sie ein Fertiggericht, das sie sich in der

Mikrowelle aufwärmte, und setzte sich zum Essen an den Küchentisch. Ständig grübelte sie weiter:

Wer ist nur diese Chloé Moreau, die ich offensichtlich bin? Und was ist mit mir passiert?

22.

Frank stand mit seinem roten Golf direkt gegenüber dem bekannten Mehrfamilienhaus, auf das er seit Minuten starrte. Irgendwie traute er sich nicht so ganz, hineinzugehen. Zu dumm, dass man von der Straße die Fenster der Mansardenwohnung nicht einsehen konnte. Wie sie reagieren würde, war schon klar, doch er war einfach zu unsicher im Umgang mit dem anderen Geschlecht. Seine Freundin hatte ihn vor Jahren schon verlassen, seitdem herrschte Ebbe. Kein Erfolg bei der holden Weiblichkeit. Das zehrte an seinem Selbstbewusstsein. Deshalb hatte er sich zurückgezogen in seinen Traum, Deutschland zu verlassen und in Thailand am Meer einen Neuanfang zu wagen. Dort kam es nicht so sehr auf das Aussehen eines Mannes an. Wenn er einer Frau ein bequemes Leben bieten konnte, würden sich die hübschen jungen Damen sicherlich um ihn reißen.

Um sich diesen Traum von einem ruhigen Leben mit einer exotischen Schönheit erfüllen zu können, hatte er die letzten Monate alles getan. Alles, was Pocke von ihm verlangt hatte, und das, ohne jemals irgendwelche Fragen zu stellen. Er hatte funktioniert und alle Gedanken verdrängt, was Pocke wohl mit den vielen Menschen anstellen würde, die er ihm immer lieferte, kurze Zeit später wieder abholte und irgendwo auswilderte, wie Pocke es nannte.

Frank hatte immer funktioniert, ohne Wenn und Aber. Doch am Morgen dieses bewölkten Tages hatte es Klick gemacht. Der Klick war ausgelöst worden durch diesen peinlichen Traum. Wenn er sich richtig besann, musste er sich eingestehen, dass er nach dem Aufwachen sogar rot geworden war. Rot geworden vor sich selbst, dass er solch einen feuchten Jungentraum gehabt hatte. Doch die sündig weichen Lippen, die er ständig vor sich sah, und die vollen Brüste, die er seit gestern immer noch an seiner Seite spürte, als wären sie weiterhin fest an ihn heran gepresst, sie ließen ihn einfach nicht mehr los. Er wollte wieder leben, wieder ein richtiger Mann sein, der eine Frau nicht nur aus dem Fernsehen und billigen Schmuddelheftchen kannte.

Frank nahm schließlich seinen ganzen Mut zusammen, atmete tief durch, stieg aus seinem Golf aus und ging forschen Schrittes in Richtung des Hauseingangs. Die Haustür war offen, wie er erleichtert feststellte. Das machte es für ihn einfacher. Der Aufzug brachte ihn in die oberste Etage und dann stand er vor der Tür. Sie hatte keinen Spion, das wusste er noch von vorletzter Nacht. Einfach eine geschlossene, massive Holztür. Noch einmal tief durchatmen und dann auf die Klingel drücken: *Chloé Moreau*.

Zunächst passierte gar nichts. Er hörte auch kein Geräusch aus der Wohnung. Dann klingelte er noch einmal, diesmal etwas länger. Schließlich hörte er Schritte. Schritte, die sich der Tür näherten und dann ein verschüchtert Klingendes: »Hallo, wer ist da?«

»Ich bin's Schatz, mach doch auf!«

Frank hörte ein tiefes Durchatmen, nein, es war eher ein nervöses Schnaufen. Sekunden vergingen, die Frank wie Stunden vorkamen. Dann wurde scheinbar die Kette in die Tür eingehakt. Die Tür öffnete sich ein wenig, sodass er Chloé durch den Spalt sehen konnte. Die Frau, die ihn in seinem Traum verfolgt hatte, deren Geruch ihn die ganze Zeit umgab und deren Lippen er immer noch auf der Spitze seines Zeigefingers zu fühlen glaubte.

»Was ist denn los mit dir, Chloé. Du bist doch sonst nicht so ängstlich. Ist was passiert?«

Frank versuchte, so überzeugend wie möglich zu klingen. Diesen Dialog war er im Auto in Gedanken zigmal durchgegangen. Trotz der angespannten Situation fand er sich ziemlich überzeugend.

Frank blickte in Chloés verwirrtes Gesicht und wusste genau, dass sie in diesem Moment mit sich rang, wie sie sich verhalten sollte. Dies war der entscheidende Augenblick. Nun würden die Weichen gestellt, ob er eine neue Freundin hatte oder nicht. Er hatte Angst, sie könne die Tür zuknallen und ihn nicht reinlassen, doch dann kam endlich die erlösende Antwort der afrikanischen Schönheit:

»Ähm, nein, es ist alles okay, ich habe wohl geschlafen und bin noch ein wenig schlaftrunken.«

Die Unsicherheit in Chloés Stimme war unüberhörbar. Frank jubelte innerlich. Seine Strategie würde aufgehen. So einfach hat wohl noch nie jemand eine Freundin bekommen. Chloé machte die Kette weg, und bevor sie irgendwas sagen konnte, begrüßte Frank sie mit einer herzlichen Umarmung und drückte ihr einen dicken Kuss auf ihre weichen Lippen, von denen er so intensiv geträumt hatte.

»Wie geht's dir Schatz? Du bist ja heute komisch, so ganz verstört. Das hast du doch noch nie gemacht. Die Kette vorgelegt, wenn jemand klingelt. Ist wirklich alles in Ordnung mit dir, oder muss ich mir Sorgen machen?«

Chloé war völlig verunsichert. Sie konnte sich nicht daran erinnern, diesen Mann jemals zuvor gesehen zu haben.

Wer ist er nur? Wer bin ich? Was geht hier vor? Warum ist alles ausgelöscht? Was geschieht hier gerade mit mir?

Sie dachte eine Weile nach und entschied sich, so zu tun, als ob nichts wäre.

Es wird schon alles seine Richtigkeit haben. Ich werde sicher noch herausfinden, was gerade mit mir geschieht. Da ich mich an nichts erinnern kann und ich offenbar hier wohne, wird das wohl auch mein Freund sein.

»Es ist alles okay, ich hatte nur einen schlechten Traum. Ich muss mich erst ein wenig fangen.«

Siegessicher lächelte Frank still in sich hinein. Gemeinsam gingen sie ins Wohnzimmer und setzten sich auf die Couch. Frank war zwar im Umgang mit Frauen ein wenig ungeübt, aber er war keineswegs dumm. Also verstand er, dass er Chloé Zeit lassen müsse, sich an die Situation zu gewöhnen. Er wusste zwar nicht, wie Pocke das immer machte, aber es war ihm von seinen bisherigen Einsätzen und diversen Bemerkungen von Pocke schnell klar geworden, dass die Nummern, wie sie genannt wurden, sich an nichts, aber auch an rein gar nichts in ihrem Leben erinnerten. Somit würde er mit Chloé ein leichtes Spiel haben. Die Zeit arbeitete für ihn, er konnte ihr alles erzählen, was er wollte. Wenn es nur einigermaßen plausibel wäre, würde Chloé sich an ihn klammern, ihm förmlich aus den Händen fressen. Er würde sie kontrollieren und sich eine wunderbare Freundin schaffen.

Frank wusste, dass Pocke immer dafür sorgte, dass der Kühlschrank der Nummern gut mit Lebensmitteln gefüllt war. Ob er sich selbst darum kümmerte? Keine Ahnung. War ihm im Moment auch egal.

Frank sagte zu Chloé, dass er in der Küche Getränke holen ginge. Belustigt sah er noch Chloés verwirrten Gesichtsausdruck, als er das Wohnzimmer verließ und sich auf den Weg zum Kühlschrank machte. Er lehnte die Küchentür ein wenig an, damit Chloé ihn nicht sehen konnte, wie er sich interessiert in der Küche umsah.

Verdammt, das hätte ich vorgestern Nacht schon machen sollen. Ich hätte mir die ganze Wohnung intensiv ansehen können, doch wer konnte das schon ahnen? Ich dachte ja nie, dass diese Schwarze mir derart durch den Kopf geistern würde, dass ich einfach herkommen musste. Was soll's, sie ist so durcheinander, dass ihr das gar nicht auffallen wird. Ich werde mich immer zwischendurch in der Wohnung näher umsehen, wann immer es geht, ohne einen Verdacht zu erregen. Ich muss nur vorsichtig sein, muss souverän wirken, so als ob wir uns schon ewig kennen würden und ich hier immer ein- und ausgegangen wäre.

Frank öffnete den Kühlschrank, der wie erwartet voll mit frischen Lebensmitteln und Getränken war. Er war froh, als er auch eine angefangene Flasche Gin fand, und nahm diese zusammen mit einem Ananas-Direktsaft heraus. Er mixte zwei Longdrinks und ging zurück zu Chloé. Er kam ihrem fragenden Blick zuvor:

»Ich habe dir deinen Lieblingsdrink gemixt. Leider hast du vergessen, Bier für mich einzukaufen. Was ist nur los mit dir heute? Statt meinem geliebten Bitburger muss ich nun mit dir deinen süßen Kram trinken. Was soll's, vielleicht schaffst du es ja, morgen daran zu denken, Schatz!«

Er durfte es gerade jetzt am Anfang auch nicht übertreiben, also beugte er sich vor, gab ihr einen Kuss auf den Mund und meinte noch beschwichtigend: »Ist ja nicht so schlimm, mein Liebling, heute scheint irgendwie nicht dein Tag zu sein!«

Chloé wusste bei allem, was gerade vor sich ging, nicht so recht, was sie von der ganzen Sache halten sollte. Sie war in einer ihr unbekannten Wohnung, entdeckte, dass sie einen Freund hatte, dass sie Belgierin war und Chloé hieß, aber verstehen? Nein, sie verstand überhaupt nichts. Sie versuchte krampfhaft, sich an irgendwas zu erinnern, wer sie überhaupt war, was für Vorlieben sie hatte, was sie ausmachte, und, und, und.

Ah okay, scheinbar ist das mein Lieblingsdrink. Mal sehen, ein Schluck tut sicher gut. Vielleicht fühle ich mich dann auch besser. Was ist nur mit mir los?

Chloé nahm einen tiefen Schluck. Schmeckte gut und fühlte sich richtig an. Noch einen weiteren großen Schluck und das Glas war leer. Frank sah sie so entgeistert an, dass sie sich genötigt fühlte, etwas zu sagen.

»Sorry, Schatz«, wie sonst hätte sie ihn nennen sollen, sie kannte ja nicht einmal seinen Namen. Ihn danach zu fragen wäre wohl peinlich gewesen. Solange sie nicht genau wusste, was hier vor sich ging und was mit ihr passiert war, würde sie besser so tun, als sei alles in Ordnung: »Sorry, Schatz, das musste einfach sein. Ich habe mich den ganzen Tag nicht wohlgefühlt und scheinbar hat mir der Schlaf zwischendurch auch nicht gutgetan.«

»Kein Problem, Babe, ich mache dir noch einen Drink, dann geht es dir sicher gleich besser.«

Frank ging in die Küche und war froh, dass sich alles so gut entwickelte. Es war einfach perfekt. Er fühlte sich gut in seiner neuen Rolle und hatte scheinbar alles unter Kontrolle. Nach dem nächsten Drink würde sie schon lockerer werden und alles würde seinen Gang nehmen, so wie er sich das vorstellte.

Wann immer er Chloé ansah, stieg seine Erregung. Diese wunderbar weichen Lippen, ihre hübschen, dunklen Augen und diese festen Brüste ließen ihn nicht zur Ruhe kommen. Aber Frank hatte sich so weit unter Kontrolle, dass er warten konnte. Warten, bis der Alkohol seine Wirkung vollends bei der hübschen Schwarzen entfalten würde.

Als Chloé zunehmend beschwipst wurde, begann Frank sich ihr mehr und mehr zu nähern. Er legte immer wieder seine Hand auf ihren Oberschenkel und küsste sie flüchtig. Er nahm sich Zeit, denn er wollte sie nicht noch mehr verunsichern, als sie schon war. Doch im Alkohol hatte er einen perfekten Partner gefunden. Gemeinsam kochten sie sie weich, und so wurde auch Chloé immer zutraulicher. Hatte sie anfänglich sogar bei seinen Küssen wenig begeistert gezuckt, so erwiderte sie nach und nach zunehmend seine Zärtlichkeiten. Nach dem dritten Drink, den Frank besonders stark machte, zog er Chloé schließlich hoch und drückte sie fest an sich. Er sah ihr tief in ihre dunklen Augen und begann, sie leidenschaftlich zu küssen. In den kurzen Kusspausen drängte er sie immer mehr in Richtung Schlafzimmer. Dort angekommen, ließen sie sich aufs Bett fallen und Frank begann, seine neue Freundin zu entkleiden.

Frank gab sich ganz seiner Lust hin und versuchte nicht einmal ansatzweise, den Verführer zu spielen. Er war wie von Sinnen, als er die schwarze Schönheit das erste Mal nackt vor sich sah. Ob die angetrunkene Chloé sein wild egoistisches Liebesspiel genoss oder nicht, ging ganz an ihm vorüber. Zu ausgehungert war er nach einer Frau.

Nachdem Frank zum zweiten Mal gekommen war, ließ er von seiner neuen Traumfrau ab, worauf sie sofort einschlief. Auf dem Rücken liegend schnarchte sie sogar leicht. Der Alkohol forderte seinen Tribut.

Frank wartete, bis er ganz sicher war, dass Chloé tief und fest schlief, dann stand er auf und ging ins Wohnzimmer. Leise schloss er die Tür, damit er Chloé nicht durchs Licht wecken würde. Er nahm ihre Handtasche, die immer noch an derselben Stelle stand, an der er sie in der Nacht zuvor abgestellt hatte. Er fand sofort, wonach er suchte: ihr Handy.

Nach dem Einschalten stellte er das elegante Samsung Smartphone auf lautlos. Einige SMS von Freiern, die Chloé buchen wollten und ein paar Mailboxnachrichten. Die Mailbox löschte er vollständig, ein paar SMS ließ er im Speicher, markierte sie jedoch als ungelesen. Zuletzt speicherte er noch seine normale

Handynummer unter dem Namen *Liebling*. Wie konnte ihr eigener Freund nicht in ihrem Handy gespeichert sein? Zufrieden mit seinem Werk, legte er sich wieder zu Chloé ins Bett und kuschelte sich an ihren heißen, sexy Körper. Am liebsten würde er sie gleich noch einmal nehmen, doch er beherrschte sich. Ein wenig schlechtes Gewissen hatte er schon. Auf der anderen Seite war er wohl das Beste, was der Prostituierten Chloé in ihrer Situation passieren konnte, denn er würde sich von nun an um sie kümmern und sie gut behandeln. Sie würde nie mehr mit wildfremden Männern schlafen müssen. Mit diesem Gedanken beruhigte er sich selbst und schlief ebenfalls ein.

23.

Nur äußerst mühsam öffnete Robin seine Augen. Er hatte einen richtigen Brummschädel. Dröhnende Kopfschmerzen und ein flaues Gefühl in der Magengegend plagten ihn. Nur nach und nach realisierte er, wo er war. Er lag auf der Couch im Wohnzimmer.

Warum nicht wie gewöhnlich im Schlafzimmer? Was ist nur passiert?

Es war taghell, die Sonne schien durchs Fenster und machte den Raum freundlich. Doch dafür hatte Robin keine Augen. Das grelle Licht störte ihn und er formte unwillkürlich seine Augen zu schmalen Schlitzen. Er erhob sich mühsam, seine Arme und Beine waren bleiern schwer. Als Erstes würde er eine Kopfschmerztablette einnehmen müssen, denn er hielt dieses Stechen in seinen Schläfen nicht aus.

Robin holte sich Paracetamol aus dem Medizinschränkchen im Bad. Er nahm gleich zwei auf einmal, beugte sich zum Wasserhahn vor und schluckte sie mit viel Wasser hinunter. Dann richtete er sich wieder auf und blickte in den Spiegel. Er erschrak selbst, wie hundeelend er aussah. Verwirrt entdeckte er rote Flecken auf seinem hellen Hemd.

Wo kommt der Lippenstift denn her? Das ist doch gar nicht Martinas Farbe!

Noch immer drehte sich alles in seinem Kopf, sobald er die Augen schloss. Er ging zurück ins Wohnzimmer und setzte sich wieder auf die Couch. Immer noch stark benebelt, wurden die Bilder in seinem Kopf nur ganz allmählich klarer.

Er sah Martina vor sich stehen, die ihn förmlich anstarrte. Entsetzen und gleichzeitig tiefe Enttäuschung lagen in ihrem Blick. Diesen Blick würde er wohl nie vergessen. Er erinnerte sich an die karge Zelle, in der er aufgewacht war. Nur vier Wände und eine Pritsche zum Schlafen. Muss wohl auf einer

Polizeiwache gewesen sein. Ja sicher, denn da war auch dieser Polizist, der unablässig Fragen gestellt hatte, die er nicht richtig verstanden hatte.

Was wollte ich auf der Polizeiwache? Wie bin ich da hingekommen und warum?

Nachdem Martina ihn abgeholt hatte, mussten sie wohl nach Hause gefahren sein, doch daran konnte er sich nicht mehr erinnern, auch nicht, wie er hier ins Haus gekommen und auf der Couch eingeschlafen war.

Seltsam, alles sehr, sehr seltsam. Wo ist Martina nur?

Robin rief nach ihr, zuerst zaghaft, dann etwas lauter. Sofort gab es wieder einen Stich in seinem Kopf.

Nein, laut geht gar nicht!

Robin brauchte ein paar Minuten, um die ganze Tragweite seiner Situation zu verstehen. Martina war wohl sauer auf ihn, das hatte ihr Blick in der Zelle ganz deutlich zum Ausdruck gebracht. Doch wie war er nur in diese missliche Lage gekommen? Wie konnte es sein, dass er derart abgestürzt war? Das war ihm ja noch nie passiert, zumindest in seinem jetzigen neuen Leben nicht. War er das überhaupt? Er konnte sich auch nicht erinnern, etwas getrunken zu haben. Mit wem? Wo? Und wo kam der Lippenstift an seinem Hemd her?

Robin erhob sich und ging die Treppe hoch, um weiter nach Martina zu suchen. Doch sie war auch nicht im Obergeschoss. Erst jetzt blickte er auf seine Armbanduhr und verstand, dass sie auf der Arbeit sein musste. Wie sollte er ihr das nur alles erklären, wenn sie wieder nach Hause kommt. Erklären, warum er so viel getrunken hatte. Denn das hatte er wohl. Und was waren das für Lippenstiftspuren auf seinem Hemd? Er konnte sich beim besten Willen an nichts erinnern, schon gar nicht an eine andere Frau!

Dieses schreckliche Pochen in meinem Schädel! Gut, ich mache mir erst einmal einen starken Kaffee, vielleicht hilft das ja und ich bekomme einen klareren Kopf.

Wie in Zeitlupe ging Robin wieder die Treppe hinunter ins Wohnzimmer und dann schließlich um die Theke herum in die Küche, um sich Kaffee aufzustellen. Er verfluchte den italienischen Kaffeekocher, den Martina so liebte. Ungeschickt hantierte er mit zittrigen Händen an diesem Teil herum. Nachdem es ihm endlich gelungen war, einen Kaffee zu kochen, schlürfte Robin den ersten Schluck des duftenden Getränks.

»Scheiße ist das heiß«, fluchte er, nachdem er sich auch noch den Mund verbrannt hatte. Tatsächlich fühlte er sich nach ein paar Schlucken ein wenig besser.

Das war eine gute Idee mit dem Kaffee!

Nachdem er wieder ein wenig zu sich gekommen war, genehmigte er sich eine erfrischende Dusche, föhnte sich seine Haare trocken und stopfte seine schmutzige Wäsche in die Waschmaschine. Robin wollte alle Spuren der letzten Nacht beseitigen. Er musste Martina nicht noch durch sein mit Lippenstift beschmiertes Hemd daran erinnern. Sie musste es gestern Abend ohnehin schon bemerkt haben.

Zu peinlich das Ganze und doch völlig unbegreiflich. Was ist nur passiert?

Robin brauchte frische Luft. Sein Körper fühlte sich an, als hätte er lange keinen Sauerstoff mehr bekommen. Nachdem er sich angezogen hatte, nahm er seinen Schlüssel vom Schlüsselbrett und verließ das Haus, um eine Runde um den Block zu drehen. Prompt begegnete ihm auf der Straße ein Nachbar, der ihn erstaunt ansah.

»Sind Sie wieder zurück, Robin? Ihre Lebensgefährtin hatte Sie vermisst!«

Boah, das habe ich gerade noch gebraucht. Wie ich neugierige Menschen hasse. Die sollen sich um ihren eigenen Scheiß kümmern.

»Ja, ja, das war nur ein kleines Missverständnis. Martina hat mich gestern abgeholt und alles ist in Ordnung. Danke der Nachfrage. Schönen Tag noch!«

Robin ging zügigen Schrittes weiter. Nicht das Beste für seinen derzeitigen Zustand, doch wollte er um keinen Preis riskieren, weiter in ein Gespräch verwickelt zu werden. Er wusste ja selbst nicht, was letzte Nacht passiert war.

Als er aus der Sichtweite des Nachbarn kam, verlangsamte er seinen Schritt wieder und bog wie immer auf seinen

Spaziergängen in den kleinen Feldweg ein. Er atmete tief durch und schloss zur Besinnung kurz die Augen. Plötzlich sah er die Szene genau vor sich:

Ein kleiner grauer Wagen fuhr heran, eine Seitenscheibe wurde herabgelassen und ein Mann mit dunklen Haaren und Schnauzer sprach mich an.

Ja, genau so war es! Was ist dann passiert?

Robin sortierte krampfhaft die Gedanken und Bilder in seinem Kopf. Lange grübelte er und ging die Szenerie wieder und wieder durch. Auf einmal ergab alles einen Sinn!

24.

Frank ließ sich am Morgen durch den Handyalarm wecken, da er pünktlich um halb acht seinen Dienst antreten musste. Er machte sich fertig, fand in Chloés Bad eine neue, noch originalverpackte Zahnbürste. Wie selbstverständlich stellte er sie nach dem Zähneputzen in den Becher, in dem sich schon Chloés Bürste befand. Ihr würde sicher nicht auffallen, dass da gestern nur eine Bürste im Becher stand, so verwirrt, wie sie war. Wahrscheinlich hatte sie ohnehin den halben Tag geschlafen. Er weckte Chloé kurz, um sich bei ihr zu verabschieden.

»Tschüss Schatz, ich muss zur Arbeit. Ich komme heute Abend wieder vorbei. Mach dir inzwischen einen schönen Tag. Ich habe dir ein bisschen Geld in die Küche gelegt. Bitte kaufe ein paar Flaschen Bitburger, damit ich dir nicht deinen ganzen Gin austrinke. Ich liebe dich!«

Chloé sah ihn schlaftrunken und verwirrt an. Sie musste sich daran gewöhnen, dass sie scheinbar einen Freund hatte, das war alles zu neu für sie, doch erwiderte sie seinen Kuss.

Alles läuft perfekt, so wie es sein soll, dachte Frank, verließ ihre Wohnung und ging zum Dienst. So zufrieden mit sich und der Welt war er wohl noch nie zuvor gewesen. Er konnte sich nicht daran erinnern, jemals so glücklich gewesen zu sein.

Was für ein toller Abend in den Armen meiner atemberaubend schönen Freundin! Ich bin ein wahrer Glückspilz. Jetzt nur keinen Fehler machen!

In der Mittagspause rief er Chloé auf ihrem Handy an.

»Hallo Schatz, wie geht es dir? Ich wollte nur kurz deine Stimme hören und dir sagen, wie sehr ich dich liebe. Muss leider sofort weitermachen, die Arbeit nervt, aber ohne geht es halt auch nicht – leider. Also mach's gut, bis heute Abend! Kussie!«

Das Leben war wunderbar, für ihn lief alles besser als je zuvor. Das viele Geld, das er durch seine Einsätze für Pocke verdiente, würde locker für zwei reichen und er würde noch einiges zur Seite legen können. Klar, sein Ziel, in naher Zukunft das Land zu verlassen, würde er ein wenig nach hinten verschieben müssen, da er nun monatlich mehr Geld brauchte. Wollte er überhaupt noch Deutschland verlassen? Mit dieser unglaublich attraktiven Frau an seiner Seite? In seinem Überschwang der Gefühle war er sich auf einmal nicht mehr so sicher. Doch darüber mochte er derzeit nicht weiter nachdenken.

Jetzt nur genießen. Ich habe lange genug mein Leben verschwendet. Später werde ich weitersehen, wie sich alles entwickelt und was ich mache!

Der Arbeitstag ging vorbei wie im Flug. Sofort nach Dienstschluss begab Frank sich wieder zu Chloés Wohnung und klingelte zweimal kurz.

Diesmal öffnete sie ohne Zögern, nachdem er sich zu erkennen gab. Sie begrüßte ihn mit einem flüchtigen Kuss. Frank stellte beruhigt fest, dass sie straßentauglich angezogen war.

Scheinbar hat sie begonnen, ihr Leben wieder in die Hand zu nehmen, und hat mir hoffentlich Bier gekauft. Offensichtlich hat sie schon ein wenig verinnerlicht, dass ich ihr Freund bin.

Frank entledigte sich seiner Schuhe und gemeinsam gingen sie ins gemütliche Wohnzimmer.

»Schatz, wie war dein Tag? Was hast du so gemacht?«

»Ich war draußen an der frischen Luft. Bin ein bisschen um die Häuserblocks spaziert, nichts Besonderes. Ich habe auch viel nachgedacht. Ich muss mit dir reden, es gibt einiges, was mich derzeit verwirrt.«

»Ach Schatz, mach dir da keine Sorgen, du warst doch immer schon etwas verwirrt. Das bist einfach du. Ich habe dich so kennen und lieben gelernt. Aber klar, du weißt doch, wir können über alles reden.«

Frank nahm sie in den Arm und drückte sie ein wenig fester an sich, um Chloé weiter zu beruhigen. Ihr heißer Körper erregte ihn sofort wieder, doch Chloé löste sich aus seiner Umarmung und blickte ihm direkt in seine Augen.

»Es ist eigentlich nichts Besonderes, es gibt da nur ein paar SMS und Anrufe, die heute gekommen sind, die mich verwundern. Was wollen die alle von mir? Männer fragen, was es pro Stunde bei mir kostet, was ich alles mache und wann ich Zeit habe. Ich verstehe das nicht. Bin ich eine Prostituierte?«

»Nein, Schatz, beruhige dich bitte. Das ist doch lange vorbei. So hattest du früher mal dein Geld verdient. Du bist ja wirklich sehr verwirrt heute. Das hast du doch gleich aufgegeben, nachdem wir uns kennengelernt hatten. Wir haben gemeinsam beschlossen, dass es reicht, wenn wir von meinem Verdienst leben. Dein alter Beruf hat unsere Beziehung immer nur belastet, das musste mal ein Ende haben. Aber wie kannst du das vergessen? Muss ich mir Sorgen um dich machen?

Ach, bestimmt nicht, vielleicht bekommst du ja wieder deine Tage, dann bist du immer besonders sensibel und manchmal auch noch verwirrter als gewöhnlich.«

Chloé gab sich zwar äußerlich mit der Antwort zufrieden, doch in ihrem Innersten brodelte es.

Ich eine Prostituierte? So etwas habe ich tatsächlich gemacht? Mit Männern für Geld geschlafen? Unglaublich!

Doch scheinbar hat mich Frank da rausgeholt. Er wirkt zwar immer noch ein wenig fremd auf mich, aber offenbar ist er ein guter Mann!

Was ist nur mit mir passiert? Warum kann ich mich an nichts erinnern?

Frank ging in die Küche und kam kurze Zeit später mit einem Longdrink für Chloé und seinem beliebten Bitburger in den Händen zurück. Chloé hatte gedankenversunken gar nicht bemerkt, dass er zwischendurch nicht im Wohnzimmer gewesen war.

Frank schaltete den Fernseher ein und prostete Chloé zu, die sogleich einen tiefen Schluck ihres Drinks nahm und sich nur allzu gerne vom Fernsehen ablenken ließ. Es lief eine der letzten Folgen von *Wetten, dass* und gemeinsam überlegten sie, ob es möglich sei, dass der Kandidat diese skurrile Wette gewinnen könne. Frank holte noch Salzstangen aus der Küche und Chloé fühlte sich zunehmend wohler.

Scheiß Gedanken, ich muss sie einfach verdrängen und das Leben nehmen, wie es kommt. Vielleicht ist es besser, wenn ich nicht so viel über mich und meine Vergangenheit nachgrüble, sondern eher in die Zukunft blicke! Ich habe eine schöne Wohnung, einen lieben Freund, der gut zu mir ist und für mich sorgt. Was will ich denn mehr?

Gerade war der Kandidat im Fernsehen mit seinen Vorbereitungen fertig und startete seine Vorführung. Die Uhr begann zu ticken, er musste es in zwei Minuten geschafft haben. Die digitale Anzeige zeigte, dass ihm noch eine Minute und 47 Sekunden verblieben, als es an der Wohnungstür läutete. Frank und Chloé blickten sich gegenseitig fragend an. Doch Frank reagierte schneller. Ihm wurde blitzartig bewusst, dass er alles unter Kontrolle haben musste.

Jetzt nur keinen Fehler machen!

»Schatz, ich geh schon, bleib nur sitzen!«

Frank ging zur Wohnungstür und versuchte dabei, sich vorzustellen, wer geklingelt haben könnte, doch es gelang ihm nicht. Zu wenig wusste er über Chloés früheres Leben. Er öffnete die Tür. Draußen stand ein Mann mittleren Alters, sehr gepflegt und gut gekleidet. Frank sah ihn fragend an:

»Ja, bitte?«

»Ähm, hier wohnt doch Chloé, oder?«

»Wer sind Sie und was wollen Sie?«

»Na zu Chloé, ich bin ein Freund von ihr.«

In dem Moment streckte Chloé neugierig ihren Kopf aus der Wohnzimmertür. Es hatte ihr doch keine Ruhe gelassen, wer an der Tür sein könnte. Karl erblickte sie sofort und wollte die Tür aufdrücken, um an Frank vorbei zu Chloé zu stürmen. Doch Frank ließ das nicht zu. Er hielt die Tür fest und fragte:

»Was soll das? Sie können doch hier nicht einfach eindringen. Wer sind Sie überhaupt. Doch nur ein alter Freier aus ihrem früheren Leben. Sie hat damit aufgehört, es gibt keine Treffen mehr mit meiner Freundin! Gehen Sie ins Laufhaus und belästigen Sie uns nicht weiter!«

Karl blickte verwirrt zu Chloé, doch die sah ihn nur mit großen Augen an. Abweisenden Augen, kein Schimmer von einer Freude, ihn wiederzusehen. Frank sah ihn ebenfalls an, verärgert und triumphierend zugleich.

»Ich bitte Sie, jetzt zu gehen, und kommen Sie nie wieder. Hören Sie? Kommen Sie nie wieder! Das nächste Mal hole ich die Polizei! Unverschämtheit, uns hier am Abend zu belästigen!«

Dann drückte Frank die Tür zu und legte die Kette vor.

»So ein Spinner!«, sagte er zu Chloé, »Manche wollen nie verstehen, dass du aus dem Geschäft bist. Lassen wir uns nicht den schönen Abend zerstören und vergessen das Ganze am besten schnell wieder! Lass uns auch morgen gleich deine Handynummer ändern. Das muss ein für alle Mal aufhören, dass uns ehemalige Freier kontaktieren!«

25.

Wie schon so oft in letzter Zeit fiel es Martina den ganzen Tag über schwer, sich auf ihre Arbeit zu konzentrieren. So langsam gefährdeten die Probleme mit Robin auch ihre Position auf der Arbeit.

In ihrem Job ging es jeden Tag um Geld, um sehr viel Geld. Ein kleiner Fehler, eine kleine Unachtsamkeit, das Übersehen eines Dealbreakers, der dann im Bericht an den Mandanten nicht erwähnt würde, könnte Schadensersatzforderungen im Millionenbereich begründen. Und sie? Sie saß hier über ihren Unterlagen und anstatt konzentriert zu arbeiten, dachte sie nur an Robin.

Wie hatte Robin ihr so etwas antun können? Nach alldem, was sie für ihn gemacht hatte. Sie hatte ihn von der Straße geholt und warmherzig empfangen, ja ihm sogar ein Heim gegeben. Und nicht nur das, sie hatte auch das Kopfkissen mit ihm geteilt und sich in ihn verliebt.

Dieser Mistkerl!

Gegen 17 Uhr entschloss sich Martina, es für heute mit der Arbeit gut sein zu lassen. Es hatte ohnehin keinen Sinn. Sie konnte ihre ständigen Gedanken an Robin nicht aus ihrem Kopf verdrängen und sich somit nicht auf das Projekt konzentrieren. Also machte sie das vermeintlich einzig Vernünftige in ihrer misslichen Lage. Sie würde nach Hause fahren und Robin zur Rede stellen. Sie wollte es wenigstens verstehen.

Habe ich ihm einen Grund dafür gegeben, so über die Stränge zu schlagen? Mein lieber Ehemann Michael hatte mich ja auch andauernd betrogen. Es liegt vielleicht doch irgendwie an mir? Was mache ich nur falsch mit Männern?

Kopfschüttelnd schaltete Martina ihren Laptop aus, packte ihn sorgfältig in die Tasche und verließ das Büro in Richtung Tiefgarage. Sie stieg in ihren Audi TT und machte sich auf den

Weg nach Hause. Zusätzlich genervt durch den Stau im Berufsverkehr, stieg unterwegs wieder Wut in ihr auf.

Wieso suche ich bei so was immer gleich die Schuld bei mir? Robin hat es getan. Er war im Puff, nicht ich! Er hat sich bis zur Bewusstlosigkeit niedergesoffen, nicht ich. Ich habe doch alles getan, damit er wieder ein normales Leben führen konnte, damit er wieder ein Zuhause hat. Und dieser Schuft betrügt mich! Mich, die ich alles für ihn getan habe. Na warte, Bürschchen, du kannst jetzt was erleben. Du wünschtest, dass du das nie gemacht hättest! Dir werd' ich's zeigen!

Nachdem Martina ihren TT in die Garage gefahren hatte, eilte sie zum Eingang und schloss die Haustür auf. Schon im Flur rief sie laut nach Robin:

»Robin, wo bist du? Wir müssen reden. Jetzt auf der Stelle!«

»Ich bin im Wohnzimmer, ich muss auch mit dir reden. Ich weiß jetzt, was passiert ist!«

Diese Worte ließen die Wut in Martina noch weiter hochkochen!

»Ich weiß auch, was passiert ist!«, rief sie aufgebracht, als sie ins Wohnzimmer kam und sich auf den Sessel gegenüber der Couch setzte, auf der Robin saß. »Du warst im Puff und hast es mit einer Hure getrieben. Das ist ja wohl sonnenklar. Wie kannst du mir so etwas nur antun?«

»Nein, Schatz, nein, das war nicht so. Jetzt bin ich mir sicher, lass es mich dir erklären!«

»Nenn mich nicht Schatz!«, schrie sie außer sich vor Zorn. »Natürlich war das so! Du bist vor dem Puff aufgegriffen worden, dein Gesicht und dein Hemd waren voll mit Lippenstift und du hast nach billigem Parfum gerochen! Lüg mich nicht an! Wie unverschämt kann man denn sein, in dieser Situation auch noch zu lügen? Alles ist so offensichtlich!«

»So war das nicht, Martina, bitte glaube mir! Ich war heute spazieren, um wieder einen klaren Kopf zu bekommen. Ich wusste ja überhaupt nicht, was passiert war, ich schwöre es! Der Sauerstoff in der Luft hat mir gutgetan und dann kam die Erinnerung zurück. Ich habe genau die Bilder vor mir gesehen, wie es abgelaufen ist!

Denk nur, bevor diese Sache passiert ist, hatte mich ein Mann auf der Straße erkannt. Er hat mich angesprochen und mir erzählt, dass er mich von früher kenne. Wir sollen angeblich befreundet sein. Er behauptete, dass mein richtiger Name Thomas sei!

Ich war so aufgeregt, dass ich endlich eine Spur zu meiner Vergangenheit gefunden hatte, dass ich zu diesem Mann ins Auto stieg. Er wollte mich zu zwei anderen Freunden bringen, mit denen wir uns früher regelmäßig getroffen haben. Das hat er mir zumindest gesagt.«

Robin sah Martinas immer noch empörtes Gesicht und erzählte aufgeregt weiter, als wenn es um sein Leben ginge:

»Inzwischen verstehe ich natürlich, dass das nur eine Falle war, denn ich spürte direkt nach dem Einsteigen einen Stich in meinem Oberschenkel und dann erinnere ich mich an gar nichts mehr.

Als nächstes Bild habe ich in meinem Kopf, dass sich dieser Polizist über mich beugt und anfängt, mir Fragen zu stellen. Den Rest kennst du ja.«

Martina sah ihn ratlos zweifelnd an.

Die Geschichte klingt einfach zu haarsträubend. Auf der anderen Seite, hm, ich habe es ja von Anfang an nicht recht geglaubt, dass Robin sich einfach so besaufen könnte und dann auch noch im Puff landete.

Nein, das war nicht mein Robin, wie ich ihn kenne, doch kenne ich ihn überhaupt? Er kennt sich ja selbst nicht einmal. Die Lippenstiftreste habe ich mit eigenen Augen gesehen und sturzbesoffen war er auch!

Krieg in ihrem Kopf. Sie würde ihm so gerne glauben, doch irgendetwas tief in ihrem Innersten sträubte sich dagegen. Sie hatte zumindest Zweifel. Zweifel, dass die Geschichte mit dem ominösen Mann stimmen könnte.

»Warst du schon auf der Polizei, um denen das zu erzählen?«

»Nein, das muss ich morgen machen, ich war zu sehr aufgewühlt über das, was geschehen war und vor allem, dass du mir nicht glauben könntest. Dass du denken könntest, diese Geschichte sei nur erfunden und eine billige Ausrede. Bitte, glaub mir Martina! Ich lüge dich nicht an!«

»Ich weiß gar nicht, was ich glauben soll. Ich war, nein, bin so wütend auf dich! Und jetzt kommst du mit dieser Geschichte daher?«

»Sieh mir in die Augen, Martina. Du musst mir einfach glauben. Es war genauso, wie ich es sage. Was hätte ich denn für einen Grund gehabt, in einen Puff zu gehen?«

»Hah, denkst du, andere Männer haben einen Grund, in den Puff zu gehen? Ihr Männer seid doch alle gleich. Wenn ihr eine aufgetakelte sexy Frau seht, dann rutscht euer Verstand in die Hose. Wer weiß, warum du vorher gesoffen hattest. Mit Alkohol sinkt die Hemmschwelle und dann konntest du dich wohl nicht mehr halten und musstest so eine billige, kleine Nutte besteigen!«

Martina war schon wieder in Rage. Während sie redete, stieg abermals die Wut in ihr hoch. Und doch hatte sie auch Zweifel. Sie erhob sich und spazierte nervös im Wohnzimmer umher. Ihre Gedanken spielten Achterbahn mit ihr. Wenn sie ihn nicht verlieren wollte, hatte sie keine andere Wahl, als ihm zu glauben. Doch wollte sie ihn jetzt noch? Was ist, wenn er tatsächlich im Puff war?

Auf der anderen Seite wollte sie ihm so gerne glauben, denn irgendwie war sie sich sicher, dass er das Beste war, was ihr nach der missglückten Sache mit Michael passieren konnte, und nein, das sah einfach nicht nach Robin aus!

Nie hatte sie zuvor bemerkt, dass er einer anderen Frau hinterher sah, oder sonst wie das Gefühl gehabt, er könnte an einer anderen interessiert sein. Sein Auftauchen bei ihr war so abenteuerlich gewesen, dass an dieser Entführungsgeschichte doch etwas Wahres dran sein könnte.

Es war ja schon merkwürdig, dass er weder seine Brieftasche, noch sein Handy bei sich hatte, als sie ihn vor dem *Sudfass* gefunden hatten. Gut, Brieftasche ist schon klar, dass die jemand an sich nehmen könnte, wenn man einen Besoffenen hilflos auf der Straße liegen sah, der nicht gerade wie ein Penner aussah.

Aber das Handy? Wie kommt es, dass das Handy weg war? Das war so eine alte abgelegte Nokia Gurke von ihr. Mit so etwas läuft keiner freiwillig herum. So ein Handy klaut man doch nicht!

Sie hatte Robin schon des Öfteren ein Neues kaufen wollen, aber irgendwie war immer etwas dazwischen gekommen. Niemand würde riskieren, wegen eines so alten Handys als Dieb entlarvt zu werden. Da stimmte irgendetwas nicht. Nach all den Gedanken in ihrem Kopf kam sie zum Schluss:

»Okay, Robin, ich versuche, dir zu glauben. Aber das Ganze ist ziemlich schwer für mich. Ich würde es bevorzugen, wenn du heute Nacht hier unten im Gästezimmer schläfst. Erst warst du wie vom Erdboden verschwunden und nun das. Gib mir Zeit, ich muss das alles erst einmal verarbeiten und weiter darüber nachdenken.«

Robin gefiel der Gedanke ans Alleinschlafen nicht wirklich, doch wollte er Martina nicht drängen. Er war heilfroh, dass er sie scheinbar überzeugt hatte, obwohl alle Indizien gegen ihn sprachen. Sie musste diese Kröte schlucken, zumindest, bis er ihr beweisen konnte, dass seine Version der Geschichte stimmte.

Im weiteren Gespräch waren sie sich darüber einig, dass die Entführung etwas mit seinem früheren Leben zu tun haben musste. Vielleicht war dies nun sogar die Chance, etwas herauszufinden, wenn die Polizei die Sache ernst nahm und Ermittlungen anstellen würde. Doch den Namen Thomas zu verwenden? Nein, solange nicht geklärt war, wer er wirklich war, würden sie bei *Robin* bleiben.

Nachdem Martina am Morgen das Haus verlassen hatte, machte sich Robin auf den Weg zur Polizei. Er war voller Hoffnung, dass sich durch die Erinnerung an seine Entführung auch eine Spur zu seiner wahren Identität ergeben könnte. Es musste einfach so sein, die Polizei konnte ja nun etwas Konkretes tun.

Hauptkommissar Gerhard Marx empfing ihn mit einem sarkastischen Grinsen auf dem Gesicht.

»Na Herr Fremder, haben Sie sich von Ihrem nächtlichen Ausflug inzwischen gut erholt?«

»Mir ist nicht zum Scherzen zumute, Herr Marx. Inzwischen ist mir klar geworden, dass ich entführt worden bin. Ich konnte mich an einiges erinnern.«

»Entführt? Na dann schießen Sie mal los. Bin schon gespannt, was Sie mir berichten werden.«

Marx versuchte, eine ernste Miene zu machen, doch gelang es ihm nicht ganz, seinen sarkastischen Unterton in der Stimme vollends abzulegen.

Robin erzählte von seinem Spaziergang, dem Unbekannten im grauen Opel Corsa, der ihn scheinbar kannte, bis zum Zeitpunkt, zu dem er den Einstich in seinem Oberschenkel spürte.

Je weiter er erzählte, desto weniger gefiel ihm die Mimik von Marx. Er hatte das Gefühl, als wenn dieser ihm kein Wort abnahm. Doch Marx machte scheinbar gute Miene zum vermeintlich bösen Spiel, denn er fertigte nach der Aussage von Robin ein Protokoll an. Dann rief er einen Kollegen hinzu, der mit Robin am Computer ein Phantombild von dem Unbekannten anfertigen sollte.

Robin tat sich schwer mit der genauen Personenbeschreibung. Zu wenig hatte er vor zwei Tagen auf Details geachtet. Er war zu aufgeregt gewesen, endlich jemanden aus seinem früheren Leben getroffen zu haben. Und jetzt nach dieser durchzechten, nein, das war sie ja nicht, nein, nein, definitiv nicht. Das war keine durchzechte Nacht gewesen, da muss etwas anderes passiert sein!

Jetzt nach dieser Nacht sich an einzelne Details in einem Gesicht zu erinnern, das er nur sehr kurz gesehen hatte, gestaltete sich als äußerst schwierig. Nach einer halben Stunde war er dennoch zufrieden. Er erkannte in dem Mann am Bildschirm seinen angeblichen Freund aus der Vergangenheit, zu dem er ins Auto gestiegen war.

Nachdem Robin gegangen war, lies Marx einen Abgleich des Phantombildes mit gespeicherten Straftätern vornehmen, doch es gab keinen Treffer. Zur Sicherheit gab er den Unbekannten trotzdem in die Fahndung, auch wenn er erhebliche Zweifel an Robins Geschichte hatte.

Der hat sich das doch nur einfallen lassen, um seine Freundin zu überzeugen. Wer weiß, ob der jemals sein Gedächtnis verloren hat. Der ganze Fall stinkt zum Himmel!

26.

Frank Büchner war nervös. Immer wieder kreisten seine Gedanken zu dem ungebetenen Besuch von gestern Abend.

Verdammt, würden da noch mehr so Typen auftauchen?

Er wusste ja gar nichts von Chloés vorherigem Leben, nur dass die Opfer von Pocke ... Opfer, ja Opfer für was eigentlich?

Schon oft hatte sich Frank den Kopf darüber zerbrochen, was mit den Nummern geschah, wenn er sie zu Pocke brachte und ein, zwei Tage später, manchmal auch erst zwei Wochen später wieder aussetzte. Doch was machten sie dort tatsächlich mit diesen Personen? Er war klug genug gewesen, nie nachzufragen, doch war er sich sicher, dass Pocke nicht alleine agierte, nicht alleine agieren konnte. Da musste eine größere Organisation dahinterstecken.

Eins war klar: Die Nummern erinnerten sich an nichts mehr aus ihrem vorherigen Leben, darauf hatte Pocke ihn vorbereitet, falls mal irgendetwas schief gehen sollte. Stets hatte Pocke ihn mit entsprechenden Geschichten versorgt, die er ihnen reindrücken sollte, damit sie zu ihm Vertrauen fassen würden und in seinen Wagen einstiegen. Doch was machte Pocke mit all diesen Personen? Für was brauchte er sie?

Nie hatte er Pocke danach gefragt, lieber hätte er sich die Zunge abgebissen. Er erinnerte sich noch allzu gut an Pockes Worte ganz am Anfang in der Trinkhalle: »Keine Fragen!«

Frank sah genau Pockes Gesicht vor sich, welches er beim Aussprechen dieser Worte aufgesetzt hatte. Trotzdem hatte Frank oft darüber nachgedacht, wofür Pocke diese Menschen brauchte. Er hatte trotz seiner immensen Angst vor Pocke diese Gedanken nie ganz aus seinem Kopf verdrängen können.

Irgendwann hatte Frank sein Seelenheil in der Überzeugung gefunden, dass die Menschen nicht verletzt waren oder danach aussahen, in den Tagen ihrer Abwesenheit sonst wie in Mitleidenschaft gezogen worden zu sein, wenn er sie wieder zurückbringen oder an einem anderen Ort aussetzen musste. Nein, er, Frank Büchner, war kein schlechter Mensch, aber er musste schon auch ein wenig an sich selbst denken.

Er wäre doch ein Narr gewesen, solch ein leicht verdientes Geld nicht mitzunehmen. Trotz seiner Fähigkeit, unangenehme Gedanken, die immer wieder mal hochkamen, schnell zur Seite zu schieben, hat er das Gute in ihm nie so ganz überzeugen können, dass es wirklich das Richtige war, was er tat.

Doch diesmal bei Chloé? Ja, jetzt war wirklich alles anders. Er hatte sie in sein Herz geschlossen und wollte nur zu gerne erfahren, was Pocke und seine Organisation mit ihr angestellt hatten, mit seinem Schokobaby. Und wer war sie eigentlich? Pocke hatte ihm nur mitgeteilt, dass sie eine Hure war, aber warum war gerade sie ausgewählt worden? Und die Frage, die ihn seit gestern Abend am meisten beschäftigte:

Wer wird noch auftauchen und nach meiner Freundin suchen? Werde ich die alle abwimmeln können?

Zum ersten Mal kamen Frank Zweifel, ob er das Richtige gemacht hatte, als er sich in Chloés Leben drängte. Er wusste viel zu wenig über sie, im Grunde genommen gar nichts, bis auf die Tatsache, dass sie eine Prostituierte war. Wer weiß, welchen Umgang sie früher gehabt hatte und wer noch nach ihr suchen würde. Hatte sie gar einen Zuhälter, der auch noch irgendwann auftauchen würde?

Doch die Gedanken an ihre bisherigen gemeinsamen Stunden ließen seine Zweifel verstummen. Sie war die wahre Traumfrau für ihn und er fühlte sich in ihrer Nähe so wohl, wie noch nie zuvor bei einer Frau.

Und dieser Körper! Dieser unglaublich schöne und so makellos geformte Körper, der meinem Idealbild einer Frau entspricht. Verdammt, wenn ich nur an sie denke, bekomme ich eine Erektion! Nein, ich werde sie nicht aufgeben. Sie hat mich inzwischen als ihren Freund akzeptiert und Frank, sei doch mal ehrlich zu dir: Du würdest im normalen Leben doch nie so eine Göttin abbekommen, sieh dich doch nur mal an!

Sie ist es wert, dass ich mal etwas riskiere, ohne Frage! Ja, ich werde netter zu ihr sein. Sie ist ein Geschenk des Himmels und ich werde es nicht vermasseln. Sie hat selbst Augen im Kopf und muss einfach verstehen, dass sie viele andere Männer haben kann. Dieser Kerl von gestern ist zwar kein Adonis, doch allein seine Kleidung spricht Bände: Der hat garantiert Geld. Hoffentlich gibt er auf und bleibt da, wo der Pfeffer wächst. Chloé gehört mir!

Heute Nacht werde ich für eine ganz romantische Stimmung sorgen, mit Kerzenlicht und ruhiger Musik zum Träumen und Kuscheln!

Ja, und am besten kaufe ich noch Massageöl und werde sie richtig verwöhnen. Ihren herrlichen Körper vollständig einölen und massieren und dabei immer zärtlicher werden und ihre empfindlichsten Stellen liebkosen, bis auch sie sich nichts sehnlicher wünscht, als sich mit mir zu vereinen.

Frank malte sich die heutige Nacht in allen Einzelheiten aus und versuchte so, mit seiner derzeitigen Situation Frieden zu schließen, doch ein Gedanke kam immer wieder in seinen Kopf zurück:

Wird sie irgendwann Verdacht schöpfen, dass ich nicht ihr richtiger Freund bin?

27.

Es war ein wunderschöner sonniger Oktobertag. Pocke war gerade unterwegs im Trendviertel Bockenheim zu seinem Lieblingsitaliener. Er war wie ein einsamer Hund, stets alleine ohne Begleitung, selbst beim Essen. Nur sein Bruder hielt ihn länger aus. Alle anderen fürchteten sich zu sehr vor ihm, als dass sie seine Nähe oder gar Freundschaft suchen würden. Aber das war ihm genau recht. Er brauchte niemanden, er zog sein Ding durch und räumte Schwierigkeiten aus dem Weg, wenn sie auftauchten. Und genau so eine sah er nun vor seinen Augen. Zuerst traute er ihnen nicht, denn zu ungeheuerlich war das, was er auf dem Bürgersteig vor dem Lebensmittelgeschäft sah. Da spazierte Frank Büchner Hand in Hand mit Nummer 25 und sie kicherten fröhlich.

Was zum Teufel geht da vor? Dieser kleine Wichser! War wohl doch ein Fehler, eine so attraktive Frau wie Nummer 25 auszuwählen. Schöne Frauen bringen immer nur Schwierigkeiten! Sie sind gut zum Vögeln aber sonst für gar nichts!

Pocke beobachtete die beiden, bis sie schließlich im Rewe verschwanden, dann griff er zum Handy und rief Sven an.

»Großer Bruder, du wirst nicht glauben, wen ich gerade getroffen habe!«

»Wen denn? Pocke, mach's kurz, ich hab keine Zeit!«

»Unser guter Frank, der kleine Wichser, scheint seine Liebe zu Schokomäusen entdeckt zu haben und hat sich an Nummer 25 rangemacht. Sie spazieren wie verliebte Turteltäubchen hier in Bockenheim herum!«

»Verdammt! Das hat uns gerade noch gefehlt! Wie konnte das passieren? Pocke, ich dachte, Frank sei okay!?«

»Das dachte ich auch. Hätte ihm das gar nicht zugetraut, dem kleinen Scheißer. So viel Mut, aber er dachte wohl, dass das niemand bemerken würde, und war scheinbar notgeil, als er sie ausgewilderte.

Hihi, werde ihn gleich anrufen und ihm sagen, dass er heute Nacht einen Auftrag bekommt.«

»Du tust nichts Unüberlegtes, hörst du …!« Panik war deutlich in Svens Stimme zu hören. Er wusste nur zu gut, zu was sein Bruder fähig war, wenn man ihn in Rage brachte. »Wenn alles gut geht, sind wir in vier Wochen fertig mit der Versuchsreihe. Es müssten schon mehrere Probanden bei ihrer letzten Probe komplett ausfallen, damit wir noch länger brauchen. Also dürfen wir nichts, aber auch gar nichts mehr riskieren! Hörst du? Wir sind kurz vor dem Ziel. Komm nachher vorbei und wir besprechen alles! Wir finden schon eine Lösung.«

»Ist schon gut großer Bruder, mach dich geschmeidig! Ich werde doch unserem kleinen Wichser nichts antun, ich doch nicht, hihi!«

Wenig überzeugt beendete Sven das Gespräch.

Verdammt, wie konnte so etwas nur passieren, wir hatten alles so schön im Griff und nun das!

Zwei Stunden später traf Pocke bei *TrimpaPharm* ein und die beiden ungleichen Brüder zogen sich in Svens Büro zurück.

»Was sollen wir nur mit Frank machen? Das habe ich mir die ganze Zeit überlegt. Er ist zu gefährlich als verliebter Gockel. Wer weiß, vielleicht stellt er nun Nachforschungen an, was es mit seiner Chloé auf sich hat.

Ich dachte, du hättest ihm klargemacht, dass du keine Fehler akzeptierst? Wie konnte das passieren?«

»Wie gesagt, ich hätte ihm das nie zugetraut, muss wohl ziemlich ausgehungert gewesen sein, dass ihm die Sicherungen durchgebrannt sind. Nummer 25 ist aber auch ein verdammt heißer Feger. Denke, wir müssen dem guten Frank eine Lektion erteilen, hihi!«

»Pocke, verdammt das ist kein Spaß! Der kann uns alles vermasseln, mit einer Lektion ist es nicht getan. Hast du eine Ahnung, was so ein verliebter Narr alles anstellen kann? Der ist doch in einem emotionalen Ausnahmezustand, sonst hätte er das wohl nie riskiert. Ich sehe keine andere Möglichkeit, als ihn für die nächste Zeit aus dem Verkehr zu ziehen. Das sollten wir aber nicht hier machen. Triff dich mit ihm in der Halle. Ich gebe dir eine Ampulle mit, die verabreichst du ihm und fährst ihn am besten nach Niederbayern. Die da unten fackeln meist nicht so lange wie hier im laschen Hessen und liefern so einen Hirnlosen ganz gerne in eine Anstalt ein. Dann ist er aus dem Verkehr gezogen und wir haben sicher Ruhe, bis wir es geschafft haben.«

»Ja, gut, so machen wir es. Ist wohl das Beste.«

Pocke griff zu seinem Smartphone und rief Frank an. Er bestellte ihn unter dem Vorwand eines neuen Auftrags am Abend zur Halle, wo sie sich immer trafen. Nach dem Telefonat versuchte Pocke, seinen immer noch nervösen Bruder zu beruhigen:

»Keine Sorge, Sven, ich habe alles im Griff! Frank freut sich schon über seinen neuen Auftrag, hihi …«

Anschließend verließ Pocke *TrimpaPharm* wie immer über die Tiefgarage.

Um 22 Uhr traf Frank wie geheißen in der Halle ein. Er war froh, so schnell wieder einen Auftrag zu bekommen, denn sein Geld musste nun für zwei reichen. Mit so einem Umschlag konnte er seine Liebste locker drei Monate richtig verwöhnen. In Erwartung des neuen Jobs von Pocke stieg er sichtlich gut gelaunt aus seinem roten Golf und wurde sogleich von ihm begrüßt:

»Hi Frank, alter Wichser, wie geht es dir heute?«

Pocke setzte dabei sein süßestes Lächeln auf, das er zustande brachte. Doch ein Grinsen auf Pockes Gesicht bedeutete nichts Gutes, dessen war Frank sich bewusst. Dieser Gesichtsausdruck ließ bei ihm sofort alle Alarmglocken läuten. So hatte ihn Pocke bislang noch bei keinem Auftrag empfangen. Franks gute Laune schlug unmittelbar um und er antwortete nervös, gequält:

»Soweit alles in Ordnung. Um was handelt es sich heute?«

»Ja Frank, worum handelt es sich? Das kann ich dir ganz genau sagen! Nimm erst mal das!«

Dabei rammte er Frank unvermittelt sein Knie mit voller Wucht in dessen Weichteile. Frank fiel mit einem lauten Schrei zu Boden und krümmte sich vor Schmerzen, als er sogleich von Pockes metallbeschlagenem Cowboystiefel hart und gezielt genau in die Magengegend getroffen wurde.

»Hab ich dir nicht gesagt, *keine Fehler*, du kleiner Wichser? Und was machst du? Du vögelst eine Nummer, die ich dir anvertraut habe? Macht man so etwas? Ist man unartig zu Pocke?«

Pocke genoss den Anblick, des sich vor Schmerzen krümmenden Mannes am Boden. Dazu die vor Angst weit aufgerissenen Augen. Zu lange hatte er niemanden mehr fertiggemacht, das wurde ihm nun in heller Vorfreude deutlich. Er hob den Absatz seines rechten Stiefels und setze ihn ganz langsam auf Franks Hand. Nur allmählich erhöhte er den Druck. Frank versuchte noch, seine Hand unter dem Stiefel herauszuziehen, doch das war zu schmerzhaft auf dem scharfkantigen Betonboden, denn Pocke trat schon fest zu. Pocke drehte den Absatz auf Franks Hand ein wenig hin und her und beobachtete dabei genau die Muskelbewegungen in Franks Gesicht, auf dem sich dessen Schmerzen widerspiegelten. Dann erhöhte er weiter den Druck auf sein Bein. Franks Hand war wie von einem Schraubstock eingeklemmt. Er hatte keine Chance, sie wegzuziehen. Seine Finger waren vom scharfkantigen Beton schon blutig aufgerissen. Er wimmerte vor Schmerzen und sah flehend zu Pocke auf.

»Bitte, lass mich, bitte! Ich konnte nicht anders, sie ist ...«

Pockes Grinsen wurde immer breiter und immer fieser. Er war ganz in seinem Element. Er würde diesen Augenblick auskosten, solange es ging und dafür würde er schon sorgen, dass es sehr, sehr lange ging!

»Haha, du konntest also nicht anders. Ja, okay, verstehe, manchmal gehen schon mal die Hormone mit einem durch. Ist mir auch schon passiert, Frankyboy«, dabei versuchte er, sein verständnisvollstes Gesicht aufzusetzen, »Doch wenn ich mir das so recht überlege, dann ...« Pockes Bein hob sich ruckartig, und ehe Frank auch nur den Funken einer Chance hatte, seine Hand wegzuziehen, hämmerte der Absatz von Pocke wieder auf Franks Hand nieder. Doch diesmal mit dem vollen Schwung von Pockes ganzem Gewicht. Frank brüllte auf vor Schmerzen.

Pocke genoss das Geräusch zumindest eines brechenden Fingerknochens. Voller Hass nahm er seinen Fuß von der Hand und trat immer und immer wieder mit seinem harten Absatz mit ganzer Kraft auf die geschundene Hand. Er war wie von Sinnen. Als er nach 15 – 20 Tritten auf die Hand seinen Fuß wieder von ihr nahm, beugte er sich ein wenig vor, um sein Werk zu begutachten. Der Anblick der roten, fleischigen Masse, in der er Knochensplitter erkennen konnte, erfüllte ihn mit tiefer Genugtuung. Frank drohte bei den Qualen ohnmächtig zu werden.

Ich muss leider, leider ein wenig Tempo herausnehmen ….

»Diese Hand wird für nichts mehr zu gebrauchen sein, mein Guter. Aber nun mach dich wieder geschmeidig, Alder, ich will ja nicht so sein, denn Fehler machen wir doch alle mal. Das war Strafe genug für dich. Ich bin mir nun sicher, solch einen Fehler wirst du nie wieder machen!«

Pocke lächelte verschmitzt in sich hinein, während die Gestalt am Boden röchelte. Er verstand es, einen Menschen zum Äußersten zu quälen, ohne dass er ihm die Gnade einer Ohnmacht zu teil kommen ließ. Er wusste genau, wie weit er gehen konnte und wann er eine Pause einlegen musste, damit sein Opfer sämtliche Schmerzen bei vollem Bewusstsein ertragen musste.

Frank konnte nicht mehr schreien. Die Schmerzen in seiner Hand oder besser in dem, was mal seine Hand gewesen war, zerrissen ihn förmlich. Vorsichtig sah er nach oben in Pockes Gesicht. Pocke sah ganz anders aus als gewöhnlich. Er hatte so ein glückliches und gütiges Gesicht, was Frank nur noch mehr verwirrte.

»Komm, mein Guter, ich helfe dir hoch. Aber du musst mir versprechen, mich nie wieder zu enttäuschen! Hörst du? Mich nie wieder zu enttäuschen!«

Dabei beugte er sich hinunter und zog Frank mit nach oben. Es gelang ihm, Frank auf dessen Beine zu ziehen. Leichte Hoffnung keimte in Frank auf, dass Pocke nun von ihm ablassen würde.

»Hast wohl keine Lust mit mir zu reden oder was?«

So sehr Frank es auch versuchte, mehr als ein leises Wimmern kam nicht über seine Lippen. Gequält blickte er zu seiner linken Seite. Die blutigen Fetzen seiner Hand hingen leblos herunter. Hatte ihn der Schmerz bereits fast um den Verstand gebracht, so realisierte er spätestens in diesem Augenblick, was Pocke mit seinen Worten gemeint hatte: Diese Hand war zu nichts mehr zu gebrauchen!

Pocke sah Franks entsetzten Blick und versuchte, ihn wieder zu beruhigen. Nur allzu sehr genoss er das Spiel mit der aufkeimenden Hoffnung. Flehende Augen, die nur Gnade wollten, und die sich in ihrem Ausdruck so stark veränderten, wenn man ihnen nur einen winzigen Grund zur Hoffnung gab.

»Frank, mein Guter, jetzt mach dich mal geschmeidig. Es ist vorbei. Du hast deine gerechte Strafe erhalten und bist schon auf dem Weg der Besserung.«

Er sagte das mit einer so sanften Stimme, dass Frank tatsächlich dachte, seine Marter könnte nun zu Ende sein.

»Setzen wir dich am besten erst einmal auf den alten Stuhl da drüben. Du ruhst dich ein wenig aus, denkst nach, was du falsch gemacht hast und wie du in Zukunft Dinge anders regeln möchtest.

Mach dich geschmeidig, du siehst ja aus, als hätte dich ne Wespe gestochen, hihi. Ich hole mal schnell den Verbandskasten aus dem Auto, sonst versaust du hier noch ganz den schönen Hallenboden. Du blutest ja wie ein Schwein!«

Frank ließ sich mit Pockes Hilfe auf den Holzstuhl nieder. Immer noch ungläubig starrte er zum Ende seines rechten Arms. Die Schmerzen spürte er fast nicht mehr. Irgendeine Schutzreaktion seines Gehirns, die er in dieser Form bislang nur aus der Theorie kannte. Doch der Anblick, der sich ihm vor seinen Augen bot, war unglaublich. Blut tropfte heftig aus dem

Teil, was mal seine Hand gewesen war. Auf dem Boden hatte sich schon deutlich eine Lache gebildet, die immer größer wurde.

Es sah aus wie bei einem Schlächter, der das eben getötete Lamm ausbluten ließ. Das hatte er mal als Kind auf einem Bauernhof gesehen. Komisch, dass ihm nun gerade dieser Gedanke kam. Denn das war kein Blut von einem Lamm, das war sein eigenes, Frank Büchners Blut, das da ohne Unterlass auf den Boden tropfte!

»Bitte Pocke, beeile dich. Verbinde mich, ich verblute!«

Skurril, dass er seinen Widersacher um Hilfe anbettelte, der ihn zuvor so misshandelt hatte. Frank kam sich vor wie in einem schlechten Horrorfilm. Aber was sollte er sonst machen? Er konnte nur um Gnade winseln und hoffen, dass Pocke ein Einsehen hatte.

»Mach dich geschmeidig, Alder! So ein bisschen Blutverlust killt niemanden, nicht einmal so einen kleinen Wichser wie dich! Aber ich mach schon schnell, keine Sorge, ich habe dir doch gesagt, ich werde dich verbinden. Du weißt, dass man sich immer an sein Wort halten muss!«

Dabei ging er langsam zum Heck seines Chrysler 300C und öffnete wie in Zeitlupe den Kofferraumdeckel. Er kostete jede Bewegung aus, denn er wusste genau, dass Frank alles mit ängstlichen Augen beobachtete und auf jede Kleinigkeit achten würde.

»Wo ist er nur, der Verbandskasten. Ich bin mir ganz sicher, dass ich einen dabei habe. Das ist doch Gesetz, mein Lieber, und du weißt, man muss sich immer ans Gesetz halten. Wo kämen wir denn hin, wenn jeder stattdessen machen würde, was er wollte? Nur Chaos würde ausbrechen, das blanke Chaos wie in Sodom und Gomorrha!«

Bewusst umständlich kramte Pocke im großen Gepäckfach seines Wagens herum und hob schließlich triumphierend einen leuchtend gelben Verbandskasten hoch, sodass Frank ihn sehen konnte.

»Wusste ich doch! Auf mich ist immer Verlass, hihi. Mal sehen, was haben wir denn noch hier? Das sieht ja nett aus.

Vielleicht brauchen wir das auch, ich bringe es mal mit rüber zu dir.«

Frank konnte im schummrigen Licht der Halle nur einen länglichen Gegenstand erkennen. Doch um den machte er sich weniger Sorgen. Er sah wieder zu seiner Hand. Inzwischen hatte sich ein stetes Rinnsal gebildet, das den schon erschreckend großen Blutfleck auf dem Boden weiter vergrößerte.

»Komm schon, ich verblute! Schnell!«

Nur langsam kam Pocke wieder auf ihn zu, den Verbandskasten vor sich hertragend, als ob er ihn Frank schon von weitem reichen wollte. Den länglichen Gegenstand hielt er in seiner linken Hand ganz eng am Körper, sodass Frank ihn nicht sehen konnte. Jetzt aus der Nähe sah Pocke Franks verzweifeltes Gesicht. Panik stand in dessen Augen. Er starrte wie gebannt auf die Überreste seiner Hand, aus der immer mehr Blut floss.

Dieser Trottel hat echt Angst zu verbluten, als wenn er keine anderen Sorgen hätte – hihi ... Nein, diesen Gefallen werde ich ihm nicht tun!

Ohne Vorwarnung warf er den Verbandskasten auf Franks Schoß, der reflexartig mit beiden Händen reagierte. Der Kasten entglitt ihm aus seinem blutigen Etwas und polterte auf den Boden. Mit gequältem Gesicht sah er Pocke groß an. Dieser nahm den länglichen Gegenstand von seiner linken nun in beide Hände, hob ihn über seine rechte Schulter und sah Frank triumphierend an.

Dies war der Augenblick, in dem in Frank jegliche Hoffnung starb, er könnte lebend aus dieser Situation herauskommen. Mit weit aufgerissenen Augen sah er Pocke an.

»Oh nein, was hast du nur vor. Bitte, Pocke, ich werde nie wieder ...«

Pockes eiskalter Blick, ohne einen Funken von Mitleid in seinen Augen, ließ Franks Satz wie ein Kloß in seinem Hals stecken bleiben.

»Hab ich dir nicht gesagt, keinen Fehler, du alter Wichser? Habe ich dir das nicht gesagt?«

»Ja, hast du, aber ...«

Der massive Baseballschläger in Pockes Händen sauste mit

großem Schwung hinab und zertrümmerte Franks linke Kniescheibe. Durch die Wucht des Schlages kippte der Stuhl mit Frank nach hinten. Den harten Aufprall auf den Betonboden nahm Frank nicht mehr war. Er hörte eine grelle Stimme aufschreien. Alles war so unwirklich. Er realisierte nicht einmal mehr, dass es sein eigenes Schreien war, das er hörte, als ihm schwarz vor Augen wurde.

»Verdammt, du Lusche, du wirst dich nicht so schnell davonschleichen! Du gehörst mir und ich werde heute Nacht noch viel Spaß an dir haben!«

Pocke kickte den Stuhl verächtlich zur Seite, richtete Frank vom Boden auf und ohrfeigte ihn so lange, bis dieser aus seiner Ohnmacht auftauchte und kaum hörbar vor sich hin stöhnte. Ein herrliches Gefühl überkam Pocke. Er ließ ihn wieder auf den Boden zusammensacken und erquickte sich an dem Häufchen Elend in der großen Blutlache vor ihm.

Pocke fühlte sich erhaben und war so zufrieden mit sich selbst, wie er es schon lange nicht mehr empfunden hatte. Es brachte ihn in eine geradezu orgiastische Stimmung.

Um für den nächsten Ohnmachtsanfall seines Opfers gewappnet zu sein, ließ Pocke sein Opfer kurz allein und ging in einen kleinen Nebenraum der Halle. Dort füllte er einen schwarzen Baueimer mit kaltem Wasser und kam voller Vorfreude zu seinem ehemaligen Gehilfen zurück.

Doch dieser sah ihn kaum noch an. Er lag gekrümmt auf dem Boden. Aus seinem Mund kam lediglich verzweifeltes Röcheln heraus. Das Röcheln eines Sterbenden, der nur noch Erlösung im schnellen Tod finden mochte. Doch das würde Pocke ihm nicht zugestehen.

Nein, dafür hast du kleiner Wichser mich viel zu sehr enttäuscht!

Seit Jahren hatte sich niemand mehr getraut, sich ihm zu widersetzen!

Was hat diese organische Masse ohne Hirn sich nur dabei gedacht? Dieser Mund wird mit niemandem mehr reden, schon gar nicht mit dieser dreckigen, schwarzen Hure, die er bestimmt die letzten Tage mehrmals bestiegen hat.

Bei diesem Gedanken stieg in Pocke eine animalische Wut auf, sodass er mit dem Baseballschläger zu seinem nächsten Schlag ansetzte. Er blickte Frank tief in dessen blutunterlaufene Augen und kostete diesen Augenblick wieder unbarmherzig lange aus.

»Dieser Mund wird keine Frau mehr davon überzeugen, dass du ihr Stecher bist, egal wie hirnlos sie auch sein mag.«

Frank verstand sofort, was Pocke nun als Nächstes tun würde. Er konnte nicht mal mehr flehen, sein Widerstand war gebrochen. Kein Wille zum Leben mehr in irgendeinem Teil seines Körpers.

Er schloss die Augen und versuchte krampfhaft, sich an ein Gebet zu erinnern, das er wohl zuletzt aus dem Munde seiner Großmutter gehört hatte. In seinem Kopf formten sich die Worte: *Vater unser, der du bist im Himmel ...*

Weiter kam er nicht. Der dicke Kopf des Baseballschlägers traf ihn voll auf seinen Mund. Seine Lippen platzten auf, bevor das Holz seine Schneidezähne ausschlug. Der Schlag war heftig, aber nicht heftig genug, um gleichzeitig Franks Genick zu brechen. Darauf achtete Pocke ganz genau. Ihm würde nicht der Fehler unterlaufen, sein Opfer vorzeitig durch den Tod zu erlösen. Doch hatte er Angst, dass ihm das mit dem Baseballschläger nicht immer gelingen könnte, also musste er seine Taktik ändern.

Pocke ging zu einem Wandschrank mit grüner Hammerschlaglackierung, öffnete diesen und kam, mit einem diabolischen Grinsen auf dem Gesicht mit einem 300-Gramm-Hammer in der rechten Hand zurück.

Frank konnte den Bewegungen von Pocke nicht mehr im Einzelnen folgen. Seine Schmerzen zerrissen ihn innerlich, doch die Angst vor dem, was noch folgen könnte, raubte ihm schier den Verstand. Das Leiden in seinen Augen konnte jedoch nicht mehr größer werden. Er hoffte nur noch, dass ihn bald der Tod ereilen würde. Nie hätte er es für möglich gehalten, mal um den Gnadenschlag zu winseln, der ihn ins Jenseits befördern sollte.

Doch Pocke fand keine Gnade, das war ihm völlig fremd. Mit unzähligen gezielten Hammerschlägen zertrümmerte er Franks

Gebiss und erquickte sich nach jedem Schlag an dem Anblick, der sich ihm bot. Anfänglich achtete er noch darauf, ausschließlich die Zähne zu treffen, später zertrümmerte er mit gezielten Schlägen den Unterkiefer, die Nase und die Wangenknochen. Das Gesicht, auf das er einschlug, war nur noch eine blutige Fratze, aus der flehende Augen herausquollen, was seine Lust nur noch mehr steigerte.

Wann immer Frank in Ohnmacht fiel, füllte Pocke einen Eimer mit kaltem Wasser und überschüttete ihn. Doch die Momente, in denen ein einziger Eimer kalten Wassers nicht mehr ausreichte, um Frank ins Diesseits zurückzuholen, häuften sich mehr und mehr.

Franks Martyrium dauerte fast die ganze Nacht. Erst kurz bevor die Morgendämmerung einsetzte, verließen die letzten Lebensgeister den Haufen Fleisch und Knochensplitter, der auf dem Betonboden der Halle lag. Pocke hatte nahezu alle nicht lebensnotwendigen Körperteile von Frank zerstört, bevor bei diesem endgültig die Lichter ausgingen.

Stolz stellte Pocke fest, dass ihm kein einziger Fehler unterlaufen war. Zufrieden packte er Franks menschliche Überreste in einen großen Müllsack, hievte das Paket in den Kofferraum des roten Golfs und fuhr den Wagen aufs Betriebsgelände vom Schrott-Michel auf der Hanauer Landstraße. Dieser würde am Morgen wieder die Wagenpresse anwerfen müssen.

Der Golf kam von dort und ist dorthin zurückgekehrt.

Dieser Gedanke bereitete Pocke eine kindische Freude.

28.

Es war bereits die dritte Nacht in Folge, in der sich Martina, gequält von ihren Bildern im Kopf, unruhig von einer Seite auf die andere drehte. In den letzten Wochen hatte sie versucht, das zwischenzeitliche Verschwinden von Robin zu verdrängen, doch es gelang ihr nicht. Im Traum sah sie immer wieder Robin vor sich, wie er mit Lippenstift beschmiert auf der Pritsche in der Ausnüchterungszelle lag. Doch dieses Bild blieb nicht isoliert. Es wurde ständig angereichert durch ihre Vorstellung, wie er auf einer roten Couch saß, in feuchtfröhlicher Stimmung mit einer attraktiven Hostess auf seinem Schoß, die ihm irgendwelche dreckigen Sachen zuflüsterte und ihn zwischendurch immer wieder mit ihren sündhaft roten Lippen küsste.

Robin hatte seinen linken Arm um ihre Taille geschlungen und blickte von oben über die Schulter in ihr hochgeschnürtes, üppig einladendes Dekolleté. Schließlich sagte Robin etwas zu der Dame, sie erhoben sich und gingen eng umschlungen hoch aufs Zimmer. Je mehr Martina es versuchte, desto weniger gelang es ihr, diese so realistisch erscheinende Vorstellung aus ihrem Kopf zu vertreiben.

Sie dachte unentwegt an die Entführungsgeschichte, die Robin ihr aufgetischt hatte. Nicht einmal Kommissar Marx hatte sie ihm abgenommen, wie Robin ihr enttäuscht vor zwei Tagen am Abend erzählt hatte. Das Ganze stank doch zum Himmel!

Was wusste sie überhaupt von diesem Mann in ihrem Haus? Nichts, gar nichts, außer dass er nie müde wurde zu behaupten, dass er sich an nichts aus seinem Leben erinnerte. Wieso hatte ihn dieser Zeitungsartikel über die Frau in Deggendorf nur so aufgewühlt? Hatte diese Dame vielleicht doch etwas mit ihm zu tun? War sie seine Ehefrau? Was war, wenn er sich wegen ihr besoffen hatte? Lief er vor irgendwas davon?

Je mehr Martina über Robins Geschichte nachdachte und über alles, was geschehen war, seitdem er in ihr Leben getreten war, desto weniger konnte sie sich selbst verstehen. Warum hatte sie so schnell Vertrauen zu ihm gefasst? Wie hatte sie es zulassen können, dass sie sich in ihn verliebte? Warum hatte sie ihn sofort tief in ihr Leben gelassen, anstatt es langsam anzugehen?

Seit Robins Verschwinden war Martina morgens immer wie gerädert. So konnte es nicht weitergehen, sie musste dringend etwas ändern. Sie machte einen Plan und rief am nächsten Tag vom Büro aus Egon Urschitz von der Frankfurter Rundschau an. Er stimmte sofort einem Treffen zu, nachdem Martina ihm versicherte, dass es etwas Neues gab, das ihn interessieren könnte.

Am frühen Abend trafen sie sich im *Café Wacker* im Mittelweg in Frankfurt. Martina war schon ein paar Minuten früher da und wartete, bis Egon endlich eintrudelte.

Leider verspätete er sich um eine Viertelstunde. Die letzte Redaktionssitzung hatte sich zu sehr in die Länge gezogen. Unendlich erscheinende Diskussionen um die Platzierung zweier Artikel. Wie er das hasste! Für ihn kam es immer nur auf die Story an. Eine gute Geschichte findet immer ihren Weg zum Leser, egal wo man sie platzierte. Leider stand er mit dieser Meinung alleine da und viele Kollegen mit nur mittelmäßigen Storys wollten ihren Artikel an einer besseren Stelle präsentiert wissen.

Genervt eilte Egon endlich ins Café und suchte den Tisch, an dem Martina bereits wartete.

»Entschuldigen Sie bitte, Frau Schmidt, es lag leider außerhalb meiner Kontrolle. Wie dem auch sei, jetzt bin ich da und ganz Ohr, was Sie mir zu berichten haben.«

Martina erzählte ihm, wie Robin wieder aufgetaucht war, er später seine Entführungsgeschichte erzählt hatte, die sie zwar erst glauben wollte, doch irgendwie nicht glauben konnte. Sie gestand ihm, dass ihre anfängliche Skepsis noch dadurch verstärkt wurde, dass auch die Polizei diesen vermeintlichen Handlungsablauf offenbar nicht wirklich ernst nahm.

Egon war vor allem an der Entführungsgeschichte interessiert. Wenn da etwas dran sein sollte, dann wäre dies der Schlüssel zu Robins Vergangenheit, das war ihm sofort klar. Wenn diese Entführung aber nur vorgeschoben sein sollte, was hatte Robin dann zu verschleiern?

Tatsächlich eine schlüpfrige Zeit im Nachtklub *Sudfass*? Oder ging es um etwas ganz anderes? Sollte Robin wirklich eine Auszeit im *Sudfass* genommen haben? Was hatte ihn dann zuvor so aus der Fassung gebracht, dass er in seiner Situation derart über die Stränge schlug und somit alles riskierte? Vor allem aber seine Beziehung zur attraktiven Martina, die ja zweifelsohne derzeit auch für seinen Lebensunterhalt aufkam.

Nein, das würde er wohl nicht riskiert haben. Was immer es auch war, der Hintergrund seiner Entführung, sei sie nun vorgeschoben oder nicht, hatte direkt was mit Robins Vergangenheit zu tun.

Egon musste an der Geschichte dran bleiben, denn er witterte etwas Großes. Ihm fiel immer wieder die Frau in Deggendorf ein, die ebenfalls an Gedächtnisverlust litt. Vielleicht gab es ja doch eine Verbindung zwischen den beiden?

»Je länger ich darüber nachdenke, desto mehr komme ich zu der Überzeugung, dass Robins Verschwinden irgendetwas mit seinem Telefonat mit mir über den Fall in Deggendorf zu tun haben könnte. Der zeitliche Zusammenhang mit seiner Entführung beziehungsweise mit seinem Verschwinden ist frappierend.«

»Aber was? Vielleicht ist das ja Robins Freundin oder gar seine Ehefrau? Aber warum sollte er nach dieser Nachricht in den Puff gehen und nicht sofort zu ihr?«

»Vielleicht war der Puffbesuch auch nur vorgeschoben. Sein Alibi sozusagen. Ein Schlechtes, aber so wie die Dinge liegen, zumindest ein recht Glaubwürdiges. Spinnen wir doch mal weiter, Frau Schmidt. Nehmen wir an, dass das *Sudfass* nur ein Alibi war. Was hat dieser Mann dann zu verschleiern, wenn er dafür ein solches Alibi verwendet? Da stinkt doch was gewaltig zum Himmel.«

»Meinen Sie? Vielleicht ist Robin sogar gefährlich? Ich zermartere mir seit Tagen den Kopf, ob ich nicht zu leichtgläubig war. Ich habe schon jede Nacht Albträume!

Ich habe einen Mann bei mir aufgenommen, von dem ich nichts wusste, nur wegen seiner hübschen blauen Augen und weil ich ihm vertraut hatte in seiner so verzweifelten Situation. Doch kann ich ihm wirklich trauen?«

»Fragen Sie mich etwas Leichteres! Der ganze Fall ist mehr als mysteriös. Was immer dahinter steckt. Es ist auf alle Fälle eine sehr interessante Story. Ein mögliches Ehepaar mit Gedächtnisverlust, aufgetaucht an zwei verschiedenen Orten, oder eine tatsächliche Entführung?

Ich werde an dem Fall dranbleiben. Ich fahre nach Deggendorf und versuche doch noch an diese Frau heranzukommen. Selbst wenn sie sich tatsächlich an nichts erinnern sollte, vielleicht bringen uns die näheren Begleitumstände ihres Auftauchens irgendwie weiter. Ein Versuch ist es allemal wert!«

»Kann ich Sie begleiten? Ich werde noch wahnsinnig von meinen Gedanken und kann nicht untätig herumsitzen. Ich will etwas tun, um das Ganze aufzuklären. Ich muss endlich wissen, wer Robin wirklich ist!«

Egon zögerte ein wenig. Dann kam ihm eine Idee.

»Ja, warum nicht. Wenn wir zusammen unter einer vorgeschobenen Geschichte zur Nervenheilanstalt fahren, haben wir vielleicht sogar bessere Karten, etwas zu erreichen, als wenn ich alleine als Journalist dort auftauche. Gut, so machen wir's. Lassen Sie uns morgen telefonieren und die Details besprechen. Zuvor muss ich noch ein Budget für diese Reise beantragen. Seit die Zeitungsbranche in finanziellen Schwierigkeiten steckt, haben wir Journalisten nicht mehr die Freiheiten, die wir früher hatten. Aber ich bin sicher, dass das Potenzial dieser Story unsere Redaktion überzeugen wird, sodass ich ein Budget bekommen werde.«

29.

Sven konnte es kaum noch abwarten. Er war so gut wie am Ziel. Nur noch eine Woche und er würde die letzte Dokumentation der Wirksamkeit von *Agronationylfloxacyl* in seiner Hand halten. Sie haben das Mittel über zwei Jahre umfangreich entsprechend den Vorgaben getestet, die sie von *Struggles* bekommen hatten. Sämtliche ehemals HIV-Positiven waren ein für alle Mal geheilt, ohne dass es die ganze Testreihe über zu irgendwelchen Nebenwirkungen gekommen war. Ein schier sensationeller Erfolg in der Geschichte der Medizin!

Nun konnte nichts mehr schief gehen. Sven hatte alles perfekt organisiert. Die verbliebenen vier Ersatzprobanden brauchte er wohl nicht mehr. Aber wer weiß. Er ging bei allem auf Nummer sicher, bis zur letzten Sekunde.

Er hatte zu lange gewartet, als dass er nicht für jeden und alles einen Plan B hatte. Sollte *Struggles* aus irgendeinem unerklärlichen Grund abspringen, würde er mit sämtlichen Probanden weitermachen, bis er einen neuen Abnehmer hätte. Doch *Struggles* würde nicht abspringen, da war Sven sicher. Also was sollte da noch schief gehen?

Sehr schnell würden sie die letzten Blutwerte einholen. Es fehlten für die lückenlose Dokumentation nur noch die abschließenden Werte von Nummer 20, und die kamen nächste Woche. Nur wen sollten sie auf diesen Probanden ansetzen? Frank litt wohl inzwischen unter Gedächtnisverlust, wenn Pocke alles richtig gemacht hatte – hoffentlich!

Seinen Bruder die neuerliche Entführung von Nummer 20 selbst durchführen zu lassen, war ihm zu riskant, insbesondere nach Pockes Jugendsünden, von denen die Bekannten noch im Polizeiarchiv gespeichert sein mussten. Nein, er wollte seinen Bruder nie wieder in rechtlichen Problemen sehen.

Pocke war zwar schon immer ein komischer Vogel gewesen, doch seitdem er ihn aus dem Sumpf aus Drogen und Gewalt befreit hatte und sie später zusammen an diesem Projekt arbeiteten, hatte er sein Leben voll im Griff. Da war sich Sven inzwischen sicher. Die Sachen, die Pocke im Hintergrund für ihn machte, okay, natürlich, die waren nicht sauber, doch das Risiko dabei erwischt zu werden, ging in Richtung null. Die Drecksarbeit hatten immer andere erledigt. Doch wen könnte er für Nummer 20 sonst nehmen? Solange er auch darüber nachdachte, ihm kamen immer nur zwei Personen in den Sinn.

Nur Stephan könnte diesen Job erfüllen oder halt ich selbst. Aber sollte ich das riskieren? Nein, auf keinen Fall, das geht gar nicht!

Sollte Stephan über die Klinge springen, hätte er noch genügend Zeit, es selbst zu organisieren. Stephan wusste nicht genug, um ihn in Gefahr bringen zu können, falls man ihn schnappen sollte. Und die Werte von Nummer 21 wären ja zur Not auch in einem Monat fällig, falls bei Nummer 20 etwas schief gehen sollte.

Ja, Pocke sollte Stephan kontaktieren. Dieser musste nächste Woche Nummer 20 einbestellen, dann war alles komplett. Das war der beste Weg. Warum musste dieser Idiot Frank nur auf einmal den verliebten Gockel spielen? Hätte er sich nicht stattdessen in eine andere Frau vergucken können? Egal, es machte keinen Sinn, sich weiter aufzuregen, es musste vorangehen. Er würde nun Barry Ryan, den CEO von *Struggles* informieren, dass es beim Zeitplan bliebe. Sven griff zum Telefon und wählte die gespeicherte Nummer in New York. Er brachte Barry die freudige Nachricht und bereitete ihn schon mal darauf vor, dass die vereinbarte Summe nächste Woche fällig wäre.

Komisch, dass Barry Ryan nicht so begeistert klang, er würde doch bald etwas in der Hand halten, was die Welt verändern sollte. Entsprechend der damals getroffenen Vereinbarung zwischen ihnen durfte Barry Ryan sogar seine Gesellschaft als Erfinder des Mittels verkünden und würde weltweit viel Lob und Anerkennung bekommen, abgesehen von dem vielen Geld, das sie mit *Agronationylfloxacyl* verdienen würden.

Vielleicht hatte Barry Ryan nur einen schlechten Tag oder war einfach überrascht, dass er doch so schnell in diese unglaubliche Machtposition kommen würde. Egal, Sven musste sich nur um die Erfüllung seines eigenen Traums kümmern und das Drehbuch dazu war schon fertig geschrieben!

TrimpaPharm hatte bereits sämtliche Rechte an *Agronationylfloxacyl* abgetreten. Dies würde rechtlich jedoch erst mit dem Eingang des Geldes auf das Firmenkonto auf den Cayman Islands wirksam werden.

Dieses erste Konto auf den Cayman Islands lief noch auf den Namen von *TrimpaPharm*, doch das störte Sven keineswegs. Man konnte mit einem Multinational wie *Struggles* keinen Vertrag abschließen, der nicht auf den Vertragspartner *TrimpaPharm*, sondern auf einen Strohmann lief. Doch der Weg des Geldes würde so kompliziert sein und über so viele Konten in diversen Ländern gehen, allesamt Offshore Länder, sodass die Spur irgendwann selbst bei den besten Nachforschungen im Sande verlaufen würde. Niemand auf dieser Welt könnte jemals nachvollziehen, wo dieses Geld am Ende landete. Dazu hatte er den Plan zu gut ausgetüftelt.

Bei allen Transaktionen in der weiteren Folge fungierte immer wieder eine andere Person als Kontoinhaber, teils wirkliche Personen, teils fiktive. In dieser Kette würden zwar einige Strohmänner etwas mitverdienen, doch am Ende würde er achtzig Prozent des gesamten Geldes gewaschen auf seinen sechs Konten in drei verschiedenen Ländern zur Verfügung haben. Alles perfekt organisiert, bis ins letzte Detail!

30.

Robin wusste sich nicht mehr zu helfen. Martina war ablehnender als jemals zuvor. Nicht nur die getrennten Schlafzimmer, nein, auch am Tag sprach sie kaum noch ein Wort mit ihm. Rief ihn nicht an, kam abends später nach Hause und ging ihm auch am Wochenende aus dem Weg. Es war klar, sie glaubte ihm die Entführung nicht, dachte wohl, dass er sie mit einer Hure betrogen hätte. Nur Robin kannte die Wahrheit, aber er wusste nicht, wie er sie Martina glaubhaft machen konnte. Zu tief saßen wohl der Stachel der Eifersucht und ihre Überzeugung, dass er sie angelogen hatte.

So konnte es nicht weiter gehen, das war kein Leben für ihn. Nicht nur, dass ihn seine eigenen Probleme mit der Unwissenheit über seine Identität jede Sekunde seines Lebens beschäftigten, nein, nun hatte er auch noch das Vertrauen seiner Lebensgefährtin verloren, dem einzigen Menschen auf der Welt, der ihm nahe stand, zumindest in seinem derzeitigen Leben.

Was sollte er nur machen? Er war völlig allein auf sich gestellt. Die einzig mögliche Spur, die er hatte, war diese Geschichte mit der Frau in der Nervenheilanstalt in Deggendorf. Sie musste einfach eine Verbindung zu ihm haben. Ihre Fälle waren sich zu ähnlich. Anstatt in seiner aussichtslosen Lage weiter isoliert dahinzuvegetieren und die Ablehnung von Martina noch länger ertragen zu müssen, musste er handeln. Er beschloss, bei der nächstbesten Gelegenheit nach Deggendorf zu fahren und mit seiner scheinbaren Leidensgenossin zu sprechen. Hoffentlich würden sie ihn zu ihr vorlassen.

Martina hatte bereits angekündigt, nächste Woche auf Dienstreise zu fahren, das wäre der ideale Zeitpunkt. Sie würde ihn wohl noch weniger verstehen, wenn er ihr das mit der Fahrt nach Deggendorf erzählte. Martina war ohnehin schon eifersüchtig wegen seines vermeintlichen Puffbesuchs. Wenn er ihr nun auch noch damit kommen würde, dass er eine Frau aufsuchen wollte, die er vielleicht von früher kannte, die womöglich gar seine Freundin sei – nicht auszudenken.

Nein, das geht gar nicht! Besser werde ich ihr nichts sagen. Sie wird es ohnehin nicht mitbekommen, dass ich einen Tag weg bin, wenn sie auf ihrer Dienstreise ist.

Nachdem Martina am Montagmorgen wie angekündigt zu ihrer Dienstreise aufgebrochen war, machte Robin sich schnell fertig, packte seine Tasche und fuhr mit der S-Bahn zum Frankfurter Hauptbahnhof. Das Ticket nach Deggendorf hatte er schnell gelöst und hatte noch Glück, denn der nächste Zug nach Würzburg ging schon zehn Minuten später. Dort und dann noch einmal in Plattling umgestiegen, er brauchte nicht einmal vier Stunden für die Zugfahrt nach Deggendorf. Ein Taxi brachte ihn dort schließlich vom Bahnhof zum Bezirksklinikum Mainkofen.

Auf der ganzen Fahrt hatte sich Robin das Treffen mit der Unbekannten in Gedanken ausgemalt. Wie würde diese fremde Frau nur auf ihn reagieren? Doch dann bekam er Zweifel, ob man ihn überhaupt zu ihr vorlassen würde. Wie dem auch sei, er musste es unbedingt versuchen.

Am Empfang der Klinik traf Robin auf eine korpulente, blonde Frau in mittlerem Alter. Bayrisch gemütlich und sofort sympathisch mit ihrem frechen Lächeln begrüßte sie den Ankömmling:

»Grüß Gott, wie kann ich Ihnen weiterhelfen?«

»Guten Tag, ich möchte gerne die Frau besuchen, die ihr Gedächtnis verloren hat.«

»So einfach geht das aber nicht, junger Mann! Sie haben sich ja noch nicht einmal vorgestellt. Was wollen Sie überhaupt von ihr?«

»Ähm, ja, Entschuldigung. Es ist so, man nennt mich Robin, Robin Fremder, und ich habe auch mein Gedächtnis verloren. Ich hatte nun die skurrile Idee, dass vielleicht mein Fall etwas mit dem Ihrer Patientin zu tun haben könnte. Ich habe von ihr in der

Zeitung gelesen und da kam mir spontan diese Idee, da unsere Fälle sich nur allzu sehr gleichen.«

Die Empfangsdame musterte Robin von oben bis unten mit einem Gesichtsausdruck, der sagte: »Bürschchen, erzähl mir keine Geschichten, verarschen kannst du jemanden anderen.«

»Ich weiß, das muss alles sehr komisch für Sie klingen, und glauben Sie mir, ich fühle mich auch komisch. Doch was haben wir zu verlieren? Mehr als dass keiner von uns beiden sich an den anderen erinnern kann, kann doch nicht passieren. Also ist es zumindest eine Chance, die ergriffen werden sollte, auch im Sinne Ihrer Patientin!«

Nach dem zweifelnd, durchbohrenden Blick von Schwester Irene, so stand es auf dem Namensschild, fügte er noch ein eindringliches »Bitte!« hinzu.

Schwester Irene griff trotz ihrer Zweifel zum Telefon, schilderte ihrem Gesprächspartner die Situation und erklärte schließlich Robin den Weg zum Zimmer des behandelnden Arztes, Dr. Harald Wieser. Dieser empfing Robin mit sichtlichem Interesse. Robin war aufgeregt und beruhigt zugleich. So einfach hatte er sich das nicht vorgestellt.

»Wieser, Dr. Wieser. Wie kann ich Ihnen behilflich sein?«

Dr. Wieser, ein etwas dickleibiger Mann in den Fünfzigern, musterte Robin intensiv mit seinen braunen Augen durch eine modische Goldrandbrille.

»Guten Tag, ich nenne mich derzeit Robin Fremder, einen Namen, den ich mir zulegte, weil ich mein Gedächtnis verloren habe, aber das hat Ihnen ja Schwester Irene schon am Telefon erzählt.«

»Ja, richtig!«

»Ich habe von einem ähnlichen Fall hier in Ihrem Hause gehört. Ich versuche seit Monaten vergeblich, meine Identität herauszufinden. Als ich dann per Zufall durch einen Zeitungsartikel auf Ihre Patientin aufmerksam wurde, kam mir der Gedanke, dass zwei so ungewöhnliche Fälle doch zusammenhängen könnten. Klingt vielleicht etwas verrückt, aber ich habe mich dann gleich auf den Weg zu Ihnen gemacht.«

»Ihre Theorie ist recht interessant, wenn auch vom medizinischen Standpunkt aus nicht sehr wahrscheinlich. Doch wie kann ich Ihnen helfen?«

»Ich möchte gerne Ihre Patientin besuchen und mich in Ruhe mit ihr unterhalten. Vielleicht kommen so irgendwelche Erinnerungen hoch, oder wir finden noch mehr Parallelen unserer beiden Fälle, die etwas bedeuten könnten.«

Robin fühlte sich nicht wohl. Er wurde von Dr. Wieser quasi von oben bis unten durchgescannt. Er hatte das Gefühl, dass dieser versuchte, mit seinen eindringlichen Augen in sein Innerstes vorzudringen, jedes Wort sich auf der Zunge zergehen ließ und in jede Einzelheit zerpflückte, ob dort irgendetwas Krankes daran sein könnte. Nie zuvor hatte er sich so unter Beobachtung gefühlt, nicht einmal, als er bei der Polizei aufgeschlagen war, um seine Situation und sein Gedächtnisverlust zu schildern. Nach einer Weile, die Robin unter den beobachtenden Blicken von Dr. Wieser wie eine Ewigkeit vorkam, sagte dieser jedoch:

»Ich würde mir an Ihrer Stelle nicht allzu viel erwarten, denn die Dame leidet an einer vollständigen retrograden Amnesie. Was Sie mir von sich erzählt haben, spricht für einen entsprechenden Befund. Also was soll aus so einem Gespräch herauskommen?

Nun, ja, Sie können es natürlich versuchen. Leider habe ich jetzt keine Zeit mehr, Sie zu begleiten, meine Patienten erwarten mich. Alles wäre nicht so schlimm, wenn wir Ärzte heutzutage uns noch gründlich um unsere Patienten kümmern könnten wie früher. Wie gesagt, versuchen Sie es. Aber Tamara, wie wir sie nennen, können Sie erst in rund einer Stunde besuchen. Davor ist sie in ihrer Therapie.«

Robin bedankte sich fürs Gespräch und begab sich auf einen Spaziergang rund ums Klinikum, um die Zeit totzuschlagen, bis er endlich mit seiner Leidensgenossin sprechen konnte.

Nur schnell raus hier!

Er war froh, von diesen beobachtenden Augen nicht mehr bis ins letzte Detail gemustert und analysiert zu werden. Es war ein zu unangenehmes Gefühl und er hatte sich durch Dr. Wieser förmlich durchleuchtet gefühlt.

Das wird wohl berufsbedingt sein. Wahrscheinlich macht er das mit allen Menschen, dachte er sich.

Es war ein sonniger, aber kalter Herbsttag und das Farbenspiel der Blätter war ein wunderbares Schauspiel für seine Augen. Trotz der Schönheit dieser Laune der Natur blieben seine Gedanken ganz und gar bei seiner Leidensgenossin, die sie Tamara nannten. Was würde ihn wohl erwarten, wenn er ihr das erste Mal gegenüberstand. Würde er sie irgendwie wiedererkennen? Ihr Aussehen? Ihre Stimme? Ihren Geruch? Oder vielleicht würde sie ihn ja erkennen und würde sich erinnern, wer er war?

Robin war aufgeregt und hatte sogar ein wenig Angst vor dem Treffen. Was wäre, wenn es ein Reinfall würde? Sie sich beide weiterhin an gar nichts erinnerten? Oder ihn seine Vergangenheit irgendwie einholen sollte und er etwas entdecken würde, das ihm ganz und gar nicht gefiel? All diese Fragen ließen ihn nicht zur Ruhe kommen, sodass er sich im großen Park fast noch verlaufen hätte, so sehr war er in Gedanken versunken.

Pünktlich nach einer Stunde traf er wieder im Hauptgebäude des Klinikums ein. Man hatte Tamara schon auf seinen Besuch vorbereitet und führte Robin in ein separates Besucherzimmer, wo er auf Tamara warten sollte. Seine Nervosität verunsicherte ihn noch mehr. Warum ging ihm dieses bevorstehende Treffen so unter die Haut? Eine Vorahnung?

Schließlich öffnete sich die Tür einen Spalt und eine Frau spähte vorsichtig hinein. Erst war sie sehr zögerlich und blieb ein paar Augenblicke in der Tür stehen. Sie starrte Robin an, blickte ihm genau in die Augen. Robin erkannte ein Flackern in ihren Augen, doch konnte er sich nicht erinnern, diese hübsche Frau schon einmal gesehen zu haben. Sie hatte langes gewelltes Haar, das braun glänzend schimmerte. Interessante aufgeweckte, grüne Augen, die leicht mandelförmig geformt waren.

Äußerst attraktiv, dachte er sich gerade, als Tamara endlich ein »Hallo« über ihre natürlich roten Lippen brachte und damit die angespannte Stimmung durchbrach.

»Hallo, ich bin Robin. Zumindest nenne ich mich derzeit so.

Wir scheinen ja das gleiche Schicksal zu teilen und als ich von deinem Fall, sorry, ich tu mir mit dem *du* einfach leichter, es ist hoffentlich okay für dich? Jedenfalls, als ich den Zeitungsartikel las, du weißt schon, den ... Ach nee, das kannst du ja gar nicht wissen, oder doch? Sorry, ich bin einfach zu aufgeregt. Ich sollte meine Gedanken erst einmal sammeln, bevor ich weiterspreche.«

»Ja, so geht es mir auch. Sie haben mich eben schon ein wenig auf deinen Besuch vorbereitet, sodass ich in etwa wusste, was auf mich zukommt. Aber ich hatte auch Angst davor, dich zu treffen. Es ist unglaublich, mein Hirn ist wie ausgelöscht. Aber irgendetwas ist gerade passiert, als ich dich sah!

Ich spürte, wie mein Körper reagierte. Mein Herz schlug schneller und ich musste dich anstarren, als ich dich von der Tür aus gesehen habe. Ob das etwas zu bedeuten hat?«

Robin war euphorisch über diese Worte. Das musste einfach ein Anfang sein. Ein Anfang in die verschwundene Welt zu seinem wahren Ich!

»Ich wünschte, ich könnte Ähnliches sagen, aber ich habe nichts gespürt. Als ich dich zur Tür hineinspähen sah, habe ich einfach nur gedacht, dass du eine schöne Frau bist. Doch ich habe keinerlei Anzeichen eines Wiedererkennens verspürt. Bist du sicher, dass dein Körper dir Signale gegeben hat?«

»Absolut sicher! Irgendetwas ist passiert in mir. Das war nicht nur die Aufregung vor der Situation. Aufgeregt war ich ja vorher schon, bevor ich reinkam. Nein, mir wurde es irgendwie, hm, wie soll ich das sagen, es klingt vielleicht komisch, aber ja, mir wurde es warm ums Herz, sofort als ich in deine Augen blickte. So wie, wenn uns etwas Tiefes verbinden würde. Da müssen wir ansetzen, wir müssen herausfinden, was uns verbindet!

Ich bin schon so viele Wochen hier und oft habe ich das Gefühl, die Ärzte glauben mir meinen Gedächtnisverlust nicht, denken ich sei einfach nur verrückt. Doch ich weiß es ganz genau: Verrückt bin ich nicht. Ich bilde mir das alles nicht nur ein. Ich habe tatsächlich alles vergessen!«

»Ja, das kenne ich auch, diese zweifelnden Blicke überall. Zum Glück sind es bei mir keine Ärzte, sondern ...«

Irgendwie hatte Robin plötzlich das Gefühl, dass es ein Fehler wäre, Tamara von seiner Freundin, Noch-Freundin oder was auch immer, von Martina zu erzählen. Sein Gegenüber war äußerst attraktiv und wenn das vielleicht wirklich seine frühere Freundin oder gar Ehefrau war? Nein, besser er würde diesen Part seiner Lebensgeschichte vorerst aussparen.

»... all die anderen Menschen, um mich herum. Die Polizei glaubt mir nicht und die Medien auch nur zögerlich. Ich ernte immer nur Ungläubigkeit und Zurückhaltung, wenn ich versuche, meine Erlebnisse zu erzählen. Aber fang du doch mal an, Tamara, schildere mir doch bitte genau, wie es dir erging. Wie und wo begann dein neues Leben ohne Vergangenheit? Vielleicht kommen wir ja so gemeinsam ein wenig weiter.«

»Ja, also ich wachte auf, unter diesem großen Baum, ... Ach Robin, lass uns in den Park gehen, dann kann ich dir die Stelle genau zeigen. Ich gehe da wieder und wieder hin, und versuche mich an irgendetwas anderes zu erinnern. Ich gehe den ganzen Weg vom Aufwachen unter dem Baum bis zu dem Zeitpunkt, als mich dieser Pfleger angesprochen hatte, immer wieder mal ab, in der Hoffnung etwas übersehen zu haben, was mich weiterbringen könnte. Auch wenn es wohl Blödsinn ist, denn das Problem muss ja vor dem Aufwachen liegen. Aber da komme ich in meinen Gedanken nicht hin. Bitte gehe diesen Weg mit mir, vielleicht hilft deine Anwesenheit, ja!«

Jeder andere hätte das Ganze für eine Spinnerei gehalten, doch Robin verstand nur allzu gut, was in Tamara vorging. Endlich ein Mensch, der sich in ihn hineinversetzen konnte, der seinen Erfahrungsschatz mit ihm teilte!

Er mochte Tamara von Anfang an, nicht nur weil sie fabelhaft aussah, sondern wohl auch, weil sie ein ähnliches Schicksal verband und unterbewusst vielleicht auch aus einem anderen Grund?

Als Tamara ihm auf dem Spaziergang ihren verzweifelten Irrweg durch den Park von vor ein paar Wochen mit ihren persönlichen Worten nachzeichnete, entstand in Robins Kopf ein genaues Bild dieser Situation. Bis auf den Schauplatz und am

Ende die erste Person, die in diese Geschichte in Form des Pflegers eintrat, war sie völlig identisch mit der Seinigen.

Das muss doch etwas zu bedeuten haben!

Nachdem Tamara ihr Trauma des Aufwachens aus dem Nichts fertig erzählt hatte, beschrieb Robin ihr sein Umherirren durch die nächtlichen Straßen in Eschborn und das Erspähen eines Hauses, in dem zu dieser frühen Stunde schon Licht brannte.

Seltsam, er fühlte sich so verbunden mit der Frau an seiner Seite, mit den regelmäßigen Gesichtszügen und den faszinierend grünen Augen, die ihn die ganze Zeit so intensiv beobachteten.

An diesem Nachmittag blickten sie sich fast unentwegt an. Wie wenn sie gegenseitig versuchen würden, im Gesicht des jeweils anderen etwas zu entdecken. Etwas, das die Vergangenheit ein wenig hervorkitzeln könnte. Doch bis auf eine immer tiefer werdende Anziehung vermochten sie nichts zu finden.

Beiden gefiel sehr, was ihre Augen vor sich sahen. War das nur das gemeinsame Schicksal, was sie verband? War da etwas in der Vergangenheit, das nun ans Tageslicht drang? Oder alles zusammen? Vielleicht war das Ganze auch nur der Ausdruck ihrer verzweifelten Hoffnung, ein wenig Licht ins Dunkel ihrer beiderseitigen Vergangenheit zu bekommen.

Tamara und Robin saßen lange auf einer der vielen Bänke im Park. Als sie sich wieder mal ohne Scheu tief in die Augen blickten, legte Robin schließlich, einem inneren Impuls folgend, seine Hand auf die ihrige. Tamara ließ dies willig geschehen, drehte ihre Hand ein wenig und umfasste ihrerseits seine. Während sie weiter über ihre Eindrücke, Gefühle und Gedanken der letzten Wochen sprachen, spielten ihre Finger unentwegt miteinander und strichen immer wieder zärtlich über die Hand des anderen.

»Robin, lass uns noch ein bisschen weiterspazieren! Bewegung tut mir so gut. Ich bin jetzt zwar mehr verwirrt, als vor deinem Besuch, aber auch so glücklich gerade. Am liebsten würde ich die ganze Welt umarmen!«

»Vielleicht reiche ich dir ja zum Anfang«, erwiderte Robin und stand auf. Er ergriff Tamara an beiden Händen und zog sie zu sich hoch. Dann nahm er sie in den Arm und drückte sie fest an sich. Als Tamara dabei zu ihm aufschaute, konnte er nicht anders und gab ihr vorsichtig einen Kuss auf ihren Mund. Sie sahen sich verlegen an und spazierten anschließend trotz der bereits einsetzenden Dämmerung noch ein wenig durch den Park. Es war ein wundervoll vertrautes Gefühl, das beide erfasste und sie gemeinsam voll auskosteten.

31.

Egon Urschitz holte Martina am späten Vormittag von ihrem Büro ab. Sie hatten beschlossen, zusammen mit seinem Auto nach Deggendorf zu fahren, dann konnten sie sich auf der Fahrt noch austauschen. Insbesondere auf der Rückfahrt würden sie sich über das, was sie von der unbekannten Dame erfahren würden und die Beobachtungen ihrer Mimik und Gestik beraten können. Vielleicht würden sie später bei einem Brainstorming auf des Pudels Kern kommen. Doch das war reine Theorie, solange sie das Zusammentreffen noch nicht hatten. Am Ende würde es darauf ankommen, ob und was sie in der Klinik herausfinden würden.

Martina hatte Robin alibihalber erzählt, sie müsse auf eine Dienstreise, hatte sich dann aber in der Firma zwei Tage freigenommen. Nach dem Vorfall von vor ein paar Tagen sprachen sie sowieso kaum noch miteinander. Vielleicht würde sie ihn von unterwegs mal anrufen, mehr aber auch nicht. Zwischen ihnen herrschte eine Grabeskälte, da es Martina trotz intensiven Bemühens nicht gelang, ihm die Geschichte mit der Entführung abzunehmen. Seitdem sie wiederholt nächtliche Albträume über Robin in den Armen einer Prostituierten hatte, waren ihre Zweifel über Robins Entführung kontinuierlich angestiegen.

Leider hatte Egon nicht gleich früh am Morgen losfahren können, da er erst einen anderen Artikel dringend fertig schreiben musste. Auf diese Weise hatten sie jedoch auch den Berufsverkehr vermeiden können und Martina hatte endlich mal ein wenig Zeit gehabt, zuvor noch ihren Schreibtisch aufzuräumen.

Die Fahrt nach Deggendorf verlief eher ruhig. Egon war nicht der Gesprächigste, wie Martina schnell feststellte.

Eigenartig für einen Journalisten, dachte sie, doch war es ihr in dieser schwierigen Situation gerade recht. Zu sehr war sie in ihren eigenen Gedanken gefangen und zerbrach sich den Kopf darüber, was sie wohl erwarten würde, wenn sie mit der Dame mit Gedächtnisverlust sprächen. Sie wurde erst aus ihrer Gedankenwelt gerissen, als Egon scharf bremsen musste, da sie auf ein Stauende auffuhren.

»Verdammt, auch das noch!«

Der Verkehrsdienst im Radio meldete eine Vollsperrung mit einem Stau von derzeit 17 Kilometer.

»Typisch, dass die das erst melden, wenn man nicht mehr reagieren kann! Wir sind gerade an einer Ausfahrt vorbeigefahren«, fluchte Egon verärgert. Nun war Geduld angesagt. Sie tauschten sich ein wenig über ihre Gedanken aus, doch hatte niemand etwas wirklich Neues beizutragen. Sie drehten sich in ihrem Gespräch ständig im Kreis.

Erst nach rund zwei Stunden hatten sie die Unfallstelle passiert, an der der letzte Unfallwagen auf ein Bergefahrzeug gehoben wurde. Nach einer weiteren Stunde endlich in Deggendorf angekommen, leitete sie das Navigationssystem in Egons Wagen auch noch zu allem Unglück erst einmal falsch, denn sie standen plötzlich in einer Sackgasse. Beim zweiten Versuch schafften sie es dann aber schließlich und sahen das große Gebäude des Bezirksklinikums Mainkofen schon von weitem.

Genervt von der langen Fahrt fuhren sie auf einen freien Parkplatz, als Martina entsetzt aufschrie:

»Da vorne ist Robin!«

Sie zeigte auf eine Parkbank, auf der Robin Händchen haltend mit einer jungen, attraktiven Frau saß. Völlig außer sich wollte Martina aus dem Wagen springen, doch Egon gelang es noch rechtzeitig, sie zurückzuhalten.

»Nur ruhig, wir beobachten erst einmal! Das ist klüger. War er denn heute früh noch zu Hause, als sie ins Büro gefahren sind?«

»Ja, das war er.«

Martina kochte innerlich. Wenn sie auch viel von dieser Fahrt nach Deggendorf erwartet hätte, das was sie nun vor sich sah, überstieg alle ihre Vorstellungen.

»Also doch, hat dieser kleine Mistkerl mich die ganze Zeit an der Nase herumgeführt. Er hatte eine andere und das schon die ganze Zeit!

Die Geschichte mit seinem Gedächtnisverlust ist also nur vorgeschoben! Ich schmeiß ihn raus, sobald wir wieder zurück sind. Wie konnte ich nur so blöd sein!«

»Beruhigen Sie sich, Martina. Das sieht jetzt sicherlich alles nicht zu Robins Vorteil aus, aber vielleicht steckt ja auch was ganz anderes dahinter. Lassen Sie uns keine vorschnellen Schlüsse ziehen, auch wenn es Ihnen wehtut. Ich habe schon die verrücktesten Dinge erlebt.

Was klar ist, wir können nun nicht sofort zu ihr gehen, denn das ist ja wohl unzweifelhaft die Dame, die wir auch besuchen wollen. Wir beobachten nur, was passiert und erst wenn Robin wieder gegangen ist, versuchen wir mit ihr zu sprechen.«

Martina ließ sich jedoch nur schwer beruhigen und atmete weiterhin heftig ein und aus. Zu tief saß ihr der Schock in den Gliedern. Versteckt beobachteten sie das Paar gemeinsam aus dem Wagen heraus, auch wenn Martina innerlich kochte und zu gerne rausgesprungen und Robin sprichwörtlich an die Gurgel gegangen wäre. Doch verstand sie, dass Egon recht hatte und es wohl klüger war, erst einmal nur zu beobachten, auch wenn ihr dies ungemein schwerfiel.

Robin und seine Begleitung waren viel zu sehr mit sich selbst beschäftigt, als dass sie das Auto auf dem Parkplatz mit ihren Beobachtern entdeckt hätten. Als Robin und diese Frau sich schließlich umarmten, einen Kuss auf den Mund gaben und dann eng umschlungen weiter spazierten, hatte Martinas Laune vollends ihren Tiefpunkt erreicht.

Für Martina war nun alles klar, sie wollte nur noch zurück nach Hause fahren und nichts mehr mit diesem Lügner zu tun haben. Doch Egon witterte weiter seine große Story und würde nicht unverrichteter Dinge wieder zurückfahren.

»Ich werde diese Frau interviewen, aber ich denke mal, dass

ich das alleine machen sollte. Sie sind viel zu aufgewühlt, Sie würden ohnehin in Ihrem Zustand mehr zerstören als helfen!

Was halten Sie davon, wenn wir uns erst einmal nach einem Hotel umsehen und ich später alleine hierher zurückkomme, um mit der Dame zu sprechen?«

»Ich koche innerlich so sehr, dass ich nur noch zurückwill. Ich will keine weiteren Lügen mehr hören. Das ist alles zu viel für mich!

Es wäre nett, wenn Sie mich zum Bahnhof fahren würden. Ja, das ist wohl das Beste. Ich nehme den nächsten Zug zurück und schmeiße den Kerl aus meinem Haus! Sollten Sie mit Robin sprechen, erwähnen Sie bloß nicht, dass ich auch hier war. Er wird seine Sachen vor der Tür finden, wenn er zurück nach Eschborn kommt! Er hat es wahrlich nicht anders verdient!«

»Ich kann Ihnen nichts vorschreiben, Martina, doch ich an Ihrer Stelle würde zuerst abwarten, was ich herausfinden werde. Soll ich Sie nach meinem Gespräch mit der Dame anrufen und berichten?«

»Können Sie gerne machen, aber es wird nichts ändern. Meine Entscheidung steht. Könnten Sie mich bitte jetzt zum Bahnhof fahren?«

Egon verstand, dass es besser war, bei Martinas gereizter Stimmung das Thema nicht weiter zu vertiefen. Er würde die Dame mit dem angeblichen Gedächtnisverlust schon sprechen und deren und Robins Geheimnis lüften. Vermutlich haben da zwei aus irgendeinem Grund einige so richtig zum Narren gehalten. Doch er würde das Ganze schon aufklären, sein journalistischer Ehrgeiz war geweckt.

Nachdem Egon die verbitterte Wirtschaftsprüferin am Bahnhof rausgelassen hatte, damit diese ihren Heimweg antreten konnte, fand er schnell in der Nähe ein kleines, bezahlbares Hotel und checkte ein. Dann machte er sich wieder auf den Weg zum Klinikum, doch konnte er Robin und seine Begleitung nicht mehr im Park erspähen.

Schade, ich hätte sie zu gerne weiter beobachtet.

Nach kurzer Überlegung ging Egon Urschitz zum Eingang

des Krankenhauses und musste zu seinem Entsetzen auch noch feststellen, dass die Besuchszeit dieses Tages schon in ein paar Minuten enden würde. Enttäuscht musste er sein Interview auf den morgigen Tag verschieben und fuhr wieder zurück zu seinem Hotel.

32.

Pocke fühlte sich ausgeglichen wie seit Jahren nicht mehr.

Anscheinend gibt es doch noch Dinge im Leben, die mir so richtig Freude bereiten! Leider kommen die nicht allzu oft vor. Doch vielleicht sollte ich das ändern?

Durch das Klingeln seines Handys wurde er jäh aus seinen Gedanken gerissen.

»Hallo großer Bruder, was gibt es? Ja, ja keine Sorge es hat alles gut funktioniert. Frank wird wohl gerade im Park der Nervenheilanstalt Mainkofen umherirren und vielleicht behalten sie ihn gleich dort, so wie das Mädel neulich – hoffentlich! Mach dich geschmeidig. Oder war das gar nicht der Grund deines Anrufs?«

»Ja, auch. Gut, dass du das mit Frank so elegant erledigt hast. Danke! Bis der sein Gedächtnis wieder erlangt hat, wird schon alles längst vorbei sein. Aber nein, warum ich vor allem anrufe, ist nicht Frank. Indirekt hat es aber doch mit ihm zu tun.«

»Mensch, Bruder, komm auf den Punkt. Musst du immer alles so ewig in die Länge ziehen? Sag mir doch einfach, was du willst!«

»Gut. Ich brauche Nummer 20 nächste Woche für seine letzte Blutabnahme. Am Mittwoch sollte er hier sein. Doch das Problem ist, wie wir das ohne Frank hinbekommen können. Ich habe lange nachgedacht und kam zu dem Entschluss, dass wir am besten Stephan damit beauftragen. Was meinst du? Wird der das hinbekommen?«

»Ja, das ist eine gute Idee. Er ist zwar nicht ideal für diesen Job, seine Stärken liegen eher im Identifizieren, Beobachten und Analysieren von Zielobjekten, doch da wir fast am Ziel sind, wäre es zu riskant, noch jemand anderen für Franks Job einzusetzen. Einmal wird Stephan das schon hinbekommen, auch wenn er sich mit Händen und Füßen dagegen sträuben wird. Aber lass das mal meine Sorge sein, du weißt, mein Guter, ich kann sehr überzeugend sein – hihi. Und nach diesem Einsatz ist ja alles gegessen – hoffentlich!«

»Ja, nächste Woche ist alles erledigt und du hast mir immer noch nicht deine Pläne mitgeteilt, was du dann machen willst. Kommst du nicht vielleicht doch mit mir mit? Würde mich freuen!«

»Nein, mein besserer Bruder, ich bleibe hier. Ich habe alles, was ich brauche. Du kannst mir ja ein bisschen Kohle dalassen, mehr brauche ich nicht. Ich bin sicher, du wirst irgendwann wieder zurückkommen.«

»Und wenn jemand seinen Mund aufmacht und dich später mit reinzieht, wenn alles auffliegt? Ich habe kein gutes Gefühl, wenn du in Deutschland bleibst. Du weißt, dass die Probanden schon recht bald anfangen werden, sich nach und nach an alles zu erinnern! Und du weißt genau, dass ich niemals zurückkommen werde.«

»Hihi, das wird sich jeder zweimal überlegen, bevor er den Mund aufmacht und wenn doch, dann habe ich wieder mal eine nette Aufgabe.«

Das klang für Sven wie eine Drohung, doch schob er seine Bedenken diesmal zur Seite. Er konnte nicht immer Babysitter für seinen kleinen Bruder spielen. Was scherte ihn, was Pocke später tat. Er würde schon nicht unter die Räder kommen und wusste, was er machen musste, um sich zu schützen. Besser nicht daran denken. Er wusste nur allzu gut, zu was sein Bruder fähig war.

»Okay, Pocke, dann bring mir Nummer 20 am Mittwoch und wir sehen weiter. Ich werde aber schon vor dem nächsten Wochenende auf Reisen gehen. Wir müssen also noch zuvor die letzten Details besprechen.«

Nach dem Telefonat rief Pocke direkt Stephan an und verabredete sich mit ihm für den nächsten Tag. Er würde Stephan schon überzeugen.

Ihre Treffen liefen immer gleich ab. Sie verabredeten sich im My Way in der Taunusstraße, mitten im Rotlichtviertel. Dort genehmigten sie sich zuerst ein paar Bierchen und zogen dann noch eine Runde durch die einschlägigen Etablissements des Bahnhofsviertels. Danach sprach es sich deutlich leichter. Über das Geschäftliche unterhielten sie sich stets nur, nachdem sie sich nach ihrer Vergnügungsrunde in Pockes Auto zurückgezogen hatten – Zuhörer unerwünscht.

Diesmal gestaltete sich das Gespräch deutlich schwieriger als üblich. Auch wenn die beiden Männer sich gegenseitig schätzten, war es trotz allem kein Gespräch auf Augenhöhe. Stephan konnte sich zwar mehr leisten, als jeder andere, doch auch er hatte einen Heidenrespekt vor Pocke. Aber was Pocke von ihm nun verlangte, ging doch entschieden zu weit.

Stephan war ein Mittvierziger, verheiratet und hatte einen Sohn aus erster Ehe. Nicht dass er ein Vorzeigefamilienvater wäre, doch hatte er sich vor Jahren geschworen, dass er nie mehr machen würde als das, was Pocke damals von ihm verlangt hatte: Mögliche Probanden identifizieren, ihr Umfeld genauestens analysieren und eine Zeit lang deren täglichen Lebenswandel beobachten, mehr aber nicht.

Stephan könnte sich immer noch selbst ohrfeigen für seine damalige Gier. Es war kurz nach der Scheidung von seiner damaligen Frau passiert, er war völlig pleite gewesen, denn die geschickte Anwältin seiner Ex hatte ihn finanziell komplett ausgezogen. Sogar das gemeinsame Sorgerecht für seinen Sohn hatte er durch eine freche Finte der Gegenseite verloren.

Damals war Stephan auf einem hohen Schuldenberg sitzen geblieben und musste finanziell wieder ganz von vorne anfangen. Zu dieser Zeit hatte er seinen Kummer des Öfteren im Irish Pub *O'Reilley's* gegenüber dem Frankfurter Hauptbahnhof ertränkt. Immer wieder war es vorgekommen, dass am Ende des Monats sein Deckel so hoch war, dass er ihn nicht zahlen konnte und sogar Lokalverbot bekam, bis er seine Schulden wieder beglichen hatte. Stephan fand keinen Ausweg aus seiner trostlosen Situation, bis zu jenem Tag, an dem Pocke im Pub aufgetaucht und ihm, dem Netzwerkspezialisten, einen Job angeboten hatte.

Nur recherchieren! Nur ein paar Daten von Personen ausspähen, deren persönliches Umfeld, Freunde, Bekannte, lebende Verwandte und so weiter.

Nicht wirklich schwierig für Stephan und klar wusste er, dass er damit die Grenze der Legalität weit hinter sich ließ, doch hatte er keinen anderen Ausweg gesehen, um irgendwann von seinem Schuldenberg herunterzukommen. Durch die Perspektive, die Pocke ihm damals geboten hatte, fand Stephan auch die Kraft, mit dem Alkohol zu brechen. Er hatte ein neues Leben begonnen, hatte seine Frau Amalia kennen und lieben gelernt. Kurze Zeit später war er dank der zahlreichen Aufträge von Pocke schuldenfrei gewesen und die Hochzeitsglocken waren geläutet worden.

Alles war perfekt, bis auf den kleinen Schönheitsfehler, dass alles auf seinem inoffiziellen Nebenjob aufgebaut war und Pocke ihn von nun an in der Hand hatte.

Als Netzwerkspezialist verdiente Stephan zwar nicht schlecht, doch diesen rasanten Aufstieg aus dem Nichts hatte er nur Pocke zu verdanken, das wusste er.

Identifizieren, ausspähen, beobachten, alles kein Problem, doch ein bitterer Nachgeschmack hatte ihn all die Monate dabei verfolgt. Er war nicht wirklich der Typ für krumme Sachen. Und nun noch einen Schritt weitergehen? Jemanden am helllichten Tag in sein Auto locken und ihn dann auch noch zu betäuben, das ging ihm doch entschieden zu weit!

Stephan wand sich wie ein Aal, doch hatte auch er keine Chance gegen Pocke. Das wusste er zwar von Anfang an, aber es tat ihm verdammt weh, als dieser ihm vor Augen führte, dass er mitspielen musste. Die in Aussicht gestellten fünftausend Euro beruhigten ihn nicht wirklich. Er spielte mit seiner Freiheit, das war ihm durchaus bewusst. Aber was war die Alternative? Die beiden Männer kannten sich mittlerweile seit einigen Jahren und bislang hatte Pocke ihn aus so dreckigen Jobs herausgehalten. Doch nun, irgendetwas musste passiert sein, dass Pocke darauf bestand. Da gab es nur eins: Augen zu und durch!

33.

Nachdem Robin sich von Tamara verabschiedet hatte, nahm er ein Taxi zum Bahnhof. Die Zugverbindung zurück nach Eschborn war zwar am Abend schlecht und er würde fast acht Stunden brauchen, doch wollte er nicht in Deggendorf übernachten. So wäre er am nächsten Morgen schon wieder zu Hause, obwohl er gar nicht recht wusste, was er dort sollte.

Viele Gedanken kreisten in seinem Kopf, als der Zug sich in Bewegung setzte.

Das mit Martina, hat das überhaupt eine Zukunft?

Irgendwie hatte Robin sie zwar in sein Herz geschlossen, doch dieses Gefühl hatte einen tiefen Riss erfahren. Sie zweifelte an ihm und wollte partout nicht glauben, dass es diese Geschichte im Puff gar nicht gab. Wer weiß, wann sie ihn aus ihrem Haus werfen würde.

Und Tamara? Eigenartig, was für ein wohliges Gefühl er bekam, wann immer seine Gedanken zu ihr glitten. Irgendetwas verband sie, das war klar. Aber war es nur das gemeinsame Schicksal von zwei Seelen, die Halt suchten in einer Welt, in der sie niemanden von früher kannten, oder steckte da mehr dahinter? Kannten Sie sich bereits vor ihrer Amnesie und würden das nach und nach herausfinden?

Mit Martina hatte er sich so etwas wie eine normale Beziehung aufgebaut, zumindest soweit es die ungewöhnlichen Umstände erlaubten. Es war alles wunderbar gewesen, bis zu seiner Entführung. Wollten sie das nun wegwerfen oder sollte er um Martina kämpfen? Das Bequemste wäre es sicherlich, bei ihr zu bleiben, wenn sie ihm noch mal eine Chance geben würde. Doch hätte sie ihn nicht schon längst fallen gelassen, wenn sie ihm so gar nicht glauben und auch nicht verzeihen konnte?

Tz verzeihen! Als gäbe es da etwas zu verzeihen. Ich habe mir meine

Entführung doch nicht eingebildet oder werde ich jetzt schon völlig verrückt? Oh, Tamara, wie gut kannst du mich verstehen! Wahrscheinlich bist du der einzige Mensch auf Erden, der sich in mich hineinversetzen kann.

Er hatte ihr gar nicht viel von seiner inneren Gefühlswelt erklären müssen, sie hatte ihn sofort verstanden. Sie waren Seelenverwandte. Ja, das waren sie! Doch würden sie auch eine gemeinsame Zukunft haben? Wieso dachte er überhaupt an so etwas Weitreichendes, er hatte sie doch heute erst kennengelernt?

Martina hatte Geld, sie hatte ein Haus, sie konnte für ihn sorgen, bis er sich selbst gefangen hatte. Doch würde er sich jemals fangen? Würde er irgendwann mal verstehen, was mit ihm geschehen war und wer er tatsächlich war?

Inmitten seiner Gedanken klingelte sein Handy in seiner Hosentasche.

Mist, das wird wohl Martina sein. Hoffentlich ist sie nicht schon zu Hause. Nein, das kann nicht sein, sie ist ja erst heute früh zu ihrer Dienstreise aufgebrochen. Was ist, wenn sie die aus irgendeinem Grunde abgebrochen hatte?

Robin versuchte, sein Mobiltelefon aus der Hosentasche seiner engen Jeans herauszuholen, doch schaffte er es irgendwie nicht. Er musste sogar kurz aufstehen, damit es ihm schließlich gelang. Im Display sah er den Namen des Anrufers: *Egon Urschitz FR.*

Gott sei Dank, es ist nicht Martina!, dachte er noch, bevor er sich mit einem knappen »Hallo« meldete.

»Guten Abend, Robin. Entschuldigen Sie bitte, dass ich Sie noch störe, doch ich wollte mich mal erkundigen, was aus Ihrem Gespräch mit der Dame im Klinikum Mainkofen herausgekommen ist.«

Wie in aller Welt kann dieser Journalist wissen, dass ich mich mit Tamara getroffen habe?

»Ähm …, woher wollen Sie denn wissen, dass ich mit ihr gesprochen habe?«

»Ach Robin, wir Journalisten haben da unsere investigativen Möglichkeiten. Uns bleibt selten etwas verborgen. Ich hoffe, das Gespräch war erfolgreich?«

Robin überlegte krampfhaft, was er antworten sollte. Sollte er lügen und behaupten, dass er nicht mit ihr gesprochen hatte? Wäre wohl zwecklos, denn irgendwoher musste dieser Zeitungsfuzzi es erfahren haben.

Okay, ich werde das Treffen nicht bestreiten, aber sollte ich dem Journalisten gar von Tamaras Gefühl berichten, dass wir uns eventuell doch von früher kennen könnten?

Nein, besser nicht. Ich werde erst einmal nichts berichten und so tun, als sei es eine Sackgasse gewesen. Vielleicht war es ja sogar eine ....

»Hallo Robin, sind sie noch dran?«

Robin war es nicht bewusst gewesen, dass die Gesprächspause so lange gedauert hatte, und antwortete schnell:

»Nein, das Gespräch war wenig hilfreich. Keiner von uns beiden konnte sich an den anderen erinnern. Vielleicht gibt es ja mehr solcher Fälle von Gedächtnisverlusten, als man allgemein annimmt. Ist wohl ein reiner Zufall, dass unsere Fälle so ähnlich sind. Den Weg hätte ich mir sparen können.«

»Oh, das tut mir aber leid. Nun ja, ein Versuch war es doch wert. Lassen Sie uns jedoch weiterhin in Kontakt bleiben und halten Sie mich bitte auf dem Laufenden. Vielleicht ergibt sich ja doch noch etwas und ich kann Ihnen durch mein journalistisches Netzwerk behilflich sein.«

»Gut, das können wir gerne machen. Ich wünsche Ihnen noch einen schönen Abend!«

Nach dem Telefonat mit dem Journalisten von der Frankfurter Rundschau war Robin noch verwirrter als zuvor.

Woher konnte Egon Urschitz nur wissen, dass ich bei Tamara in Deggendorf war?

Er fand keine andere Erklärung, als dass es sich nur um einen dummen Zufall handeln konnte. Vielleicht war Egon Urschitz auch zur Klinik Mainkofen gefahren und hatte ihn mit Tamara im Park gesehen.

Doch warum sollte er auch dorthin gefahren sein? Dies macht doch keinen Sinn, es sei denn, es gäbe irgendetwas Neues in diesem Fall. Was weiß dieser Journalist, was ich nicht weiß? Steckt vielleicht doch eine größere Sache hinter meiner Geschichte?

Erschöpft von zu vielen Gedanken in seinem Kopf schlief er schließlich im Zug ein. Robin hatte keine Ahnung, wie lange er so vor sich hingedöst hatte. Jäh wurde er aus dem Schlaf gerissen, als ein Schaffner ihn nach seiner Fahrkarte fragte.

Wie lange er wohl geschlafen hatte? Egal, er würde bald in Frankfurt sein und die nächste S-Bahn nach Eschborn nehmen. Sicher war Martina noch nicht zu Hause und er konnte sich noch in Ruhe überlegen, wie es weitergehen sollte.

34.

Chloé wurde langsam nervös. Frank war noch nie über Nacht weggeblieben. Klar, er hatte gesagt, dass er noch etwas vorhatte und es spät werden könnte, doch die ganze Nacht? Nein, das sah so gar nicht nach ihrem Frank aus, so wie sie ihn bislang kennengelernt hatte. Sie versuchte seit dem Aufstehen gegen neun Uhr am Morgen, ihn anzurufen, doch ohne Erfolg. Sie hatte es mittlerweile fünf Mal versucht, aber bei seinem Handy antwortete nur die sonore Computerstimme: »Der gewünschte Gesprächsteilnehmer ist vorübergehend nicht erreichbar.«

Chloé machte sich nun wirklich Sorgen. Sie versuchte, sich die Zeit mit etwas Nützlichem zu vertreiben, damit sie auf andere Gedanken kam. Ihr fiel ein, dass sie noch etwas fürs Mittagessen besorgen musste. Als sie gerade dabei war, auf dem Weg ins Lebensmittelgeschäft den Hausflur des Mietshauses in Richtung Straße zu verlassen, kam ihr der Mann von neulich entgegen. Sie erkannte ihn sofort:

»Sie schon wieder! Was machen Sie denn hier? Mein Lebenspartner hat Ihnen doch klipp und klar gesagt, dass Sie hier unerwünscht sind!«

»Chloé, was ist nur los mit dir, ich bin es doch, Karl, dein Freund. Ich weiß wir hatten unsere Probleme, das tut mir auch alles sehr leid, aber das ist doch kein Grund, mich einfach so zu negieren! Und was heißt hier Lebenspartner? Du warst doch Single, als wir uns kennenlernten. Ich denke, wir müssen dringend reden. Bitte gib mir eine Chance!«

Irgendetwas in Chloé deutete ihr an, diesmal dem Fremden zuzuhören. Ihre Gedächtnislücken und einige Dinge an Frank hatten sie schon öfters mal ins Grübeln gebracht. So hatte Frank zum Beispiel damals keine Toilettesachen in ihrer Wohnung gehabt.

Hatten sie sich tatsächlich zuvor gestritten, wie er ihr immer weismachte? Und nun behauptete doch glatt dieser Mann vor ihr, dass er ihr Freund sei. Sie konnte nicht weiter all ihre Zweifel zur Seite schieben, wie sie es bislang gemacht hatte.

Hauptsächlich motiviert durch Frank, der immer behauptete, alles sei in Ordnung und sie sei nur ein wenig verwirrt, hatte sie versucht, viele Dinge in ihrem Kopf zu verdrängen. Doch war das richtig? Sich immer ablenken zu lassen, wenn ihre Gedanken zu ihrer Vergangenheit schweiften? Es war einfach und bequem gewesen und Frank hatte immer eine Antwort auf alles gehabt. Doch nun war er verschwunden.

»Hören Sie, ich weiß zwar beim besten Willen nicht, wovon Sie reden, aber wenn Sie wollen, können Sie mich nebenan ins Café einladen, dort können wir in Ruhe sprechen.«

»Gerne, nur höre bitte mit diesem affigen Gesieze auf, Chloé!«

Die Geschichte, die Karl ihr bei einem heißen Kakao versuchte, näherzubringen, ließ Chloé aufhorchen. Sie wurde immer mehr erschüttert in ihrem Glauben, Frank hätte ihr die Wahrheit gesagt. Vieles, bei dem sie bislang ein Störgefühl hatte, erschien ihr nun in einem anderen Licht und ergab durch das Szenario von Karl noch weniger Sinn. Sie hatte sich immer von Frank beschwichtigen lassen, alles habe schon seine Ordnung und lediglich sie sei verwirrt und brauche Zeit zum Ausruhen. Doch nun verstand sie: Das Letzte, was sie brauchte, war Zeit, um sich an irgendetwas zu gewöhnen. Sie wollte herausfinden, was mit ihr passiert war und wer sie wirklich war. Warum konnte sie sich nur an nichts erinnern, was länger zurücklag?

Die Schilderungen von Karl wirkten recht überzeugend. Sie musste sich eingestehen, dass sie zumindest einleuchtender waren als das, was Frank ihr die letzten Wochen aufgetischt hatte. Karl beschrieb ihr vieles in ihrer Wohnung bis ins letzte Detail. Konnte sich ein ehemaliger Freier so gut an alles erinnern? Wohl eher nicht. Zumindest musste etwas zwischen ihnen gelaufen sein.

Karl erzählte, wie sie sich kennen und lieben gelernt und was sie alles in der einen Woche gemeinsam unternommen hatten, in der sie zusammen gewesen waren. Wohlweislich verschwieg Karl seinen Ausraster, der zu ihrer Trennung geführt hatte. Als Mediziner verstand er schnell, dass Chloé aus irgendeinem Grunde an einer retrograden Amnesie leiden musste. Dies nutzte er aus und drehte die Geschichte ein wenig zu seinen Gunsten, in dem er ein paar Details ausließ. Er berichtete lediglich davon, dass sie am Ende einen Streit gehabt hatten. Sie wollten zusammenziehen, doch es stand da etwas im Raum zwischen ihnen, womit er nicht klarkam und was sie nicht aufgeben wollte: Ihre Arbeit als Prostituierte!

Karl wollte, dass sie aufhörte, ihren Körper an andere Männer zu verkaufen, doch sie sei noch nicht so weit gewesen, worauf er nach einem etwas lauteren Streit voller Enttäuschung zu sich nach Hause gefahren sei.

Warum ihr die ganze hässliche Wahrheit erzählen? Meinen Ausraster, der mich seit jenem Tag, an dem ich mich nicht unter Kontrolle gehabt hatte, ohnehin schon jede Sekunde belastet. Chloé kauft mir scheinbar diese etwas geschönte Schilderung der Vergangenheit ab.

Warum nur? Was ist mit ihr passiert? Wo war sie diese drei Wochen, in denen ich versucht habe, sie vergeblich zu erreichen? Und warum leidet sie nun an einer Amnesie?

Wer ist dieser geheimnisvolle Mann, der sich so dreist in ihr Leben gedrängt hat? Oder hat sie ihn schon vorher gekannt und mir bislang verschwiegen?

Für Karl waren all diese Fragen ein Rätsel, das er nicht lösen konnte. Doch war er froh, wieder einen ersten Zugang zu seiner Chloé gefunden zu haben. Nun würde er jedenfalls dranbleiben und weiter um sie kämpfen!

Nachdem ihr Karl mit Ausnahme seines Ausrasters alles erzählt hatte, blickten sie einander betreten schweigend an.

In Chloés Kopf kreisten die Gedanken und verwirrten sie zunehmend. Ihr Gegenüber war gut situiert, gebildet, gepflegt und sah nicht übel aus. Doch war er auch ihr Freund, wie er behauptete? Ihre bisherige kleine Gedankenwelt stürzte auf sie ein und vermischte sich mit Neuem, bislang Unbekanntem. Unglaublich!

Sie brauchte so dringend Halt, doch wer sollte ihr den in dieser Situation geben können? Frank war weg, einfach verschwunden. Und überhaupt wer war Frank, wenn das eben Gehörte wahr sein sollte? Verwirrung, Verzweiflung, Ohnmacht!

Chloé wusste nicht, ob es das Richtige war, was sie gerade tat, aber in ihrer Verzweiflung erzählte sie Karl von Franks Verschwinden. Sie musste sich einfach einem Menschen anvertrauen und sonst gab es niemanden in ihrem Leben, zumindest keinen, von dem sie wusste.

Für Karl war diese Nachricht wie ein Sechser im Lotto. Mit all seinem psychologischen Wissen und Feingefühl redete er mit sanfter, leiser Stimme auf Chloé ein und versuchte, sie zu überzeugen, dass sie ihm voll und ganz vertrauen könne. Schließlich gab er ihr seine Adresse:

»Komm, wann immer du willst. Ich werde auf dich warten. Du brauchst jetzt sicher Zeit, das alles zu verkraften und deine Gedanken zu sortieren. Das muss gerade unmöglich schwer für dich sein! Ruf mich an, Tag oder Nacht. Wir können immer reden. Du kannst natürlich auch bei mir im Gästezimmer schlafen, wenn du nicht allein sein möchtest. Ich werde dich niemals bedrängen, versprochen!«

Dabei ergriff er ihre Hände und sah tief in ihre hübschen dunklen Augen, die ihm schon immer den letzten Verstand geraubt hatten.

»Chloé, ich liebe dich! Du bist die einzige Frau in meinem Leben und ich werde um dich kämpfen. Das hast du verdient. Du bist so eine wunderbare Frau. Als wir uns das erste Mal gesehen haben, war es sofort um uns geschehen. Du wirst deine Liebe zu mir schon wieder finden, da bin ich mir sicher. Am Ende gewinnt immer das Herz. Du hast alle Zeit der Welt, ich werde für dich da sein, wann immer du so weit bist!«

35.

Auf der Heimfahrt von Deggendorf liefen Martina die ersten Tränen hinunter. Sie war allein in ihrem Zugabteil. Die sonst so starke Managerin ließ es einfach laufen. Sie hatte keine Kraft mehr gegen ihre Verzweiflung und Wut anzukämpfen. Es musste einfach hinaus.

Was denkt sich dieser undankbare Mensch nur? Ich habe ihn von der Straße aufgelesen, ein Heim gegeben und ihm sogar meine Liebe geschenkt. Doch er? Alles nur Lug und Trug! Sicher hat er das Ganze früher schon so geplant, doch warum? Warum hat er mir das nur angetan? Was macht das alles für einen Sinn?

Ihr Intellekt kämpfte mit ihren Gefühlen. Doch war das wichtig? Für was sollten die Gefühle noch relevant sein? Er hatte sie hintergangen, das stand nun für sie fest. Robin hatte ihr Vertrauen missbraucht, sich besoffen und dabei war sein wahres Ich hervorgekommen. Er hatte sich im Puff amüsiert und das noch mit ihrem Geld.

Und nun auch noch seine Freundin oder gar Ehefrau! Diese kleine Schlampe hat wohl auch alle an der Nase herumgeführt. Gedächtnis verloren – das ich nicht lache! Alles war von Anfang an geplant. Und nun sind sie wieder zusammen. Sollen sie doch gemeinsam verrecken!

Die Tränen rannen nur so aus Martinas Augen. Zum Glück hatte sie immer Papiertaschentücher in ihrer Handtasche. Sie konnte nicht mehr gegen ihre Verzweiflung ankämpfen und schluchzte bitterlich. Hier kannte sie niemand und sie war allein, also warum sollte sie etwas verbergen?

Doch ein wenig peinlich war es ihr schon. Sie, die starke Managerin, so jämmerlich ohne jede Contenance, nein, das ging gar nicht! Sie versuchte, sich zusammenzureißen, doch dauerte es eine Weile, bis es ihr auch gelang. Immer wieder liefen Tränen unkontrolliert über ihre Wangen.

Nachdem sie sich endlich ein wenig gefangen hatte, wischte sie sich ihr Gesicht mit einem Papiertaschentuch trocken und machte sich in ihrem Schminkspiegel ein wenig zurecht. Trotzdem fragte der Schaffner, der kurze Zeit später ihre Fahrkarte kontrollierte, ob alles in Ordnung sei. Dies brachte sie aus ihren Gedanken in die Realität zurück.

Idiot! Du Mistkerl bringst mich noch dazu, dass wildfremde Menschen sehen, dass ich am Ende bin. Am Ende meiner Kraft, meiner Beherrschung. Aber so nicht mit mir! Dir werde ich's noch zeigen!

Am späten Abend zu Hause angekommen, packte sie nicht einmal ihre Reisetasche aus. Sie hatte Wichtigeres zu tun als Auspacken: Einpacken!

Martina packte sämtliches Hab und Gut von Robin, was sich in den Monaten ihres Beisammenseins angesammelt hatte, in Plastiktüten. Eine Reisetasche oder gar einen Koffer wollte sie nicht opfern für diesen Betrüger. Sie ging durch jedes Zimmer, damit sie wirklich nichts vergaß. Nichts, aber auch gar nichts sollte sie in Zukunft hier noch an Robin erinnern. Rasierzeug, Zahnbürste, Unterwäsche, Sommermantel, sein Lieblingsbuch, einfach alles wurde in Plastiktüten verbannt und draußen vor die Haustür gestellt.

Nachdem Martina fertig war, ging sie noch einmal durch jedes Zimmer und sah auch in den letzten Winkel ihres Hauses. Doch nein, sie hatte nichts übersehen. Danach fühlte sie sich wohler und irgendwie erleichtert. Sie packte ihre Reisetasche aus, duschte sich und ging ins Bett. Dieses Kapitel in ihrem Leben war nun endgültig abgeschlossen! Trotz der tiefen Enttäuschung konnte sie erstaunlich schnell einschlafen.

36.

Egon Urschitz hatte eine ruhige Nacht in der kleinen Pension in Deggendorf hinter sich. Nun am frühen Morgen war er bereits voller Tatendrang, denn er witterte eine interessante Geschichte auf ihn zukommen.

Warum hat Robin dieses Treffen nur so heruntergespielt? Angeblich sei die Fahrt umsonst gewesen und doch waren die beiden gestern Händchen haltend im Park herumspaziert. Macht man das, wenn man jemanden gerade zum ersten Mal im Leben gesehen hat. Und gab man einer wildfremden Person nach dem Aufstehen von einer Parkbank so ohne Weiteres einen Kuss auf die Lippen?

Nein, Robin, da hast du mir einen Bären aufgebunden, aber ich werde es schon noch herausfinden, was euch beide verbindet!

Gleich, nachdem er sich am üppigen Frühstücksbuffet gestärkt hatte, machte Egon sich wieder auf den Weg zum Bezirksklinikum Mainkofen und ging zur Rezeption.

»Guten Morgen, mein Name ist Egon Urschitz von der Frankfurter Rundschau, ich hätte gerne die Dame mit der Amnesie besucht, die vor ein paar Wochen bei Ihnen aufgetaucht ist. Ich glaube, Sie nennen sie Tamara, wenn ich mich recht entsinne.

Ich hatte vor zwei Wochen schon mit Herrn Dr. Wieser telefoniert. Gestern wurde sie ja bereits durch Robin Fremder besucht, wie er mir erzählte. Da ich gerade in der Gegend war, dachte ich, ich schaue mal rein, jetzt wo Tamara ganz offensichtlich inzwischen Besuch empfangen kann.«

»Moment, das muss ich erst mit Dr. Wieser abklären, ob er weiteren Besuch für Tamara zulässt.«

Zum Glück hatte Dr. Wieser nichts gegen einen weiteren Besuch für Tamara einzuwenden, da sie den gestrigen sehr gut verkraftet hatte, ja regelrecht durch ihn belebt worden war, wie er bereits am Abend zuvor feststellen konnte. Vielleicht würde dieser Journalist mit seinen Fragen auch eine solche Reaktion auslösen können. Manchmal benötigte es solcher Impulse, um eine Amnesie zu durchbrechen und so Stück für Stück Verdrängtes wieder ans Licht zu bringen. Er erinnerte sich vage an sein letztes Telefongespräch mit diesem Frankfurter Journalisten, doch damals war es in Anbetracht ihres Zustandes noch viel zu früh gewesen.

Egon traf Tamara in einem Besucherzimmer, in das er von einer herbeigerufenen Schwester geführt wurde. Die Patientin saß schon im Zimmer und sah den hereinkommenden Mann erwartungsvoll an, der sich sofort vorstellte:

»Guten Morgen, mein Name ist Egon Urschitz, ich arbeite als Journalist bei der Frankfurter Rundschau. Ich hoffe, ich komme nicht ungelegen. Ich würde mich gerne ein wenig über Ihre Amnesie unterhalten, denn ich arbeite gerade an einer Serie über dieses Thema, das mehr Menschen betrifft, als man allgemein annimmt. Ich könnte mir durchaus vorstellen, dass eine solche Unterhaltung auch Ihnen was bringen könnte, und Dr. Wieser teilt zum Glück meine Meinung, sodass er diesem Gespräch zugestimmt hat.«

»Hallo« Tamara wusste nicht so recht, wie sie reagieren sollte. Sie war noch aufgewühlt von ihrem Gespräch mit Robin vom Vortag und hatte vor lauter Aufregung die halbe Nacht nicht schlafen können. Und nun gleich am nächsten Morgen erwartete noch ein Besucher sie, obwohl sie zuvor wochenlang niemanden empfangen durfte. Eigenartig!

Ja, okay, ist schon in Ordnung, warum nicht.

»Man nennt mich Tamara, wie Sie sicher schon wissen.«

»Ja, Tamara, so werde ich Sie natürlich auch nennen. Wie ist das bei Ihnen? Gibt es irgendetwas, an das Sie sich erinnern beziehungsweise das in den letzten Wochen hochgekommen ist, aus der Zeit vor dem Tag, als Sie hier auftauchten?«

»Nein, gar nichts. Die Zeit vor meinem Aufwachen hier ist wie ein tiefes, schwarzes Loch, in das ich nicht eindringen kann. Ich habe es mit meinen Therapeuten schon auf verschiedene

Arten probiert, doch hat alles nichts geholfen. Es ist so, wie wenn ich vorher überhaupt nicht existiert hätte.«

»Und seit dem ist nichts passiert, was irgendeinen Bezug zu Ihrer Vergangenheit hätte?«, fragte Egon und sah sie dabei mit einem sehr eindringlichen Blick an. Tamara wich diesem Blick anfänglich aus, starrte eine Zeit lang zur Seite und schien zu überlegen, ob sie etwas preisgeben sollte oder nicht. Nach einer wie ewig erscheinenden Denkpause seufzte sie kurz und entgegnete mit leiser, unsicherer Stimme:

»Nun ja, bis gestern tappte ich total im Dunkeln. Nicht, dass ich nun irgendetwas klarer sehen würde, doch gestern ist etwas Erstaunliches passiert. Völlig überraschend hat mich ein Mann aus Frankfurt besucht, der wohl ein ähnliches Erlebnis hatte wie ich – einen totalen Erinnerungsverlust. Ich kann es nicht erklären, aber irgendwie reagierte mein Körper sofort, als ich diesen Mann sah. Es war so, als wenn ich ihn kennen würde, sehr gut kennen würde!«

Also doch! Ich habe es doch gleich geahnt. Doch warum hat Robin dies verschwiegen?

»Ach ja? Ist ja interessant. Erzählen Sie doch bitte mehr von diesem Besuch und was er in Ihnen ausgelöst hat!«

Tamara schilderte ihm das Treffen mit Robin in allen Einzelheiten. Dabei ließ sie nicht einmal die Zärtlichkeiten aus, die Martina und er gestern selbst beobachtet hatten.

Egon, der durch seine langjährige journalistische Erfahrung geschult in Interviews und der Einschätzung seiner Gesprächspartner war, hatte keine Zweifel, dass sie ihm etwas vorspielen könnte. Diese Frau sagte die Wahrheit, das spiegelten alle Signale ihres Körpers wider. Zumal er einen Teil der Schilderungen ja mit eigenen Augen gesehen hatte.

Für Egon war nun sehr wahrscheinlich, dass Martina sich mit ihrer vorschnellen Annahme gestern getäuscht hatte, dass das Ganze ein abgekartetes Spiel sei. Vermutlich würde sie ihm nicht einmal glauben, wenn er ihr von diesem Gesprächsverlauf erzählen würde. Doch darüber machte er sich keine größeren Gedanken. Egon war nur an seiner Geschichte interessiert und es bestand offenbar die Möglichkeit, dass sich Tamara und Robin in ihrer Vergangenheit kannten. Die Tatsache, dass Robin diese Möglichkeit gestern verschwiegen hatte, musste nichts, aber könnte doch etwas bedeuten. Er würde jedenfalls an dieser Geschichte dranbleiben, denn er witterte hier etwas ganz Großes. Er übergab Tamara seine Visitenkarte und bat sie eindringlich, sich bei ihm zu melden, sobald sie entlassen wurde oder es sonst etwas Neues gäbe.

37.

Am frühen Morgen kam Robin völlig übermüdet zu Hause an. Auf der Fahrt im Zug hatten ihn seine ständig kreisenden Gedanken von einem erholsamen Schlaf abgehalten. Er war wie gerädert. Zu ungewiss waren sowohl seine Zukunft als auch seine Vergangenheit. Die Gespräche mit Tamara und Egon haben mehr Fragen aufgeworfen als beantwortet.

Endlich stand er vor Martinas Haus in Eschborn. Doch dort ereilte ihn der nächste Schock. Er konnte seinen Augen nicht trauen: Seine Sachen standen in Plastiktüten zusammengepackt vor der Tür.

Unglaublich! Wieso war Martina von ihrer Dienstreise schon zurück? Wie hatte das passieren können?

Sein Herz pochte bis zum Hals hoch. Martina musste früher nach Hause gekommen sein und würde ihm nun überhaupt nichts mehr glauben, denn er war nicht zu Hause gewesen, als sie zurückkam.

So ein Mist! Und das nach der vermeintlichen Puffgeschichte. Wie komme ich aus dieser Sache nun wieder heraus? Soll ich ihr eine Lüge auftischen oder die Wahrheit sagen?

Wahrheit, welche Wahrheit? Kannte er Tamara wirklich von früher? Falls ja, dann würde das Martina noch mehr runterziehen und misstrauisch machen. Egal wie er das Blatt auch wendete, und welche Geschichte er ihr nun erzählte, er würde immer schlecht dabei wegkommen. Was sollte er nur machen? Im Haus war noch kein Licht, Martina würde erst in einer Stunde aufstehen, um sich fürs Büro fertigzumachen. Erschöpft von der Reise und genervt von seiner scheinbar ausweglosen Situation, setzte sich Robin neben seine Plastiktüten unter das Vordach des kleinen Hauses. Er würde erst einmal warten, bis Martina aufgewacht sei. Sie nun mitten in der Nacht zu wecken, schien ihm das Falsche zu sein, denn das würde sie wohl nur weiter auf die Palme bringen. Trotz seiner inneren Unruhe und der Frische der Luft fiel er schon bald in einen tiefen Schlaf, so sehr hatten ihn die Ereignisse auf seiner Reise mitgenommen.

Als Robin aufwachte, brauchte er zunächst eine Zeit lang, um zu verstehen, wo er war. Er musste eingenickt sein, als er auf Martina wartete. Doch nun war schon helllichter Tag und er fror. Zögerlich erhob sich Robin vom Boden und streckte seine schmerzenden Glieder. Nach mehrmaligem tiefem Durchatmen wandte er sich um und klingelte an der Haustür. Betreten lauschte er nach Geräuschen im Haus. Doch er hörte nichts als Stille. Keinerlei Reaktion. Kein Zeichen, dass Martina zu Hause sein könnte. War sie gar schon auf der Arbeit? Sicherlich, doch das war im Prinzip egal, wie Robin erst allmählich realisierte.

Martinas Verhalten sprach Bände. Sie musste leise an ihm vorbeigeschlichen sein, als sie zum Auto ging, um ins Büro zu fahren, scheinbar bemüht, dass sie ihn nicht aufweckte. Was hatte er auch anderes erwartet?

Was bin ich nur für ein Idiot? In dieser angespannten Situation zu versuchen, etwas hinter ihrem Rücken zu machen und aus Angst vor ihrer Reaktion nicht das Gespräch zu suchen, um sie von der Notwendigkeit meines Besuchs in Deggendorf zu überzeugen. Ich hätte sie ja auch mitnehmen können, damit ich ihr Vertrauen zurückgewinne.

Ist doch klar, dass sie mich nun rausgeworfen hat! Hätte sie warten sollen, bis ich scheinbar wieder vor einem Puff aufgelesen werde, um so nur noch mehr verletzt zu werden? Ich hab's völlig vermasselt!

Was sollte er nun tun? Nach längerer Überlegung fiel ihm beim besten Willen keine andere Möglichkeit ein, als zum Übergangswohnhaus in der Frankfurter Weserstraße zu gehen, das ihm damals von Kommissar Marx nahegelegt wurde, zu den Ärmsten der Armen, den Obdachlosen. Ja, das war er nun anscheinend auch und das nur, weil Martina ihm nicht glaubte, sich einbildete, dass er sie betrogen hatte.

Wie tief kann ein Mensch nur sinken, dachte er sich, als er seine fünf Plastiktüten ergriff und sich auf den Weg nach Frankfurt machte. Was konnte er dafür? Nichts, absolut nichts. Das war das Perverse an dieser Situation!

Er war in diese Lage gekommen wie die Jungfrau zum Kind oder weil eine Frau ihm nicht vertraute, obwohl sie ihn anscheinend liebte? Was war das eigentlich mit Martina? Liebte er sie wirklich oder war sie nur bequem für ihn? Je mehr er sich mit dieser Frage beschäftigte, desto mehr kam er zur Überzeugung, tiefere Gefühle für sie zu haben. Oder war es nur sein Trotz, dass sie ihn verlassen hatte, der da zu ihm sprach? Blinder Egoismus? Verletzter Stolz? Nein, nein, wenn er seine Augen schloss, ihr Bild vor sich sah, mit ihren hübschen Augen und ihrem süßen, verliebten Lächeln, dann wurde ihm warm ums Herz.

Nach einer Zeit lang veränderte sich das Bild in seinen Gedanken jedoch allmählich. Das Gesicht verformte sich, die Haare wurden brünett und etwas welliger, die Augen grün und mandelförmig. Robin war verwirrt und realisierte nur nach und nach, dass er nun in seinem Tagtraum in das Gesicht von Tamara blickte. Er vermochte es nicht zu greifen, doch diese Frau war irgendwie ein Teil von ihm, so vertraut, ohne dass er sich erinnern konnte, sie jemals zuvor gesehen zu haben. Ein wohliger Schauer durchlief ihn, als er an sie dachte und ihren warmen Körper in Gedanken dicht an ihn gedrängt im Park des Bezirksklinikums zu spüren vermochte.

Seine Fantasie spielte ihm einen Streich, dies wurde ihm bewusst, als er die Durchsage in der S-Bahn hörte, dass er sein Ziel nun erreicht hatte. Die Wirklichkeit hatte ihn zurück und die war alles andere als prickelnd.

Robin stieg mit seinen wenigen Habseligkeiten aus der S-Bahn und machte sich zu Fuß auf die letzten Meter zur Obdachlosenunterkunft in der Weserstraße. Dabei fiel ihm jeder Schritt schwer. Sollte es das nun gewesen sein? War das seine Zukunft? Das, was von seinem Leben übrig blieb? Zwischen Alkoholikern, Exjunkies und anderen gescheiterten Existenzen dahinzuvegetieren?

Nein, Robin konnte sich mit diesem Gedanken nicht abfinden, er würde revoltieren. Dies war nur eine Zwischenlösung, eine sehr kurze. Doch sie war notwendig. Wo sollte er sonst schlafen? Unter einer Brücke am Main?

Tief in seinen Gedanken versunken, betrat er das Diakoniezentrum. Am Empfang saß ein Sozialarbeiter, so wie man ihn sich gewöhnlich ausmalte: längere braune Haare, nicht allzu gepflegtes Äußeres, zotteliger Vollbart, lockere, abgetragene Kleidung, unverkennbar ein starker Raucher. Er sah erst von seinem Magazin auf, das er gerade las, als Robin schon direkt vor ihm stand.

»Guten Tag, ähm, ich wollte ...«

»Setzen Sie sich doch erst einmal und beruhigen sich ein wenig! Glauben Sie mir, jeder, der das erste Mal hierherkommt, empfindet ebenso wie Sie. Es ist keine Schande hier zu sein. Das kann absolut jedem passieren, dass er in eine Lebenssituation gerät, aus der er keinen Ausweg mehr sieht und dann bei uns landet. Sie haben ja gar keine Ahnung, wer schon alles bei uns war.«

Robin war positiv überrascht von diesem Empfang. Der Sozialarbeiter stellte sich gleich noch als Jürgen vor und schenkte ihm zur Begrüßung ein Glas Wasser ein.

»So und nun erzählen Sie mir bitte, was Sie zu uns führt und dann überlegen wir gemeinsam, wie wir Ihnen helfen können.«

Robin erwähnte nur so viel, wie notwendig war.

Was gehen meine Probleme mit Martina und meine Zuneigung zur geheimnisumwitterten Tamara diesen Sozialhelfer an?

Er wollte einzig und allein eine Unterkunft haben, um sich innerlich sammeln zu können, bis er sein Leben wieder selbst in die Hand nehmen konnte. Denn das würde er machen. Noch aktiver sein als bisher und nach jedem Strohhalm greifen, der ihn irgendwie weiterbringen könnte.

Nun bin ich ganz allein auf dieser Welt. Martina hat mich rausgeschmissen und wird mir keine Stütze mehr sein!

Er wurde traurig bei dem Gedanken, doch es half alles nichts.

Und diese Tamara ... hm mal sehen. Ich muss jedenfalls wieder mit ihr in Kontakt treten, sobald ich mich ein wenig gefangen habe.

38.

Tamara wanderte bei schönstem Sonnenschein im Park umher. Sie hatte gerade ihre Therapiesitzung hinter sich gebracht und noch etwas Zeit bis zum Abendessen. Ideal, diese Zeit für einen Spaziergang zu nutzen, und ein wenig frische Luft zu schnappen. Die Blätter auf den Bäumen hatten sich fast alle jahreszeitbedingt verfärbt und funkelten in den schönsten Gelb-, Rot- und Brauntönen. Der frische Wind wirbelte die Blätter immer wieder in der Luft herum, ein herrliches Naturschauspiel. Doch Tamara hatte keine Augen für diese Schönheit. Anfänglich war es in ihrem Leben nach den beiden Besuchen aus Frankfurt wieder ruhig geworden, doch nun gab es etwas Neues.

Endlich! Endlich so etwas, wie eine Spur aus ihrer bislang verschlossenen Vergangenheit. Es musste einfach so sein. Sie würde nicht mehr locker lassen, bis sie die Wahrheit herausgefunden hatte. Zumindest hatte sie sich das geschworen, als sie nun schon in der zweiten Nacht in Folge aus diesem seltsamen Traum erwacht war.

Tamara versuchte, den Traum genauestens zu rekapitulieren. Sie hatte sich selbst gesehen, wie sie in einem kahlen Zimmer mit gefesselten Armen und Beinen hilflos auf einer Liege lag. Sie hatte sich nicht zu bewegen vermocht und fühlte sich hilflos ausgeliefert. Wem eigentlich? Ja richtig, da war diese Gestalt mit diesem ... Gesicht. Nein, das war kein Gesicht, das war eine Fratze!

Es war alles noch zu verschwommen, um sich ein genaues Bild machen zu können. Doch sie war sich ganz sicher, sie hatte ein hässliches Gesicht mit eiskalten Augen gesehen, das sich mit einem teuflischen Grinsen dem ihren näherte und dabei etwas murmelte. Sie hatte Todesangst gefühlt und lauthals losgeschrien.

Das war das Ende des Traumes, denn sie war von ihrem eigenen durchdringenden Schreien aufgewacht.

Es war das erste Mal, dass sie etwas geträumt hatte, das nichts mit ihrem derzeitigen Leben zu tun hatte. Zumindest hatte sie sich noch nie zuvor am Morgen erinnern können, etwas geträumt zu haben, das nichts mit ihren jeweiligen Tageserlebnissen zu tun hatte.

Sollte dieser Robin Fremder ihr den Schlüssel zur eigenen Vergangenheit gebracht haben? Dieses eigenartig vertraute Gefühl, als sie ihn erblickt hatte, erschien ihr wie ein Tor zu sich selbst. Und dann dieser Traum, der scheinbar nichts mit Robins Besuch hier zu tun hat und doch kann der zeitliche Zusammenhang kein Zufall sein oder doch?

Je öfter sie diesen Traum auf ihrem Spaziergang durch den Park immer wieder vor ihrem geistigen Auge erscheinen ließ, desto mehr überkam sie das Gefühl, dass er nicht nur eine bloße Fantasie sein konnte. Da steckte mehr dahinter. Der Traum war so klar gewesen, wie etwas, das sie tatsächlich erlebt hatte.

Robins Besuch muss diesen Traum ausgelöst haben! Der erste Bezug zu ihrer Vergangenheit hatte scheinbar einen weiteren herausgekitzelt. Und Robin muss bislang irgendeine Rolle in ihrem Leben gespielt haben. Ihr Körper hatte zu stark auf ihn reagiert.

Letzte Nacht hatte sie gesehen, dass der Mann mit der hässlich, verschwommenen Fratze eine Spritze in der Hand hatte. Just in dem Moment, als er sie an die Vene in ihren rechten Arm geführt hatte, war sie von ihrem eigenen gellenden Schrei aus dem Traum rausgerissen worden. Jetzt, wo sie länger darüber nachdachte, hörte sie auch die Worte, die die Fratze in ihrem Traum gemurmelt hatte:

»Mach dich geschmeidig, Baby!«

39.

Sven hatte es geschafft. Sein ganzes Leben hatte er auf diesen einen Tag gewartet. In der Nacht um 02:37 Uhr kam die erste SMS: *Beide Babys sind sicher angekommen.*

Nur fünf Wörter, doch das waren die wichtigsten Wörter, die er sich vorstellen konnte. Allein diese Worte würden schon reichen. Sie bedeuteten, dass die Forbes Liste der reichsten Menschen der Welt von nun an falsch war. Denn jetzt müsste er darauf stehen. Er, Professor Dr. Sven Knöth. Irgendwo unter den Top 100. Und er musste damit einen sehr prominenten Namen verdrängt haben.

Doch das reichte ihm nicht. Weitere fünf und dann nochmals weitere sieben Stunden später würden die anderen vier Babys landen. Es hatte alles perfekt funktioniert, genau wie geplant. Jedes Baby stand für die Kleinigkeit von fünf Milliarden Euro auf einem Konto, gut gesichert und nur für ihn zugreifbar.

Sven war viel zu aufgeregt, als dass er zuvor hätte Schlaf finden können. Viel zu sehr hatte er auf die Ankunft der ersten Babys gewartet. Elsa, seine Frau, war im Schlaf ein wenig unruhig geworden, als der SMS-Ton erklang, doch sie schlief weiter. Sven war am Abend zuvor wie gewöhnlich mit ihr zu Bett gegangen.

Nur keine Aufmerksamkeit ihrerseits erregen. Die dumme Trulla neben mir wird sich noch wundern, wenn ich am Abend nicht von der Arbeit nach Hause kommen werde.

Sven war nach der SMS die Ruhe selbst. Er konnte sich jetzt beruhigt die wenigen verbleibenden Stunden dieser Nacht seinen verdienten Erholungsschlaf gönnen. Selbst wenn von nun an alles schief laufen würde, hatte er schon für immer ausgesorgt und war in eine andere Liga Mensch aufgestiegen. Er schwebte förmlich in den Schlaf hinein, wie jemand, der auf einer Wolke dahinglitt. Eine Wolke aus zehn Milliarden Euro.

Am Morgen klingelte der Wecker wie gewöhnlich an jedem Arbeitstag. Elsa und Sven Knöth standen auf, um sich fertigzumachen. Alles Routine, wie an jedem ganz normalen Tag. Sven musste hart an sich halten, um sein innerliches Grinsen nicht zu offensichtlich in sein sonst übliches Morgenmuffelgesicht wandern zu lassen. So ganz gelang es ihm jedoch nicht. Zu sehr hatte sich die Welt in dieser Nacht für ihn verändert.

»Was ist heute nur los mit dir, Sven? Du strahlst ja übers ganze Gesicht, so kenne ich dich gar nicht. Ist etwas passiert?«

»Nichts Schatz, ich bin einfach nur gut gelaunt. Vielleicht sollte man nicht immer alles so verbissen sehen. Das ist mir heute Nacht klar geworden, nachdem ich etwas Schönes geträumt hatte.«

Schatz …, verdammt, so habe ich sie seit Jahren nicht mehr genannt, dieses undankbare, geldgierige Ding. Hoffentlich hakt sie nun nicht weiter nach. Ich Idiot, ich muss mich besser zusammenreißen!

Doch Elsa war schon wieder bei ihrer Lieblingsbeschäftigung angelangt. Sie meckerte! Sie beschwerte sich darüber, dass Sven gerade etwas Honig auf die frische Damasttischdecke hat tropfen lassen.

Boah, wie ich diese Meckerei leid bin! Nie wieder werde ich mir das anhören müssen! Aus und vorbei! Ein für alle Mal!

Pünktlich wie immer verließ Sven das Haus. Er grinste weiter bis über beide Ohren und musste an die klassische Geschichte denken: Den Mann, der nur kurz mal raus auf die Straße ging, um am nächsten Automaten Zigaretten zu holen, aber nie wieder zurückkam. Noch auf der Fahrt zum Reisebüro kam die nächste SMS: *Beide Babys sind sicher angekommen.*

Vor seinem geistigen Auge erschien ein Raum voll mit gestapelten Geldscheinen: Viermal fünf Milliarden, also zwanzig Milliarden Euro! Wie groß mag so ein Stapel an Geldscheinen in Wirklichkeit sein? Freudig erregt rief er seinen Bruder an.

»Pocke, es ist so weit. Ich muss dich noch mal sehen, bevor ich fliege! Kannst du um zehn Uhr bei mir im Büro vorbeikommen?«

Kurze Zeit nach dem Anruf buchte er im Reisebüro einen

Flug nach Singapur mit der Lufthansa LH778 um 21:40 Uhr für Mr. Geoff Nolan. Morgen am Nachmittag würde er schon in dem schwülheißen Stadtstaat sein. Dann konnte seine Verwandlung beginnen.

Pocke traf wie verabredet pünktlich um zehn Uhr in Svens Büro ein. Die beiden Brüder sahen sich erleichtert an und genossen zusammen eiskalten *Beluga* Wodka. Es war eine eigenartige Stimmung zwischen ihnen, denn sie wussten, es würde wohl ein Abschied für eine längere Zeit werden, wenn nicht gar für immer.

»Komm doch mit! Lass alles hinter dir. Was hält dich denn noch hier?«

»Das wirst du nie verstehen, großer Bruder. Ich bin hier zu Hause und um nichts in aller Welt würde ich Frankfurt verlassen. Ich habe hier alles, was ich brauche. Und wenn ich nur ans Klima in der Südsee denke ..., nee, keinen Bock, den ganzen Tag zu schwitzen wie ein Schwein!«

»Wir können uns jede Klimaanlage dieser Welt kaufen. Ich kühle sogar die Terrasse und unseren ganzen Park für dich, wenn du mitkommst! Überleg doch mal, wie geil es ist, an unserem riesigen Pool zu sitzen mit so viel hübschen, knackigen Girls, wie wir wollen und uns rund um die Uhr nur bedienen zu lassen. Wir schnipsen mit den Fingern und uns wird gereicht, wonach immer es uns verlangt. Wir werden das Leben nur noch genießen.

Komm einfach mit, wenn's dir nicht gefällt, kannst du ja wieder zurückkommen. Und vorher lassen wir dir auch dein Gesicht mal richtig überarbeiten. Wir machen noch einen hübschen Kerl aus dir!«

»Nee lass mal, ich habe andere Pläne. Ich werde dich schon irgendwann besuchen, früher oder später, und jetzt lass dich noch ein letztes Mal drücken. Ich mache mich vom Acker, bevor ich noch sentimental werde!«

So wenig wie Sven seinen Bruder bislang verstanden hatte, in diesem Augenblick trennten sie wahrlich Welten!

Wie kann er nur sein bisheriges Leben in Frankfurt fortführen wollen? Nach alldem, was wir erreicht und wofür wir jahrelang gekämpft haben.

Gut, Pocke hat nicht so einen Drachen zu Hause sitzen wie ich, doch was ist das für ein Leben hier in Deutschland? In seiner Dreizimmerwohnung ohne jeglichen Luxus? Mit seinem Gangsterauto, dem Chrysler 300C mit den verdunkelten Scheiben? Mein Bruder hat einfach keinen Stil, das war schon immer sein Problem.

Soll Pocke doch bleiben, wo der Pfeffer wächst. Ich habe mich sowieso immer viel zu viel um ihn gesorgt. Von nun an werde ich nur noch an mich selbst denken!

In der Firma würde Sven verbrannte Erde hinterlassen. Seine späte Rache an all die inkompetenten Angestellten, mit denen er sich tagtäglich herumschlagen musste. Selten hatten sie genau das gemacht, was er wollte. Es gab hier keinen mehr, der ihm irgendetwas bedeutete. Jetzt gab es nur noch ihn und die große Welt. Die Welt, die nun ihm gehörte, und er würde von jetzt an jeden einzelnen Tag seines Lebens genießen! Ohne jegliche Grenzen! Alles war möglich!

Sven umarmte Pocke inständig. Sie verharrten eine Weile eng umschlungen und ließen ihre Energien aufeinander wirken.

»Keine Sorge, großer Bruder, ich werde dir den Rücken freihalten, sollte jemand zu lästig werden.«

Sven überkam bei diesen Worten sogleich wieder ein ungutes Gefühl:

»Versprich mir bitte, dass du niemandem etwas antust. Der Fall ist abgeschlossen. Keiner wird je in der Lage sein, mich aufzuspüren. Es ist alles perfekt durchdacht, ohne die kleinste Schwäche im Plan.

Und wenn es für dich zu eng wird, versprich mir bitte, dass du auch untertauchst, anstatt etwas Unüberlegtes zu tun!«

»Mach dich geschmeidig, Herr Professor. Ich bleibe brav! Und nun gehe ich wirklich. Also mach's gut!«

Dies waren die letzten Worte von Pocke, bevor auch Sven sich für seine große Reise fertigmachte. Sie ließen einen bitteren Nachgeschmack in ihm zurück. Er kannte seinen Bruder nur zu gut, hoffte aber inständig, dass Pocke diese Worte auch ernst meinte. Doch seine Verantwortung für seinen Bruder hatte mit dessen Verlassen seines Büros nun wahrlich ein Ende. Freiheit von allem! Von seinem Bruder, seiner Frau, seiner Firma und von Deutschland. Bald würde er ein komplett anderer Mensch sein. Seine Wandlung hatte gerade erst begonnen!

40.

Sie saß in einem hellen, freundlichen Wohnzimmer. Es war überwiegend in Weiß gehalten. Sie fühlte das feine Leder der hellgrauen Couch unter sich. An den Wänden hingen moderne Ölgemälde, in der erleuchteten Glasvitrine funkelten edle Kristallgläser in verschiedenen Formen und Größen. Aus der Dolby Surround Anlage von Harman Kardon klangen die Töne von Norah Jones' ‚Sunrise' in einer angenehmen Lautstärke. Auf dem Wohnzimmertisch eine Flasche Merlot. Sie öffnete die Flasche und füllte den Wein in einen Dekanter, damit er noch Zeit hatte zu atmen, bis sie so weit waren. Anschließend gab sie Knabbergebäck in eine Wurzelholzschale und erhob sich. Sie brachte gerade die leere Rotweinflasche und die Verpackung vom Salzgebäck zurück in die Küche, als es an der Wohnungstüre klingelte.

»Seltsam, wieso hat er seinen Schlüssel nicht mit?«

Schnell noch die Flasche und die Verpackung in den Mülleimer geworfen, dann ging die attraktive Brünette in den Flur, um die Tür zu öffnen. Doch es war nicht ihr Mann, wie sie erwartet hatte. Aber sie kannte ihren Besucher gut und ließ ihn lächelnd eintreten. Er folgte ihr in Richtung Wohnzimmer.

Auf einmal zuckte sie zusammen. Irgendetwas hatte sie am Oberarm gestochen. Sie wandte ihren Kopf zur Seite. Ihre Augen weiteten sich voller Schrecken. Sie konnte nicht glauben, was sie sah. Doch bevor sie protestieren konnte, versank sie in eine Dunkelheit.

Das Nächste, das sie wahrnahm, war das Geräusch von Schritten. Schritte die lauter wurden. Jemand kam auf sie zu. Wo war sie nur? Sie versuchte, ihre Augen zu öffnen, doch es gelang ihr nicht richtig. Ihre Lider waren bleiern schwer. Schemenhaft erkannte sie eine Gestalt, die auf sie zukam. Als sie direkt bei ihr stand, sah sie in eine hässliche Fratze. Die junge Frau versuchte, sich zu bewegen, doch sie realisierte geschockt, dass sie an beiden Händen und Füßen angebunden war. Sie riss ihre Augen weiter auf und konnte das vernarbte Gesicht mit den eiskalten, hellblauen Augen jetzt deutlich erkennen.

»Mach dich geschmeidig, Baby!«, sagte der Mann mit leiser, aber bestimmter Stimme, als die Frau spürte, wie er seine Hand auf ihr Bein legte und langsam nach oben gleiten ließ. Erst jetzt verstand sie, dass sie splitterfasernackt war. Sie war diesem Mann hilflos ausgeliefert. Sie schrie »Nein, nein, bitte nicht!«, doch er ließ nicht von ihr ab. Brutal rammte er seine Faust in ihr Geschlecht.

Ein gellendes Brüllen ließ Tamara aufschrecken. Sie saß senkrecht in ihrem Bett und zitterte am ganzen Leib. Erst als ein Krankenpfleger zur Tür hereinstürmte, verstand sie, dass das ohrenbetäubende Schreien aus ihrem eigenen Mund kam!

»Beruhigen Sie sich Tamara, Sie haben nur wieder geträumt! Es ist alles in Ordnung, hier sind Sie in Sicherheit.«

Tamara blickte ihn verwirrt an.

»Aber da war ...«

Sie konnte ihren Traum vor ihrem geistigen Auge bis zur letzten Kleinigkeit sehen. Nein, besser sie schwieg. Dr. Wieser hatte ihr ohnehin schon angekündigt, sie in den nächsten Tagen entlassen zu wollen. Da würde Sie nun nichts mehr riskieren, das dies weiter hinauszögern könnte. Diese Ärzte hier konnten ihr nicht mehr weiterhelfen. Sie würde ihre Vergangenheit nun selbst in die Hand nehmen. Irgendetwas passierte da gerade mit ihr!

Erst der Besuch von Robin mit ihrer heftigen körperlichen Reaktion und nun dieser dauernd wiederkehrende Traum, der immer klarer wurde. Sie war sicher, Opfer eines Verbrechens geworden zu sein, und sie würde nicht eher ruhen, bis sie ihre Vergangenheit aufgeklärt hätte.

In ihren letzten Tagen im Bezirksklinikum Mainkofen ging Tamara tagsüber viel im Park spazieren und versuchte, an der frischen Luft die Puzzleteile in ihrem Kopf immer weiter zusammenzufügen. Jede Nacht träumte sie nun. Immer wieder denselben Traum, doch wurde er von Mal zu Mal klarer, plastischer, sie erlebte ihn intensiver und konnte sich an mehr Details erinnern.

Allmählich kamen auch andere Traumfetzen zum Vorschein, die sie sich am nächsten Morgen stets notierte. Jede Kleinigkeit schrieb sie sich auf. Da war dieses seltsame, blaue Zeichen, das sie an einer großen Toreinfahrt sah. Anfangs nur ein verschwommener Punkt, den sie passierte, wenn sie in Richtung der Wohnung mit dem großen Wohnzimmer ging. Mit den Tagen wurde der Punkt zu einem grafischen Zeichen, welches sie in ihren Notizen aufmalte.

Dr. Wieser hatte Tamara darüber informiert, dass er sie am Mittwoch entlassen würde, wenn ihre Abschlusssitzung positiv verliefe. Und das würde sie, denn Tamara würde nichts von sich geben, was ihre Entlassung gefährden könnte!

Nur keine Details von meinen Träumen erwähnen. Vielleicht wollen sie ihn sonst gemeinsam mit mir analysieren und behalten mich noch länger hier. Ich muss mich selbst auf die Suche nach meiner Vergangenheit machen! Da können mir die Herren in den weißen Kitteln nicht helfen.

Nach ein paar Wochen im Klinikum wusste man als halbwegs intelligenter Patient, was die Betreuer von einem hören wollten und was nicht. Sie war nicht verrückt, konnte sich nur an viele Dinge nicht erinnern. Die Regeln in dieser Nervenheilanstalt hatte sie schnell verstanden. Die Betreuer konnten ja nichts dafür und sicherlich machte auch alles seinen Sinn, doch ihr konnte man nicht weiterhelfen. Sie war nicht verrückt, da war sie sich sicher!

Am Dienstag, dem Tag vor ihrer Entlassung, hatte Tamara Egon Urschitz von der Frankfurter Rundschau angerufen. Sie vertraute ihm. Anfänglich wollte Tamara, einem inneren Impuls folgend, Robin Fremder kontaktieren, doch sie entschied sich dagegen. Sie war sich nicht im Klaren, welche Rolle er in ihrem vorherigen Leben gespielt hatte. Noch waren ihre Träume zu verworren. Sicher war nur, dass sie Robin kannte, doch die näheren Umstände würde sie erst herausfinden müssen, bevor sie sich wieder an ihn wandte.

Egon Urschitz jedoch war ein neutraler Dritter, der nur an einer Story interessiert war, die ihn in seiner Redaktion weiterbringen konnte. Somit hatte sie dieselben Interessen wie er: Herauszufinden, was mit ihr passiert war und wer ihr das alles angetan hatte. Selbst um den Preis, dass sie ihr Wissen mit dem Journalisten teilen musste. Er hatte ganz andere Möglichkeiten, sie auf der Suche nach ihrer Vergangenheit zu unterstützen, als wenn sie versuchte, allein weiterzukommen. Es fiel ihr zwar schwer, diesen Schritt zu gehen, doch entschied sie, dass es das Beste sei, sich ihm anzuvertrauen und auf seine Hilfe zu bauen, selbst wenn sie später vielleicht mal im Licht der Öffentlichkeit stehen sollte. Dieses Risiko musste sie einfach in Kauf nehmen.

41.

Geoff Nolan, alias Prof. Dr. Sven Knöth, saß in der First Class des Airbus A380 nach Singapore Changi International Airport. Der Start war problemlos verlaufen und der Bordservice begann. Ganz im Stil seines neuen Lebens bestellte er sich eine Flasche Moët & Chandon.

Aus mit der Knausrigkeit, nun wird gelebt!

Jetzt würde ihn nichts mehr aufhalten können. Er hatte eine Stimmung wie noch nie in seinem Leben. Seine Frau Elsa hatte er noch am späten Nachmittag angerufen, dass er nach der Arbeit eine wichtige Besprechung habe. Sie würde ihn frühestens am nächsten Morgen vermissen, da würde er schon in Singapur sein. Sie würde ihn dann wohl im Laufe des Tages als vermisst melden, doch sie würden ihn nicht finden. Prof. Dr. Sven Knöth gab es nicht mehr.

Keine Spur wies nach Singapur. Und selbst wenn irgendjemand mal für den äußerst unwahrscheinlichen Fall auf die Spur eines gewissen Geoff Nolan kommen sollte, so würde diese Spur zwar nach Singapur hineinführen, aber nicht wieder heraus. Ein Geoff Nolan würde Singapur niemals verlassen. Tief zufrieden mit sich und seinen exzellent geplanten Schachzügen, genoss Sven das Entertainment in der First Class und schlief schließlich leicht beschwipst durch den Champagner in bester Laune ein.

Sven musste nahezu den ganzen Flug geschlafen haben, denn er wachte erst kurz vor der Landung in Singapur auf. Er war lediglich bei der Passkontrolle leicht nervös, doch sein englischer Pass war perfekt und er bekam seinen Einreisestempel.

Am Stand des Limousinenservices mietete er sich eine edle schwarze Mercedeslimousine mit Fahrer, die ihn zum Four Seasons Hotel im Orchard Boulevard brachte. Die Executive

Suite war gerade gut genug für ihn und er fühlte sich wie ein König. Alles war perfekt, das Interieur, der Service, einmalig!

Nach einem ausgedehnten Bad ließ er sich ein köstliches Menü aufs Zimmer bringen und ging in Gedanken seine Pläne für die nächsten Tage durch. Seine Umwandlung würde beginnen, doch zuvor würde er diese Nacht feiern. Seinen Start ins neue Leben wollte er nicht alleine verbringen.

Singapur kannte Sven schon von einem Ärztekongress vor ein paar Jahren, so wusste er genau, wo er hinwollte. Nach dem Zurechtmachen ließ er sich von seinem Fahrer zum *Brix Club* im Untergeschoss des *Grand Hyatts* fahren. Eigentlich nur ein paar Schritte zu Fuß entfernt, doch ab sofort lebte er stilvoll. Der Mann von Welt lässt sich mit einer Limousine vorfahren und geht nicht zu Fuß.

Im *Brix* gleich eine Flasche Schampus bestellt und schon reihten sich ein paar Schönheiten der Nacht um ihn und umgarnten ihn, wie er wohl zuletzt zwanzig Jahre früher umgarnt worden war. Doch die Motivation der Damen war Sven völlig gleichgültig. Er genoss es einfach, im Mittelpunkt des Interesses von so vielen hübschen Frauen zu stehen. Schnell hatte er sich für die 23-jährige Doreen entschieden, einer hochgewachsenen malaysischen Schönheit mit regelmäßigen Gesichtszügen, betörenden mandelförmigen Augen und einer Figur, die ihm den letzten Atem raubte.

Trotz seiner Feierlaune achtete Sven darauf, dass sie nicht zu viel Alkohol tranken, denn er wollte diese erste Nacht seines neuen Lebens genießen wie niemals zuvor. Und genau das gelang ihm. Als er schließlich am nächsten Mittag die heiße Doreen mit dem üppigen Honorar von zweitausend Singapore Dollar von seinem Fahrer zurückbringen ließ, war er bereit für den nächsten Schritt.

Nachdem der Fahrer zurück war, ließ er sich zum Medical Centre am Anfang des Orchard Boulevards bringen. Einen Termin brauchte er in seiner Liquiditätsklasse nicht. Er bestimmte, wann ihn, wer behandeln durfte. Das Medical Centre war der Ort, der aus Geoff Nolan, dem Engländer, der aus

Frankfurt angereist war, David Holland machen würde, einen Australier, der seit Jahren in Hongkong lebte und in sechs Wochen den Stadtstaat Singapur in Richtung Bermudas verlassen würde.

Das Vorgespräch war mehr als erfolgversprechend. Die Computersimulation zeigte sein Äußeres nach den diversen geplanten Eingriffen. Auf dem Bildschirm sah er einen ganz anderen Menschen, einen Menschen, den er nie zuvor gesehen hatte. Es war an alles gedacht worden. Form der Nase, des Kinns, sein komplettes Gebiss, die Höhe der Wangenknochen, selbst seine Augenform würde etwas schmaler sein, der Haaransatz verändert, ein Sixpack implantiert und seine Fingerkuppen würden eine andere Struktur haben. Nichts, aber auch gar nichts würde nach diesen sechs Wochen noch an Prof. Dr. Sven Knöth aus dem fernen Frankfurt erinnern.

Sven selbst würde sich nicht mehr im Spiegel erkennen, geschweige denn irgendjemand sonst aus seiner Vergangenheit. Die perfekte Verwandlung! Gut sie kostete ihn fast eine Million Singapore Dollar einschließlich des Schweigegeldes. Das hätte er sich im Prinzip sparen können, denn auch der Australier David Holland würde auf den Bermudas für immer verschwinden und Sven würde unter einer anderen Identität die Inselgruppe in Richtung Südsee verlassen. Doch sicher ist sicher. Sven ging nicht das kleinste Risiko ein, dass man ihn irgendwo auf dieser Welt aufspüren könnte. Warum auch?

Ein paar Hunderttausend Dollar für den perfekten, dauerhaften und nicht zu durchdringenden multiplen Identitätswechsel. Was war das im Verhältnis zu den dreißig Milliarden Euro, über die er nun in drei verschiedenen Offshore Ländern auf sechs Konten verfügte, nachdem die letzten beiden Babys auch planmäßig angekommen waren? Peanuts, und jeden einzelnen Cent wert!

Lange bevor Sven über diese Mittel verfügte, hatte er verstanden, dass man auf dieser Welt alles, aber auch wirklich alles mit Geld kaufen konnte. Und nun bestätigte sich das auf so wunderbare Weise!

Sechs Wochen später flog David Holland alias Sven Knöth von Singapur auf die Bermudas. Dort verläuft sich die Spur von ihm, wie schon zuvor die eines gewissen Geoff Nolans in Singapur.

Der US-Amerikaner Clive Bellington verließ den Archipel Mitte Februar in Richtung Brisbane/Australien. Der kanadische Multimilliardär Lucas Campbell erreichte fünf Tage später Tonga, das endgültige Ziel von Sven. Es dauerte ein paar Wochen, bis er eine mehrere Quadratkilometer große Insel mit üppig grüner Vegetation, feinem weißen Sandstrand, umgeben von kristallklarem blauen Wasser und einem kleinen Jachthafen erwarb. Selbstverständlich verfügte die Insel über eine eigene Süßwasserversorgung aus mehreren Tiefbrunnen. Eine luxuriöse 30-Zimmer-Villa mit Hubschrauberlandeplatz und nagelneuer Möblierung im Kolonialstil inklusive.

Sven hatte nicht den Fehler begangen, den allzu gerne Totalaussteiger machten: sich schon in ihrer alten Heimat über exklusive Immobilien an ihrem Rückzugsort zu erkundigen. Ihm war völlig klar, dass sämtliche Spuren im World Wide Web, die er über die Jahre hinterlassen hatte, bis ins letzte Detail von den Ermittlern zerpflückt werden könnten.

Von Tonga hatte Sven schon als Jugendlicher geträumt und diesen Traum die ganzen Jahre über beibehalten. Es war klar, dass er mit seinem Geld ein passendes Domizil finden würde und er war stets diszipliniert genug gewesen, nicht ein einziges Mal seit der Entwicklung von *Agronationylfloxacyl* auch nur nach Tonga oder irgendwelchen Luxusimmobilien zu googeln. Sein Traum ging nun in Erfüllung – er hatte ein neues Zuhause gefunden, ganz nach seinen Vorstellungen! Er war am Ziel seiner Träume angekommen. Nichts würde sein Glück noch zerstören können!

42.

Der Anruf, auf den er seit Tagen gewartet hatte, kam am frühen Nachmittag. Egon Urschitz nahm den Hörer ab. Es war Tamara, Tamara ohne Nachnamen. Sie würde am Mittwoch entlassen werden und wollte sich noch am selben Tag mit ihm treffen. Nach ihrem letzten Gespräch im Klinikum war er nicht mehr wirklich weitergekommen. Martina hatte Robin Fremder aus dem Haus geworfen und wohl mit der ganzen Sache abgeschlossen. Zumindest wollte sie derzeit nicht mit Egon kooperieren. Er hatte zuvor noch versucht, sie zu überzeugen, dass irgendetwas faul an der Sache sei und dass es nicht so sein konnte, wie es für sie schien. Doch ihre Wunden saßen offensichtlich zu tief. Sie hatte einen endgültigen Schlussstrich unter die Sache gezogen und wollte ein neues Kapitel in ihrem Leben beginnen.

Am Mittwoch um 11:40 Uhr holte Egon Tamara am Frankfurter Hauptbahnhof ab. Auf den ersten Blick sah er, dass sie sich verändert hatte. War ihm schon in Deggendorf aufgefallen, wie attraktiv sie war, hatte doch noch ein eigenartig bedrückender Schleier über ihr gelegen. Hier nun sah er eine schöne Frau vor sich, deren Augen vor lauter Energie nur so funkelten.

»Ich muss Ihnen alles erzählen, was ich weiß! Es ist so ungemein aufregend, jeden Tag komme ich mir selbst wieder ein bisschen näher! Ich ...«

»Hallo erst mal, Tamara! Ich freue mich, Sie zu sehen und vor allem so voller Lebensfreude. Bevor Sie anfangen zu erzählen, lassen Sie uns zuvor ein Plätzchen finden, wo wir uns in Ruhe unterhalten können! Was halten Sie davon, wenn wir zu mir in die Redaktion fahren? In meinem Büro können wir uns ungestört unterhalten, das Ganze strukturieren und ich kann mir gleich ein paar Notizen machen.«

»Ja, guten Tag, Herr Urschitz. Tut mir leid, ich bin so aufgeregt. Endlich kann ich mein Leben selbst in die Hand nehmen und dafür sorgen, dass es jeden Tag ein wenig weitergeht. Sie haben ja recht! Gut, fahren wir in Ihr Büro und legen los! Aber bitte schnell, ich kann es kaum erwarten, mich selbst kennenzulernen!«

Auf der Fahrt in die nahe gelegene Redaktion vermied Egon, alles Persönliche über Tamara anzuschneiden, und wenn sie wieder darauf kam, lenkte er die Unterhaltung in eine andere Richtung. Bei seinen Interviews ging er stets sehr strukturiert vor und verstand nie seine Kollegen, die teilweise wichtige Gespräche an den unmöglichsten Orten zwischen Tür und Angel führen konnten. Er hatte immer Angst, irgendein Detail zu vergessen, wenn er solch einen Arbeitsstil an den Tag legen musste, denn manchmal ließ es sich leider nicht vermeiden. Doch für diese Story würde er sich die nötige Zeit nehmen und ganz entspannt seinem Gedankenfluss folgen. Es konnte auf jede Kleinigkeit ankommen. Da durfte er nichts übersehen, um der Lösung des Falles näherzukommen.

In seinem Büro angekommen, besorgte er zur Stärkung Kaffee für Tamara und sich selbst und dann ging es los. Mit inniger Akribie lauschte er ihren Ausführungen und machte sich zahlreiche Notizen.

»Und diese Träume haben erst angefangen, nachdem Robin Sie besucht hat? Ach, was, können wir uns auf *du* einigen, ich bin absolut kein *Sie*-Typ, doch muss ich in meinem Beruf leider so oft dieses distanzierte *Sie* verwenden. Ich bin Egon.«

»Ja, gerne, kein Problem. Nach Robin bist du der Erste, der mich duzt. In der Anstalt haben sie mich alle ausnahmslos gesiezt – ich vermute mal, das sollte die nötige Distanz zu den Patienten dokumentieren und deren Professionalität herausstreichen. Umso erfrischender fand ich es, als Robin mich einfach geduzt hatte.

Ja, das erste Mal habe ich diesen Traum in der Nacht gehabt, nachdem Robin mich besucht hatte. Doch seitdem träume ich ihn jeden Tag und es kommen ständig neue Details hinzu!«

»Und dieses Symbol auf dem Gebäude aus deinem Notizblock siehst du ganz klar in Blau vor dir?«

»Ja, inzwischen sogar am Tag. Ich kann mich an immer mehr Details erinnern. Wenn es so weitergeht, habe ich hoffentlich irgendwann meine Vergangenheit wieder, vorausgesetzt, dass diese Träume tatsächlich Dinge aus meinem früheren Leben widerspiegeln. Das müssen wir unbedingt herausfinden!«

»Ich habe da eine Idee. Ich möchte nach diesem Zeichen suchen. Wir haben einen begabten IT-Fuzzi, Tobias, der das gleich am Computer skizzieren und dann eine Internetrecherche machen wird. Wenn es dieses Zeichen irgendwo auf der Welt gibt, dann wird er es finden. Moment, ich bin gleich wieder da, lass mich dein Notizbuch kurz mitnehmen, damit Tobias es fotografieren kann.«

Während Egon den Raum verließ, nippte Tamara an ihrem Kaffee und schloss anschließend die Augen. Hoch konzentriert ging sie noch mal ihren Traum von letzter Nacht in allen Einzelheiten durch. Sie war sich inzwischen ziemlich sicher, dass sie diese Dinge tatsächlich erlebt hatte, denn sie sah sie so plastisch vor ihren Augen, dass sie einfach wahr sein mussten. Und wenn ihr ab und an noch letzte Zweifel kamen, schob sie sie schnell beiseite. Sogar am Tage sah sie Dinge aus ihrer vermeintlichen Vergangenheit vor sich, wann immer sie die Augen schloss. Noch war alles viel zu unsortiert in ihrem Kopf, doch würde sie schon draufkommen, denn sie machte stetig Fortschritte.

Sie war gerade mitten in ihrem provozierten Tagtraum angelangt, als Egon schon wieder zurück in sein Büro kam.

»Gut, Tobias hat das Symbol schon auf seinem Computer. Er macht jetzt die Recherche – mal sehen, was er herausfinden wird.«

»Ich bin so aufgeregt. Alles ist neu für mich. Es sind bisher zwar nur Bruchstücke, doch ich spüre förmlich, dass ich meiner Vergangenheit auf der Spur bin.«

»Hast du überhaupt schon etwas gegessen? Ich habe nämlich Hunger und würde dich gerne in unsere Kantine einladen. Kantine klingt eigentlich ein bisschen abwertend, denn das Essen dort ist tatsächlich gut. Eher wie in einem Restaurant als in einer Kantine. Bei uns bietet die Kantine zum Glück sowohl mittags als auch abends Essen an, wegen unserer verrückten Arbeitszeiten. So bekommen wir auch jetzt am Nachmittag noch etwas.«

»Ja, gerne! Jetzt wo du es sagst. In meiner Aufregung habe ich mein Hungergefühl wohl ganz unterdrückt. Mir knurrt auch schon der Magen. Und jetzt, da wir ohnehin warten müssen, was dein Kollege herausfindet, können wir uns ruhig die Zeit nehmen.

Gott ich bin so aufgeregt und Egon, du wirst sehen, dein Kollege wird was finden! Ich sehe dieses Zeichen auf dem Gebäude so klar und deutlich vor mir, es muss einfach existieren!«

Egon hatte nicht zu viel versprochen, das Essen in der Kantine, ein Jägerschnitzel mit Pommes frites und Salat, war wirklich sehr lecker. Doch allzu viel Zeit ließen sie sich nicht. Ihre Gedanken schwirrten beim Essen ohnehin ständig um Tamaras Vergangenheit.

Gut gestärkt kamen sie eine halbe Stunde später wieder in Egons Büro zurück. Sie wollten gerade noch einmal gemeinsam die Aufzeichnungen im Notizbuch von Tamara durchgehen, als das Telefon klingelte.

»Egon, ich hab's! Es ist die Firma *TrimpaPharm* hier in Frankfurt in der Eschborner Landstraße 189. Geh mal auf deren Webpage, da siehst du das blaue Firmenlogo.«

»Mensch Tobias, du bist wie immer klasse. Dank dir vielmals!«

Noch bevor Egon aufgelegt hatte, tippte er schon den Namen der Firma in Google ein. Kurze Zeit später öffnete sich die Startseite von deren Webpräsenz. Dort prangerte in groß das blaue Symbol auf einem Foto des Gebäudes von *TrimpaPharm.*

»Bingo!«

Egon drehte seinen Monitor zur Seite, sodass Tamara es auch sehen konnte.

Tamara stieß einen unterdrückten Schrei aus und hätte fast den Bürostuhl umgestoßen, als sie aufsprang und es voller

Aufregung aus ihr herauskam:

»Ja, das ist es, das Gebäude kenne ich! Oh mein Gott, da war ich schon mal – ich bin mir ganz sicher!«

»Du kannst dich wirklich daran erinnern?«

»Nein, nicht richtig erinnern, aber das Gebäude sagt mir was, es kommt mir so vertraut vor. Genau das habe ich in meinem letzten Traum gesehen. Es war schemenhaft, doch nun ist es völlig klar. Wir müssen sofort dahin!«

»Langsam, langsam. So schnell schießen die Preußen nicht. Wir können schlecht sofort dort hingehen und fragen, ob sie dich kennen. Dann hätten wir unser ganzes Pulver bereits verschossen und wären verbrannt für eine tiefer gehende Recherche vor Ort. Wir durchforsten nun erst einmal ganz genau deren Webauftritt. Wir müssen die Firma in allen Facetten kennenlernen und uns eine Story zurechtlegen, warum wir dort hinkommen und Fragen stellen. Ansonsten haben wir keine Chance. Also lass uns an die Arbeit gehen.«

Gemeinsam klickten sie sich durch die gesamte Internetpräsenz von *TrimpaPharm*. Die Firma war scheinbar ein reines Forschungsinstitut, das im Auftrag diverser privater und öffentlicher Auftraggeber Forschung im Medizinbereich betrieb. Der Webauftritt war jedoch mehr verwirrend als wirklich informativ. Egon beschlich sofort das mulmige Gefühl, dass hier eher etwas verschleiert werden sollte, als Dinge preiszugeben. Und das in einem Maße, das deutlich über die normale Geheimhaltungspolitik aus Haftungs- und Wettbewerbsgründen hinausging.

Eine weitere Internetrecherche über *TrimpaPharm* brachte bis auf den Handelsregisterauszug, Vermögens- und Finanzlage der Gesellschaft, die durchaus herzeigbar war, nicht wirklich viel Verwertbares zutage. Von der Eigentümerstruktur her gehörte die Firma jeweils zur Hälfte einem gewissen Prof. Dr. Sven Knöth und einem Dr. Thomas Sauerborn. Über die beiden Anteilseigner war im Web nichts weiter herauszufinden, außer dass der Wohnsitz von Sven Knöth im noblen Bad Homburg war, während Thomas Sauerborn am Firmensitz in der

Eschborner Landstraße 189 gemeldet war. Alleiniger Geschäftsführer war inzwischen nur noch Sven Knöth. Der Miteigentümer, Thomas Sauerborn, war erst vor Kurzem als Geschäftsführer im Handelsregister gelöscht worden.

Nach ihrer Recherche seufzte Egon ein wenig auf:

»Das war nicht wirklich üppig, was wir herausfinden konnten. Das heißt, wir können leider nur mit einer sehr allgemeinen Geschichte an die Sache herangehen. Wir geben vor, eine Artikelserie über beliebig ausgewählte Frankfurter Unternehmen und deren Verwurzelung mit dem Standort Frankfurt zu schreiben. Mal sehen wie weit wir mit dieser Story kommen. Okay, lass uns nun aufbrechen!«

Egon erhob sich von seinem bequemen Bürostuhl und griff zu seiner Jacke und seinem Autoschlüssel. Er wusste, dass man Eisen schmieden musste, solange sie heiß waren, also wollte er keine weitere Zeit verlieren.

Auf der Fahrt zur Eschborner Landstraße herrschte betretenes Schweigen zwischen ihnen. Beide waren zu sehr gespannt, was sie dort erwarten würde, ob Tamara sich an irgendetwas erinnern würde, oder gar jemand anderes an sie. Als sie von der Straße Am Seedamm in die Eschborner Landstraße abbogen, erzitterte Tamaras Körper.

»Halt hier an! Bitte halte an!«

Egon sah sie erschrocken an.

»Was ist los?«

»Ich habe ein beklemmendes Gefühl. Ich kenne diese Gegend. Parke das Auto bitte hier. Wenn es dir nichts ausmacht, möchte ich gerne zu Fuß weitergehen!«

Sie waren noch ein paar Häuserblöcke von der Nummer 189 entfernt, als Egon rechts ranfuhr und den Motor ausschaltete. Er sah in Tamaras bleiches Gesicht und fragte besorgt:

»Bist du sicher, dass du jetzt dort hingehen willst. Ist es nicht vielleicht besser, doch mit dem Auto langsam zu fahren, um so zu sehen, ob deine Erinnerungen zurückkommen?«

»Nein, ich möchte die Straße spüren, die Gerüche, die Geräusche. Ich schaff das schon. Und ich bin absolut sicher, diese Gegend hier hat etwas mit meiner Vergangenheit zu tun, ich muss schon einmal hier gewesen sein.«

Egon beobachtete Tamara, wie sie aus dem Wagen stieg, sich an ihm festhielt und ganz tief durchatmete. Dann wandte sie ihren Kopf und blickte sich um. Ihre Augen verharrten immer wieder bei einzelnen Gebäuden, Einfahrten, Fenstern, Blumenarrangements. Es war ein reines Gewerbegebiet. Nicht sehr einladend, doch hatte es irgendetwas mit ihr zu tun.

Langsam gingen sie weiter in die Richtung, in der Hausnummer 189 sein musste. Alles kam ihr irgendwie vertraut vor, ohne dass sie sich konkret an einzelne Details erinnern konnte. Ihr Körper, ihr erhöhter Pulsschlag und alle ihre Sinne sprachen dieselbe Sprache:

Ich bin hier schon mal gewesen und das bestimmt nicht nur einmal!

43.

Robin gewöhnte sich langsam an seine neue Unterkunft. Zumindest war es das, was er versuchte, sich einzureden. Doch die Realität sah anders aus.

Nein, eigentlich gewöhne ich mich gar nicht daran. An so etwas kann man sich doch nicht gewöhnen. Das Obdachlosenwohnheim ist ein notwendiges Übel, mehr aber auch nicht.

Er versuchte, sich so wenig wie möglich dort aufzuhalten, und benutzte es nur als reine Schlafstätte. Und doch war er dankbar, dass er diese Schlafstätte hatte und sogar ein wenig Taschengeld bekam, um sich mit dem Nötigsten zu versorgen.

Tagsüber schlenderte er durch die Gegend, damit er überhaupt etwas machte. Sein Geist sagte ihm, dass er sich aufraffen müsse, das Leben nun selbst in die Hand zu nehmen, doch hatte er nicht die Kraft dazu. Irgendetwas hielt ihn zurück, machte ihn ohnmächtig und ließ ihn immer wieder in tiefe Trauer und Verzweiflung versinken.

Seit ein paar Tagen hatte sich jedoch etwas verändert. Er war durch Alt-Sachsenhausen spaziert, als er zum ersten Mal etwas Neues gespürt hatte. Es war, als ob sich der Zustand seines Körpers verändern würde. Seine angespannte, depressive Verkrampfung wurde irgendwie, ja, so wie von außen angestupst. Anfänglich waren es nur kurze Momente, ganz unterschwellig und kaum wahrnehmbar, sodass er dachte, sich getäuscht zu haben. Und doch waren sie da, diese Augenblicke! Dann wurden sie immer häufiger und intensiver. Es war, als ob ihm jemand sagte: »Robin, du bist in dieser Straße schon mal gewesen«, oder »Robin, du kennst dieses Haus!« Das waren die Augenblicke, in denen er intensiv nachdachte und zur Gewissheit kam:

Nein, ich war definitiv noch nicht hier, seitdem ich mein Gedächtnis verloren habe. Das muss früher gewesen sein!

Das erste Mal, als er zu dieser Gewissheit kam, beschleunigte er vor lauter Aufregung seine Schritte, drehte seinen Kopf schnell hin und her und versuchte, jeden Winkel der Umgebung in der Hoffnung zu erfassen, dass irgendetwas, wieder eine solche Reaktion in ihm hervorrufen würde.

Seitdem seine kurz aufflackernden Erinnerungen eingesetzt hatten, spazierte er noch viel mehr durch das Frankfurt, das er anscheinend wiederentdeckte. Seine Füße schmerzten von den vielen täglichen Kilometern, doch seit diesem ersten Augenblick, an dem er sich an dieses Haus in Alt-Sachsenhausen zu erinnern glaubte, war er ruhelos.

Vielleicht hatte er endlich ein Tor zu seiner Vergangenheit gefunden. Er blickte wohl immer noch lediglich mit einem sehr getrübten Auge durchs Schlüsselloch, doch seine Spaziergänge machten diesen Blick jedes Mal ein wenig klarer, wie wenn sich der Bodennebel im Herbst durch die aufgehende Sonne allmählich verflüchtigte.

Robin war inzwischen überzeugt, dass die Zeit, in der er nur durchs Schlüsselloch spähen konnte, irgendwann vorbei sein würde, denn er machte täglich Fortschritte. Die Bilder in seinem Kopf wurden immer ein bisschen klarer. Ihm musste es einfach gelingen, das Tor einen Spalt zu öffnen und es dann immer weiter aufzustoßen.

Drei Tage nach seinen ersten noch verschleierten Erinnerungsbildern in seinem Kopf, stand er gerade auf dem Eisernen Steg über dem Main und sah sich die Skyline von Frankfurt an, als eine Stimme hinter ihm ertönte:

»Thomas! Bist du das?«

Er blickte sich erstaunt um, denn die Stimme war so nah, dass nur er damit gemeint sein konnte. Er sah direkt in das Gesicht eines groß gewachsenen Mannes, Anfang vierzig, glatt rasiert, jugendhafte Gelfrisur und einem Tattoo am Hals, das über den Hemdkragen hinausragte. Braune Augen blickten ihn verwundert und erwartungsvoll an.

In diesem Augenblick liefen Robin die Bilder seiner Entführung rasend schnell durchs Hirn. Panik erfasste ihn, er drehte sich um, ging weiter und beschleunigte immer mehr seinen Schritt.

»Jetzt warte doch mal, Thomas! Was ist denn los? Wo hast du nur die ganze Zeit gesteckt?«

Robin konnte regelrecht seinen Herzschlag hören. Ein beklemmendes Gefühl in seiner Brust und die Angst vor einer neuerlichen Entführung ließen ihn immer schneller gehen. Er blickte sich noch einmal um und sah, dass auch der Mann hinter ihm seinen Schritt beschleunigt hatte. Nun erfasste ihn vollends die Panik und er rannte. Rannte um sein Leben! Er musste weg von der zu diesem Zeitpunkt menschenleeren Brücke! Hier war er ein leichtes Opfer. Er musste schnell den Römer erreichen, dort waren bestimmt mehr Menschen und sein Verfolger konnte ihm auf dem belebten Platz nichts antun.

»Thomaaaas! Was soll das? Ich hab dich doch erkannt! Warum läufst du vor mir weg?«

So schnell Robin nur irgend konnte, rannte er von der Brücke die Treppe hinunter, überquerte die Straße trotz roter Ampel und hupender Autos und hetzte nach gut dreihundert Metern auf den Römerplatz. Erst hier traute er sich, seinen Blick nach hinten zu richten, doch er erspähte seinen Verfolger nicht. Leicht nach vorne gebeugt stützte er sich mit den Händen auf seinen Oberschenkeln ab, versuchte, langsam wieder zu Atem zu kommen und seine Gedanken zu sammeln.

Dieser groß gewachsene Mann hat mich wie vor Kurzem mein Entführer auch Thomas genannt. Seltsam!

Ist das etwa mein richtiger Name? Oder verwenden nur meine Entführer diesen Namen, um mich zu verwirren? Was ist, wenn diese Männer gar nichts miteinander zu tun haben? Vielleicht war das diesmal wirklich ein Bekannter aus meinem früheren Leben? Doch zurückgehen und versuchen das herauszufinden? Nein!

Er würde sich nicht noch einmal entführen lassen, das konnte er nicht riskieren!

Besser ich gehe jetzt schnell nach Hause!

In seiner Notunterkunft angekommen, fühlte Robin sich sicherer. Nun ließ es sein Gehirn erstmals zu, dass er versuchte, sich das Gesicht des Mannes wieder vors geistige Auge zu holen. Er grübelte lange nach, konnte sich aber nicht erinnern, es jemals zuvor gesehen zu haben.

Also doch ein Bekannter aus der Zeit vor meinem Gedächtnisverlust oder einer der Entführer. Eine andere Möglichkeit gibt es nicht.

Ein Gedanke, der ihn nicht gerade beruhigte.

44.

Barry Ryan, der Vorstandsvorsitzende des Pharmariesen *Struggles* war sichtlich gut gelaunt, als er an seiner Sekretärin vorbei in sein Büro stürmte.

»Ich will nicht gestört werden, von niemandem! Nicht von der UN, dem FBI, und schon gar nicht von meiner Frau! Haben Sie mich verstanden? Von keinem!«

Er wartete nicht einmal die zustimmende Antwort seiner Sekretärin ab. Er schloss die schwere innen mit Leder beschlagene Tür und setzte sich an seinen überdimensionalen Schreibtisch. Dann nahm er alles aus seiner Tasche und breitete es mit einer fast übertriebenen Akribie vor sich auf der Glasplatte aus.

Agronationylfloxacyl!

Dieses Mittel wird die Welt verändern, wird Millionen und Abermillionen Menschen auf dieser Welt wieder ein normales Leben ermöglichen.

Mein Gott, wenn ich bedenke, dass derzeit rund 35 Millionen tagtäglich mit dieser Seuche leben müssen – unvorstellbar. Und hier habe ich das Mittel vor mir, das sie alle auf einen Schlag für immer heilen könnte!

Die Sterberate würde weltweit drastisch sinken, denn derzeit sterben rund 1,7 Millionen Menschen pro Jahr an den Folgen von HIV, jedes Jahr immer und immer wieder. Dazu kommen noch die 2,5 Millionen, die sich jedes Jahr neu infizieren und die man mit einer einzigen Injektion gleich wieder aus der Statistik streichen könnte!

Unglaubliche Zahlen und ich habe dieses wunderbare Mittel hier in der Hand!

Ein Gefühl der Macht durchflutete seinen Geist und seinen Körper. Barry Ryan hatte sich noch nie so großartig gefühlt. Er war jetzt einer der wichtigsten Männer der Welt, dies wurde ihm erstmals in diesem Augenblick so richtig bewusst! Nur er hatte es in der Hand. Und das ganz exklusiv! Fast zärtlich streichelte er die Probepackungen des Wundermittels. Inständig betrachtete er die Produktblätter, die Geheimformel und die Dokumentations-CDs über die Ergebnisse der Testphase. All das lag vor ihm auf seinem Schreibtisch.

Barry Ryan stand auf und wanderte voller Endorphine im Blut in seinem imposanten Büro umher, stellte sich vor die großen Panoramafenster im 68. Stockwerk des *Struggles* Towers und ließ seinen Blick über die riesige Stadt unter ihm und den endlos erscheinenden Horizont schweifen.

Ja, mir gehört die Welt! Ich bin der Herr über Leben und Tod von Millionen!

45.

Tamara atmete tief durch, als sie vor dem riesigen Gebäude mit dem blauen Logo aus ihrem Notizbuch standen.

TrimpaPharm stand in großen ebenfalls blauen Buchstaben auf dem Flachdach des Gebäudes. Sie ging mit Egon auf dem kunstvoll mit Natursteinen gepflasterten, großzügig breiten Weg langsam in Richtung Eingang. Sie hatte butterweiche Knie und kam sich vor, als wenn sie auf Eiern ging. Am Eingang sah Tamara den Firmennamen noch einmal auf einem goldenen Schild an einer edlen schwarzen Granitsäule eingraviert. Sie wusste nun genau, das Ganze kannte sie von früher. Und noch ein Gefühl wurde immer klarer und stieg unaufhaltsam in ihr auf: Angst! Sie hatte eine Höllenangst! Dieser Ort verhieß nichts Gutes!

Unvermittelt blieb Tamara stehen. Voller Panik sah sie von außen in den Empfangsbereich des Gebäudes. Egon, der schon ein paar Schritte weiter gegangen war, bemerkte, dass sie zurückblieb, und sah sich erstaunt um. Er blickte in Tamaras kreidebleiches Gesicht und ging sofort zu ihr zurück.

»Was ist los mit dir? Du siehst aus wie der Tod. Ist dir übel?«

»Ich kann da nicht rein!«

Egon spürte sofort, dass es Tamara mit diesen Worten ernst war. Irgendetwas ging gerade in der attraktiven Frau vor, doch wollte er sie nicht drängen, und wartete ab, was sie als Nächstes machen würde.

Tamara stand wie angewurzelt und starrte mit weit aufgerissenen ängstlichen Augen auf die große Glastür. Ihre Gesichtsmuskeln zuckten unkontrolliert und erste Schweißperlen bildeten sich auf der Stirn.

»Ich muss weg hier! Bitte bringe mich weg, sofort!«

»Okay, nur ruhig. Kein Problem. Lass uns zum Auto zurückgehen.«

Egon wollte sich schon in Bewegung setzen, als er realisierte, dass Tamara sich nicht bewegte und weiterhin auf das Gebäude vor ihr starrte. Inzwischen zitterte sie am ganzen Körper und Angstschweiß rann ihr seitlich über die Wangen. Egon hielt es für das Beste, sie in den Arm zu nehmen und sie gemächlich zu drehen, um sie dann weg vom Gebäudeeingang wieder in Richtung Straße zu führen.

Tamara hing wie leblos in seinem Arm. Ihre Beine bewegten sich nur auf seinen Druck hin mechanisch weiter, ihr Blick starr geradeaus gerichtet, als würde sie immer noch auf den Eingang des Gebäudes starren. Doch sie gingen langsam auf die Straße zurück. Erst als sie das Gelände von TrimpaPharm verlassen hatten und schon einen Block weitergegangen waren, hielt Egon an und nahm nun auch Tamaras zweite Hand. Er sah in ihr Gesicht:

»Sieh mich an Tamara. Sieh mir in die Augen!«

Langsam löste sich Tamaras starrer Blick, der immer noch geradeaus gerichtet war. Mühsam richtete sie ihren Kopf zu Egons Gesicht auf. Schließlich schaffte sie es, ihm in die Augen zu sehen.

»Was ist los mit dir, Tamara? Was ist gerade in dir abgelaufen?«

Tamaras Blick klärte sich nur allmählich wieder auf, als würde sie langsam vom Jenseits ins Diesseits zurückgelangen.

»Ich weiß es nicht, Egon. Ich hatte Todesangst. Richtige Todesangst! An diesem Ort muss früher irgendetwas mit mir passiert sein. Ich hatte eine solche Panik gespürt, dass ich unfähig war, mich zu bewegen. Ich wollte weglaufen, doch war ich wie paralysiert! Danke, dass du mich da weggebracht hast!«

»Lass uns zurück zum Auto gehen, dann sehen wir weiter.«

In betroffenem Schweigen gingen sie nebeneinander den restlichen Weg zum Auto zurück und setzten sich in Egons Wagen. Nach einer Weile konnte Egon die eigenartige Stimmung nicht mehr aushalten und fragte vorsichtig:

»Geht es dir wieder besser? Bist du ein wenig zur Ruhe gekommen?«

»Ja, danke. Mein Herz rast zwar noch ziemlich, aber ich bekomme meine klaren Gedanken langsam zurück. Wir müssen herausfinden, was es mit dieser Firma auf sich hat und was dort mit mir geschehen ist! So wie mein Körper reagiert hat, ist wohl klar, dass mir dort in der Vergangenheit Übles widerfahren sein muss.«

»Unbedingt. Aber ich denke, es ist besser, wenn ich das allein versuche. Du stehst das nicht durch, warum auch immer. Und das ist es ja gerade, was wir herausfinden müssen. Ich werde jetzt wieder reingehen und versuchen, diesen Geschäftsführer Prof. Dr. Sven Knöth zu sprechen beziehungsweise zumindest einen Gesprächstermin mit ihm zu vereinbaren. Du wartest am besten hier im Auto und beruhigst dich etwas.«

Tamara nickte nur still zustimmend. Zu tief saß ihr Schock über das eben Erlebte. Egon würde schon wissen, was er zu tun hatte. Sie brauchte noch weitere Zeit, um herunterzukommen. Reingehen konnte sie dort auf keinen Fall!

Nachdem Egon Urschitz sich vergewissert hatte, dass Tamara inzwischen in einem Zustand war, in dem er sie guten Gewissens ein paar Minuten allein lassen konnte, stieg er aus dem Wagen aus und machte sich schnellen Schrittes auf den Weg zurück zur Pharmafirma. Obwohl die Glastür sich automatisch öffnete, traf er am Empfang niemanden an. Er sah sich Hilfe suchend um, doch konnte er niemanden erspähen. Ein Ständer mit Informationsmaterial erregte seine Aufmerksamkeit, doch fand er dort lediglich nichtssagende Informationsblätter vor, deren Inhalt er mehr oder weniger schon aus dem Internet kannte.

46.

Zwei Tage nach der unliebsamen Begegnung mit dem unbekannten Mann auf der Mainbrücke spazierte Robin in der Hoffnung umher, wieder etwas Vertrautes zu erspähen. Seine Gedanken kreisten von seiner Entführung über Hausecken, die ihm bekannt vorgekommen waren, bis hin zu Tamara. Es gelang ihm aber nicht, irgendeinen Zusammenhang zu erkennen.

Ich muss mich bei Tamara melden. Vielleicht ist sie ja inzwischen weiter in ihre Vergangenheit vorgedrungen – wer weiß!

Robin passierte die Rückseite einer Imbissbude in der Nähe des S-Bahnhofes in Rödelheim, als er ein paar Gesprächsfetzen vernahm. Scheinbar war der Mann, dessen Stimme er hörte, ziemlich aufgebracht:

»… so was mach ich nicht! Bitte verlange das nicht von mir!«

Was ihn jedoch bis zum Mark in die Knochen fuhr, war der Tonfall der Stimme des anderen Gesprächspartners:

»Mach dich geschmeidig, Alder! Seit …«

Robin erschauderte bei diesen Worten, die zwar ganz offensichtlich nicht an ihn gerichtet waren, die er jedoch zuvor schon gehört hatte, und zwar aus demselben Mund, das war ihm sofort klar. Regungslos verharrte er hinter dem Imbiss und versuchte weiter, dem Gespräch zu lauschen.

»… wann diskutiere ich Dinge mit dir? Du machst das und damit basta! Haben wir uns verstanden?«

Die Antwort des zweiten Mannes wollte Robin nicht mehr abwarten. Er musste sehen, wer diese Worte gesprochen hatte. Jemand aus seiner Vergangenheit stand ohne Zweifel auf der anderen Seite des Imbisswagens, und bevor er nicht herausfand, was dieser Mann mit ihm zu tun hatte, musste er vorsichtig sein. Er entfernte sich ein wenig von dem Imbisswagen und wechselte dann die Straßenseite.

Er musste aus sicherer Entfernung die Szene beobachten, um nicht selbst aufzufallen. Robin versteckte sich hinter einem großen SUV und sah die beiden Männer sich vor dem Imbisswagen an einem runden Stehtisch unterhalten. Er verstand sofort, wem die eindringliche Stimme gehörte, die ihn vor ein paar Minuten so erschrocken hatte. Der Mann sah aus wie der Tod persönlich. In einem langen schwarzen Ledermantel gekleidet, sah sein bleiches, mit unzähligen Narben übersätes Gesicht angsterregend und faszinierend zugleich aus.

Den Mann kenne ich! Doch woher nur?, schoss es ihm durch den Kopf. Er musste diesen Mann beobachten, solange es irgendwie ging und wenn er ihn verlieren würde, würde er versuchen, Erkundigungen einzuziehen.

Endlich tut sich eine Spur zu meiner Vergangenheit auf!

Diese Erkenntnis freute und ängstigte Robin zugleich. Doch es war für ihn klar, dass er diesen Weg weitergehen musste, auch wenn der Mann dort drüben am Imbiss nichts Gutes verhieß.

Robin war zu weit von den beiden Männern entfernt, als dass er das Gespräch hätte weiter verfolgen können, was ihn jedoch nicht wirklich störte. Er interessierte sich ohnehin nur für *Leiche*, wie er den Mann aus der Vergangenheit spontan titulierte. Er sah, wie die beiden Männer ihre Biergläser austranken und scheinbar ohne weiteren Gruß in verschiedene Richtungen davongingen.

Robin ließ *Leiche* erst weiter vorausgehen, damit er einen größeren Sicherheitsabstand bekam. Dann nahm er die Verfolgung des geheimnisvollen Mannes auf. Dabei nutzte er die parkenden Autos entlang der Straße, um genügend Deckung zu erhalten, falls dieser sich umdrehen sollte. Doch *Leiche* drehte sich nicht um. Mit einem sicheren, geradezu übermächtiges Selbstbewusstsein ausstrahlenden Schritt ging er zügig weiter. Ein Umstand der Robin sehr zugutekam. Trotz seiner spontanen Entscheidung, *Leiche* zu folgen, fühlte er eine große Gefahr von diesem Mann ausgehen, sodass er sich keineswegs sicher war, gerade das Richtige zu tun.

Ich darf die Spur des Mannes nicht verlieren. Das ist meine Chance, versuchte er, sich zu motivieren, doch die Angst saß ihm regelrecht im Nacken.

Robin folgte *Leiche* in die Eschborner Landstraße und nach einiger Zeit sah er ihn von der Straße auf ein Grundstück verschwinden. Aus sicherer Entfernung konnte Robin nicht sehen, um was für ein Objekt es sich handelte, doch merkte er sich die auf der Gegenseite parkenden Autos, damit er später den Grundstückseingang finden würde. Erschöpft lehnte er sich an ein Verkehrsschild und beobachtete eine Weile die Stelle, an der *Leiche* verschwunden war.

Nachdem Robin für zehn Minuten keine Bewegung zum oder von dem Objekt weg registrierte, machte er sich weiter auf den Weg. Beim Näherkommen merkte er schnell, dass es sich um ein sehr großes Anwesen handelte. Ein riesiges Grundstück mit einem imposanten, sehr repräsentativ wirkenden Verwaltungsgebäude. Erst sah er von Weitem nur das blaue Firmenlogo, dann konnte er allmählich auch den Firmennamen lesen:

TrimpaPharm

47.

Gesättigt und mit zwei Bier intus, ging Pocke zurück zur Firma. Dies würde wohl das letzte Mal sein, dass er diesen Weg ging. Nachdem sein Bruder diverse Lieferanten und Dienstleister nicht mehr bezahlt und auch die Firmenkonten bis auf den letzten Cent leer geräumt hatte, war einer der vielen Gläubiger zum Amtsgericht gegangen und hatte einen Insolvenzantrag für *TrimpaPharm* gestellt. Der Beschluss über die Eröffnung des Insolvenzverfahrens war letzte Woche in der Post gewesen. Eine Nachricht, die sich wie ein Lauffeuer bei den wenigen verbliebenen Mitarbeitern verbreitet hatte.

Da sie im letzten Monat ohnehin kein Gehalt mehr überwiesen bekommen hatten, waren die Angestellten nach der Nachricht über das Insolvenzverfahren schon am nächsten Tag nicht mehr zur Arbeit erschienen. Ein Umstand, der Pocke nur recht war, denn so konnte ihn niemand in der Firma bei seiner Arbeit stören, die letzten Reste an Unterlagen zu vernichten. Sämtliche Aufzeichnungen, die irgendetwas mit dem Projekt *Agronationylfloxacyl* zu tun hatten, waren nun unwiderruflich vernichtet. Es blieb ihm nichts mehr zu tun bei *TrimpaPharm*, dem einstigen Baby seines Bruders.

Der Insolvenzverwalter würde wohl die nächsten Tage erscheinen, doch würde er vor verschlossenen Türen stehen. *TrimpaPharm* gab es nicht mehr und niemand würde einen Hinweis auf irgendein Projekt im Bereich HIV-Medikamente finden. Von den Angestellten wusste ohnehin niemand darüber Bescheid, was für ein bahnbrechender Durchbruch in der Forschung hier gelungen war.

Fast ein wenig wehmütig ging Pocke die letzten Schritte auf das Verwaltungsgebäude zu. Als die automatische Eingangstür sich öffnete, bekam er einen Schrecken: *Ich Idiot habe vergessen, die*

Tür auszuschalten! Verdammt, wie konnte das passieren!

Weiter kam er in seinen Gedanken nicht, denn drinnen wartete ein Mann und blickte Hilfe suchend um sich. Pocke sprach ihn sofort an:

»Was machen Sie hier? Wir haben geschlossen!«

»Wie? Sie haben geschlossen? Das ist doch ein ganz normales Unternehmen und heute ist ein Werktag wie jeder andere … Aber verzeihen Sie und gestatten Sie, dass ich mich erst einmal vorstelle: Mein Name ist Egon Urschitz, ich bin Journalist bei der Frankfurter Rundschau. Mit wem habe ich die Ehre?«

»Das tut nichts zur Sache. Verlassen Sie bitte sofort das Gebäude. Ich habe Ihnen doch schon gesagt, dass wir heute geschlossen haben.«

»Warum sind Sie so unfreundlich? Ich arbeite an einer Serie über erfolgreiche Frankfurter Unternehmen und würde dazu gerne den Geschäftsführer Herrn Prof. Dr. Sven Knöth sprechen. Wir können gerne einen anderen Termin vereinbaren, wenn es jetzt gerade nicht passen sollte.«

»Hören Sie, das erfolgreiche Frankfurter Unternehmen, wie Sie es ausdrücken, gibt es nicht mehr. Wir haben geschlossen, und zwar für immer. Einen Geschäftsführer gibt es auch nicht mehr. Sie können sich ja gerne an den Insolvenzverwalter wenden, wenn Ihnen danach ist. Und nun gehen Sie bitte, ich habe noch zu tun.«

Zuerst wollte Egon noch etwas entgegnen, und versuchen mehr herauszufinden, doch sein Gegenüber machte ihm Angst. Er fühlte sich beklemmt in der Gegenwart dieses Mannes, der ihm eher wie ein Geist, als wie ein lebendiges Wesen erschien. Verwundert über seine eigene Feigheit, verließ Egon das Forschungsunternehmen. Es war normalerweise nicht seine Art, so schnell aufzugeben, doch dieser Blick, dem er eben ausgesetzt war, hatte ihn schlichtweg überfordert. Er würde sich eine andere Strategie einfallen lassen müssen, wenn er hier weiterkommen wollte.

Beunruhigt und verärgert über seine eigene Reaktion, ging Egon die Eschborner Landstraße entlang zurück zu seinem Auto.

Dabei fiel ihm ein Mann auf, der auf der gegenüberliegenden Straßenseite versteckt hinter einem Auto an einer Straßenlaterne lehnte und scheinbar das Gelände von *TrimpaPharm* beobachtete. Egon erkannte ihn sofort: Robin Fremder!

Ihre Blicke trafen sich und Egon bemerkte, dass Robin sich ertappt fühlte. Flugs senkte er den Blick und setzte seinen Weg zum Auto fort. Robin sollte sich unbeobachtet fühlen. Zum Glück war sein Auto so weit von der Stelle entfernt, an der Robin an der Laterne lehnte, dass dieser ihn aus dem Sichtfeld verlieren würde, wenn er ins Auto einstieg.

Seltsam, was macht Robin Fremder hier? Scheinbar beobachtet er TrimpaPharm oder hat er diesen merkwürdigen Mann beobachtet, der mich so nett hinauskomplementiert hat? Gut, dass Robin mich nie persönlich getroffen hat und somit nicht weiß, wer ich bin!

Nachdem Egon rund 300 Meter weitergegangen war, und er nicht mehr das Gefühl hatte, dass ihn jemand beobachtete, blickte er sich im Gehen kurz um und sah beruhigt, dass Robin immer noch an der Laterne angelehnt stand und in Richtung *TrimpaPharm* blickte. Nach weiteren zwei Minuten hatte Egon wieder sein Auto erreicht und stieg zur schon gespannt wartenden Tamara ein.

»Puh, das ist spannend!«

»Warum, was ist passiert?«

»Ich habe gerade Robin Fremder getroffen!«

»Waaaas?« Tamara blickte ihn ungläubig an, »Wo hast du ihn getroffen? In der Firma?«

»Nein, auf der Straße, aber lass mich dir alles chronologisch erzählen.«

Nachdem Egon ihr alles berichtet hatte, sahen sie sich ein wenig ratlos an.

»Welche Rolle spielt dieser Robin nur? Bin ich froh, dass ich mich entgegen meinem ersten Impuls nach der Entlassung nicht an ihn, sondern an dich gewandt habe! Wer weiß, was der zu verbergen hat.«

»Nur langsam mit übereilten Schlüssen. Wir wissen nichts, gar nichts, nur dass scheinbar alle Spuren zu diesem Unternehmen

TrimpaPharm führen. Wir müssen an der Sache dranbleiben. Dadurch, dass ich mich Robin nicht zu erkennen gegeben habe, kann ich ihn in Ruhe beobachten und werde so hoffentlich schnell herausfinden, ob er uns alle hinters Licht führt oder nicht. Noch mal zu Fuß an ihm vorbeizugehen, ist zu auffällig, also werden wir fahren. Aber du musst dich ducken und ganz klein machen, damit er dich nicht sehen kann, falls er auf unser vorbeifahrendes Auto blickt.«

Nachdem Tamara den Beifahrersitz des 5er-BMWs ganz nach hinten geschoben und sich so klein wie irgend möglich zusammengefaltet hatte, ließ Egon den Motor an und fuhr langsam in Richtung *TrimpaPharm.* Schon nach wenigen Metern sah er, dass Robin nicht mehr an der Laterne stand.

»Verdammt, er ist weg!«

»Ja?«, dabei hob Tamara den Kopf ein wenig, um Egon anzusehen.

»Bleib unten! Bis wir nicht wissen, wohin er verschwunden ist, musst du in Deckung bleiben. Ich fahre langsam weiter bis ganz ans Ende der Eschborner Landstraße und dann sehen wir weiter. Vielleicht spaziert Robin ja hier irgendwo herum.«

Egon fuhr bis zum Ende der Straße weiter und versuchte, Robin irgendwo zu erspähen. Doch es half alles nichts. Robin Fremder war verschwunden.

»Nein, er ist weg, du kannst wieder hochkommen und dich normal hinsetzen. Wenn ich's mir genau überlege, dann kann Robin doch nur zu *TrimpaPharm* gegangen sein. Zumindest ist das das einzig Naheliegende.«

»Was machen wir jetzt? Sollen wir noch mal reingehen und ihn dort konfrontieren?«

»Nein, das könnte alles kaputt machen, außerdem traue ich dir das nervlich nicht zu. Vorhin konntest du ja nicht mal die Firma betreten!

Nein, es ist besser, wenn wir abwarten. Wir parken das Auto so, dass wir *TrimpaPharm* möglichst unauffällig beobachten können und sehen, wann Robin mit wem die Firma verlässt, dann heften wir uns an seine Fersen.«

48.

Robin Fremder war unschlüssig, was er machen sollte. Nachdem der leichenhafte Mann auf dem Gelände dieser Firma verschwunden war, suchte Robin sich einen Platz, von dem er deren Eingang gut einsehen konnte. Er versuchte, so unauffällig wie möglich auszusehen, doch wie macht man das wirklich? Gerade wenn man versucht, nicht aufzufallen, benimmt man sich so, wie man sich normalerweise nicht benimmt, und fällt auf, das war ihm durchaus bewusst.

Robin tat so, als sei er erschöpft und lehnte sich an ein Verkehrsschild. Zum Glück war ein großer Van vor dem Schild geparkt, durch dessen Scheiben er den Eingang der Firma mit dem blauen Logo beobachten konnte.

Hoffentlich sieht mich keiner, doch das muss ich riskieren!

Nachdem sich Robins Aufregung ein wenig gelegt hatte und er sich zwangsläufig mit seiner Beobachterrolle langsam arrangiert hatte, fühlte er mehr und mehr, dass dieser Ort etwas mit ihm zu tun haben musste. Es kam ihm alles sehr vertraut vor, ohne dass ihm jedoch konkrete Erinnerungen an seine Vergangenheit hochkamen. Doch er hatte so ein Gefühl, das nach und nach immer stärker wurde:

Hier war ich schon mal!

Robin scannte mit seinem Blick das Firmengelände bis in jedes Detail, doch es half alles nichts. Es gab nichts, woran er sich erinnerte, nur dieses Gefühl des Vertrauten blieb. Je länger er *TrimpaPharm* beobachtete, desto mehr zog dieses Gebäude ihn an. Doch seine innere Stimme warnte ihn davor, voreilig dort vorzusprechen und seine Situation zu schildern.

Wer weiß, am Ende hat diese Firma gar was mit meiner Misere zu tun. Aber andererseits ... Warum gehe ich nicht einfach unter irgendeinem Vorwand hinein?

Aber was soll ich nur sagen? Robin, konzentrier dich! Denk dir eine glaubhafte Story aus, warum du dort hineingehst. Stelle ein paar Fragen, vielleicht hilft es dir ja, dich zu erinnern, wenn du mal drin bist!

Robin war so in Gedanken vertieft, dass er fast den Mann übersah, der das Gebäude verließ und anschließend die Straße hinab lief. Der Mann sah ihn beim Passieren an. Nur kurz trafen sich ihre Blicke. Robin senkte schnell seinen Blick und gab sich wieder seinen Gedanken hin.

Sieht so aus, als wenn sie Publikumsverkehr hätten, also kann ich auch reingehen. Was soll's, ich frage einfach, ob sie Aushilfsjobs zu vergeben haben.

Ja, das mache ich! Etwas Besseres fällt mir nicht ein und ich werde noch verrückt, wenn ich jetzt nicht hineingehe!

Ein kurzer Zweifel kam ihm noch, doch den schob er schnell wieder beiseite und ging die wenigen Schritte bis zum Firmengelände. Durch die automatische Glastür sah er den Mann, der wie eine Leiche aussah, aus einer Tür im Inneren des Gebäudes kommen. Robin blieb stehen und starrte auf den Mann, der gerade zum Tresen an der Rezeption ging. Erst bemerkte ihn der Mann nicht, doch dann sah er in Richtung Eingangstür und erspähte Robin. Ein Grinsen machte sich auf *Leiches* Gesicht breit, er blickte Robin direkt an und winkte ihm zu hereinzukommen. Dann betätigte er einen Schalter an der Wand hinter dem Tresen und die automatische Glastür öffnete sich.

Robin war unentschlossen, ob er wirklich eintreten sollte. Einerseits hatte er ja genau das machen wollen, doch der Anblick von *Leiche* machte ihm Angst, insbesondere dieses fiese Grinsen. *Leiche* ließ ihm jedoch nicht viel Zeit, sich zu entscheiden. Er kam ihm entgegen und rief:

»Thomas, komm rein. Schön, dass du endlich wieder mal auftauchst. Wir haben dich schon vermisst!«

Renn, Robin, renn weg! Seine innere Stimme befahl ihm, das Weite zu suchen, doch er konnte sich nicht bewegen. Schon war *Leiche* bei ihm angekommen und bot ihm die Hand an.

»Schön dich zu sehen, mein Freund«, dabei ergriff er Robins Hand, die dieser ihm verwirrt langsam entgegenstreckte.

»Thomas, erzähl mal, wo hast du dich so lange rumgetrieben? Ach, was ist das nur für eine Begrüßung, komm erst mal rein, ich lass uns einen Kaffee machen und du kannst mir alles erzählen!«

Robin wusste nicht, wie ihm geschah. Wie in Trance folgte er dem geheimnisvollen Mann ins Innere des Gebäudes. Als er hörte, wie sich die automatische Glastür hinter ihm wieder schloss, verstärkte sich sein Gefühl der Angst. Sie gingen in ein kleines aber sehr stilvolles Besprechungszimmer. *Leiche* zeigte nur wortlos, er möchte doch Platz nehmen, und setzte sich gegenüber auf einen modernen mit schwarzem Leder bezogenen Sessel.

Robin versuchte, sich zu fassen, und sah nun *Leiche* zum ersten Mal intensiver an. Dass dieser aus unmittelbarer Nähe noch beängstigender aussah, als vorhin von seinem Beobachtungsposten aus, beunruhigte ihn noch mehr.

»Mach dich geschmeidig, Alder!«

Da ist es wieder. Ich bin sicher, diesen Satz, diese Stimme kenne ich von früher. Und scheinbar kennt er mich auch. Oder ist das alles nur ein Komplott?

»Wie geht es dir, Thomas?«

Nur mühsam brachte Robin ein »Gut« heraus. Dabei blickte ihn sein Gegenüber offenbar belustigt an.

»Was weißt du über dich, Thomas?«

Was geht hier vor? Dieser Typ weiß scheinbar mehr von mir als ich selbst, zumindest weiß er, dass ich mein Gedächtnis verloren habe. Wer ist dieser Mann?

»Hihi, Alder, du hast keinen blassen Schimmer, wer du bist, oder? Hast du überhaupt eine Ahnung, wo du hier bist? Wie kommst du hierher? Wie hast du uns nur wieder gefunden?«

»Ich …«, *nein, ich werde diesem Mann nicht sagen, dass ich ihm gefolgt bin.* »Ich weiß in der Tat nicht, wer ich wirklich bin. Ich habe mein Gedächtnis verloren. Vielleicht können Sie mir helfen.«

»Helfen? Na klar werde ich dir helfen, Thomas, das ist doch Ehrensache. Hihi.«

Robin sah diesen ständig fies grinsenden und immer wieder in sich hineinkichernden Mann mit steigendem Unbehagen an.

49.

Das Leben war nicht mehr nett zu Elsa Knöth. Sie, die Sekretärin, die einen so vermeintlich guten Fang gemacht hatte, haderte mit ihrem Schicksal. Alles hatte sich verändert, seitdem ihr Mann Sven verschwunden war. Sie hatte es lange nicht wahrhaben wollen, doch inzwischen war sie sich ganz sicher: Ihr Mann Sven hatte sie verlassen.

Ja, wenn ich in den Spiegel blicke, dann sehe ich es selbst. Ich bin keine dreißig mehr. Ein paar Fältchen hier, ein paar Krähenfüße da. Mein Gott, ich bin 48 und dafür sehe ich verdammt fantastisch aus!

Okay, Skalpell und Botox haben da ein wenig nachgeholfen, aber mir blicken immer noch Männer bewundernd hinterher. Was soll das also? Sven du Arsch, warum hast du mir das angetan?

Nicht, dass Elsa ihren Mann vermissen würde, nein, es war von ihrer Seite nie die große Liebe gewesen. Sie hatte ihn eingefangen, wie man halt als attraktive Frau eine gute Partie einfängt – mit purer Erotik.

Die gelernte Sekretärin hatte in der Verwaltung der Dr.-Horst-Schmidt-Kliniken in Wiesbaden gearbeitet und dem damaligen Oberarzt Dr. Sven Knöth schöne Augen gemacht. Wann immer sie konnte, hatte sie seine Nähe gesucht und sich geschickt in aufreizende Posen begeben und das beherrschte sie perfekt. Schon kurz nach der Pubertät war sie sich vollends bewusst geworden, was für eine Wirkung sie auf Männer hatte.

Elsa hatte es verstanden, jeden Mann um den Finger zu wickeln. Ihre unendlich lang erscheinenden Beine, ihr wohlgeformter runder Po, ihre Wespentaille und ihre damals natürlich harten Brüste, die sie nur allzu gerne wirksam in Szene setzte, ließen die Männer reihenweise dahinschmelzen und ihr die meisten Wünsche erfüllen. Zumindest war das damals so gewesen.

In der Schule hatte sie in der neunten Klasse ihren Mathelehrer verführt. Der arme Mann wusste gar nicht, wie ihm geschah, als sie ihm beim Nachsitzen seinen Verstand raubte. Von da an war es aus mit schlechten Noten in Mathematik.

Jahre später hatte sie am Klinikum auch den Oberarzt Sven mit Blicken aus ihren tiefblauen Augen, über denen verlängerte Wimpern aufreizend klapperten, so lange bezirzt, bis er endlich angebissen hatte. Ihre Hochzeit fand kurze Zeit später im engsten Familienkreis statt und standesgemäß hatte Elsa selbstverständlich sofort nach der Hochzeit ihren Job in der Verwaltung des Krankenhauses an den Nagel gehängt. Sven war dagegen gewesen, er wollte, dass sie weiterarbeitete, doch sie hatte sich durchgesetzt. Sie verstand es, stets zu bekommen, was sie wollte und sie wollte nur ihr Leben mit dem guten Verdienst ihres Mannes genießen. Sven Knöth hatte sie damals so um den Finger gewickelt, dass er ihr jeden Wunsch erfüllte.

Gut, mit den Jahren war das immer schwieriger geworden, denn er war ihr nicht mehr so hörig wie am Anfang ihrer Beziehung. Seitdem er damals in die Forschung gewechselt war und sich später mit einem Partner selbstständig gemacht hatte, verdiente er jedoch noch viel mehr Geld als früher. Elsa konnte somit ein absolut sorgenfreies Leben genießen und war auf jeder Cocktailparty der besseren Gesellschaft eingeladen.

Je älter sie wurde, desto mehr genoss sie das Leben und desto weniger Rücksicht nahm sie auf ihre Ehe. Die heiße Affäre mit ihrem knackigen Tennislehrer Fabrice dauerte nun schon drei Jahre, ohne dass ihr Ehemann etwas gemerkt hätte. Doch dass Sven sie eines Tages verlassen könnte, hätte sie niemals für möglich gehalten. Sie war sich sicher gewesen, ihre Einnahmequelle bis zum Tode zu behalten.

Wie kann man sich nur so täuschen! Wie konnte ich das übersehen? Die Zeichen waren ja schon lange da, doch habe ich sie stets verdrängt … Verdammt, wie konnte ich nur so dumm sein! Ich habe den Bogen überspannt, das ist klar. Aber mich auf diese Weise zu verlassen und einfach sang- und klanglos zu verschwinden, das geht entschieden zu weit!

Die Vermisstenmeldung hatte sie bei der Polizei erst zwei

Tage nach Svens Verschwinden aufgegeben. Eine Frau in den besten Jahren hatte ja schließlich ihre Bedürfnisse und sie hatte sich in letzter Zeit nur allzu gerne dem betörenden Liebesspiel mit ihrem Tennislehrer Fabrice hingegeben. Doch nach zwei Tagen hatte sie tatsächlich begonnen, sich Sorgen zu machen. Sie hatte gespürt, dass irgendetwas nicht stimmte, und war zur Polizei gegangen.

Die Polizei tappte seitdem völlig im Dunkeln. Prof. Dr. Sven Knöth war wie vom Erdboden verschwunden. Man fand seine Limousine in der Tiefgarage von TrimpaPharm, doch weder Mitarbeiter noch Freunde der Familie konnten nützliche Hinweise geben, die die Polizei weiterbrachten. Da es jedoch keinerlei Anzeichen für ein Verbrechen gab, beschränkten sich die Untersuchungen der Polizei auf das Übliche. Sven Knöth reihte sich somit in die lange Liste der Personen ein, die jedes Jahr in Deutschland als vermisst gemeldet wurden, aber nie wieder auftauchten.

50.

»Alder, guck dich mal richtig um. Wie fühlt sich das an, nach so langer Zeit wieder mal hier zu sein?«

Robin Fremder sah verwirrt in das tief vernarbte Gesicht seines unfreiwilligen Gesprächspartners.

»Ich verstehe nicht, war ich früher schon mal hier?«

»Hihi, und ob du das warst! Und nicht nur einmal, du hast hier sogar gelebt!«

»Gelebt? Sie meinen, ich habe hier auch gewohnt? In einem Gewerbegebiet?«

»Wenn du mich noch einmal *Sie* nennst, werde ich böse, Thomas! Bei all dem, was wir zusammen durchgemacht haben, siezt du mich, nee das geht ja mal gar nicht!«

Die Vorstellung, dass dieser Mann verärgert werden könnte, verunsicherte Robin gleich noch mehr. Er entschied sich dazu, ihn zu duzen und zu versuchen, mehr über sich selbst herauszufinden.

»Wer bin ich, dass ich hier gewohnt habe? Bitte hilf mir, es tut mir ja leid, dass ich mein Gedächtnis verloren habe. Wie heißt du?«

Als Robin sah, dass *Leiche* seine rechte Augenbraue leicht anhob, fügte er noch schnell hinzu: »Sorry, es ist nicht meine Schuld, aber ich kenne deinen Namen wirklich nicht mehr! Es ist alles ausgelöscht da oben.«

»Mach dich geschmeidig, Alder, das verstehe ich doch. Ist ja nicht deine Schuld! Ist schon ne dumme Sache so eine Amnesie! Aber ja klar, ich will dir doch helfen! Also: Alle nennen mich einfach nur Pocke, hihi, wegen meines entstellten Gesichts. So haben früher wohl Pockennarbige ausgesehen, als es diese Krankheit noch gab. Obwohl, eigentlich sehen meine Narben schon anders aus, aber irgendwie bin ich zu diesem Namen gekommen und er ist an mir kleben geblieben, wie meine Narben halt. Ich mag ihn.

Und du, du bist Dr. Thomas Sauerborn, der Geschäftsführer von diesem Laden hier!«

»Ich der Geschäftsführer? Und ich bin ein richtiger Doktor? Aber …« Robin blieben die Worte im Mund stecken. Er konnte es nicht fassen, was er da gerade mitgeteilt bekam!

»Ja, natürlich bist du das, und zwar ein verdammt heller Kopf. Du bist sogar so ein guter Forscher, dass die gesamte Menschheit dir auf immer und ewig dankbar sein wird! Hihi.«

Robin sah sich ein wenig verloren in dem Raum um.

Ich ein Forscher? Kann das sein? Fühlt sich das stimmig an? Irgendetwas verbindet mich mit diesem Gebäude, das ist klar, und auch mit diesem Pocke. Seltsam, wie kann man so einen Namen nur freiwillig behalten?

Robins Gedanken überschlugen sich. Er wusste nicht, auf welchen Teilaspekt er sich zuerst konzentrieren sollte. Scheinbar war er der Boss hier und darüber hinaus noch ein bedeutender Forscher.

Und dann dieser komische Pocke – was hat der nur mit mir zu tun. Wenn ich tatsächlich der Geschäftsführer hier wäre, hätte ich tatsächlich so einen komischen Kauz eingestellt? Einen, der mir irgendwie unheimlich erscheint und aussieht wie der Tod persönlich? Leiche passt doch eigentlich viel besser zu ihm als Pocke.

»Weißte was, Thomas, ich zeige dir einfach mal deine Wohnung, vielleicht beginnst du dich ja dann, an alles wieder zu erinnern!«

Robin wurde bei dem Gedanken noch aufgeregter, als er ohnehin schon war. Er fühlte sich wahrlich unwohl in der Nähe von Pocke und doch schien dieser Mann seine unmittelbare Tür zur Vergangenheit zu sein. Er warf seine Bedenken beiseite und folgte Pocke, der sich gerade aus dem Ledersessel erhoben hatte und schon auf dem Weg zur Tür war. Sie passierten wieder die eindrucksvolle Empfangshalle. Diesmal nahm Robin alles mit etwas anderen Augen wahr.

Bin ich wirklich der Geschäftsführer von dem Ganzen hier?

»Pocke, wem gehört diese Firma?«

»Na dir mein Freund, dir und meinem Bruder Sven. Ihr seid doch die besten Freunde und einzigen Teilhaber hier!«

»Das alles soll mir gehören, zumindest teilweise?«

»Ja, du hast es erfasst, alles hier gehört zur Hälfte dir, alles. Sieh dich nur gut um, damit du es besser verstehst. So nun diesen Gang entlang, bitte. Du wirst schon sehen, eure Firma ist groß, aber der Weg zu deiner Wohnung sind nur ein paar Schritte.«

»Und dein Bruder, wohnt der auch hier?«

Robin sah Pocke fragend an. Langsam freundete er sich mit dem Gedanken an, dass er scheinbar ein wohlhabender und bedeutender Mann war.

»Hihi, nee, der wohnt nicht hier. Er arbeitet zwar auch viel, aber so ein Arbeitstier wie du, dass er gleich in der Firma auch noch seine Wohnung hat, ist er nicht. Er wohnt mit seiner lieben Frau Elsa in einer Villa in Bad Homburg, hihi.«

»Pocke, hast du irgendeine Ahnung, was mit mir passiert ist? Warum habe ich mein Gedächtnis verloren?«

»Das ist eine lange Geschichte mein Lieber. Dafür brauchen wir ein wenig Zeit. Ich erzähle dir das alles in deiner Wohnung, zumindest soweit ich es weiß. Näheres wirst du dann von deinem Kompagnon Sven erfahren, der ist ja auch ein Doktor und kann es dir besser erklären.«

Sie betraten nun einen Gebäudetrakt auf dessen Tür *Privat* stand. Pocke öffnete die Tür mit einer Codekarte. Nach weiteren dreißig Metern standen sie vor einer Außentür, die Pocke ebenfalls mit der Codekarte öffnete. Vor ihnen lag ein großer Hof, an dessen hinterem rechten Ende, etwas abgeschieden, ein kleiner Bungalow stand. Pocke zeigte mit seiner Hand auf dieses Gebäude und sagte: »Dort wohnst du, Thomas. Erinnerst du dich jetzt daran? Hihi.«

Robin starrte interessiert auf das kleine Häuschen, auf dessen linker Seite ein leerer Carport angebaut war. Alles sehr schlicht, ohne irgendwelche Dekoration außen. Sein vermeintliches Zuhause machte einen nüchternen Eindruck.

Passt irgendwie zu einem Forscher, der sich so in seine Arbeit vertieft, dass ihn alles andere rund um ihn herum nicht interessiert. Aber bin das wirklich ich? Wohne ich tatsächlich hier?

Beim Betreten des Bungalows überkam Robin trotz seiner Zweifel mehr und mehr ein Gefühl der Vertrautheit. Die Eingangstür führte direkt in einen quadratischen Vorraum. Noch bevor Robin das Gebäude ganz betreten hatte, ging Pocke schon in das angrenzende Wohnzimmer.

»Komm nur rein. Im Wohnzimmer siehst du persönliche Dinge von dir. Vielleicht helfen die dir ja auf die Sprünge.«

Robin sah schon von der Wohnzimmertür aus eine größere Fotografie in einem randlosen Rahmen an der Wand hängen.

Tatsächlich, das bin ich. Doch wer ist die Frau daneben?

Er ging weiter auf das Bild zu, um die Frau in seinem Arm erkennen zu können. Noch bevor ihm das richtig gelang, bekam er einen Faustschlag in die Magengrube, der ihn laut aufstöhnend zusammensacken ließ. Robin krümmte sich vor Schmerz am Boden und sah entsetzt und überrascht mit gequältem Blick zu Pocke hoch, der grinsend über ihm stand.

»Wer wird denn von so einem freundschaftlichen Klapps gleich zu Boden gehen? Ihr Akademiker haltet wohl gar nichts aus, hihi.«

Pocke entfernte sich ein wenig. Robin war so mit der Verarbeitung seiner Schmerzen beschäftigt, dass er nicht sah, wohin Pocke ging.

Ich muss weg hier. Ich muss aufkommen und davonlaufen!

Er versuchte gerade, auf die Beine zu kommen, als Pocke schon wieder zurück war. Er hatte einen Stuhl dabei, auf den er Robin bugsierte, der sich kaum wehren konnte. Mit einem Seil begann er in aller Ruhe, als hätte er alle Zeit der Welt, Robins Hände an das Metallgestell des Stuhles zu binden. In seinem Gesicht war klar zu erkennen, wie sehr er diese Situation genoss. Langsam grinsend begann er zu sprechen:

»Soso, du willst also wissen, wie du dein Gedächtnis verloren hast? Kein Problem mein Lieber, ich werde dir jetzt alles ganz genau erzählen. Es wäre nicht fair, dich unwissend sterben zu lassen, hihi.«

51.

Elsa Knöth war sauer! Nicht nur, dass kein Geld mehr auf ihrem gemeinsamen Konto war, nein, nun hatte noch ihre Freundin Nadine angerufen und sie nach einer angeblichen Insolvenz der Firma ihres Mannes gefragt.

Jetzt muss ich so was schon von Nadine erfahren. Gerade von Nadine, die sich hinter meinem Rücken nun ihr Schandmaul wieder zerreißt.

Selbst dran schuld, warum lese ich nicht einmal die Zeitung? Ich muss versuchen, Svens schrecklichen Bruder anzurufen. Warum hat mir dieser Idiot nicht Bescheid gesagt? Dann wäre ich wenigstens darauf vorbereitet gewesen. Gott wie peinlich!

Elsa ließ es mindestens zehnmal klingeln, doch Pocke ging nicht an sein Handy.

Verdammt, jetzt spielt der auch noch toter Mann! Am besten ich fahre selbst in die Firma und sehe nach!

Elsa stieg in ihr schickes leuchtend gelbes Porsche Carrera 4S Cabriolet mit individueller mittelbrauner Lederausstattung und brauste die lange Einfahrt ihres Bad Homburger Anwesens entlang. Es dauerte keine zwanzig Minuten, bis sie bei *TrimpaPharm* eintraf. Sie parkte ihren Wagen neben der dort immer noch abgestellten Limousine ihres Mannes und stellte an dem direkt vor der Tür zum Inneren des Gebäudes parkenden Chryslers von Pocke fest, dass Svens Bruder im Haus sein musste. Sie betrat das Gebäude durch die Tiefgarage und ging direkt zum Empfang.

Seltsam, niemand hier, nicht einmal an der Rezeption!

Auch die automatische Tür war verschlossen, wie sie durch Betreten des vom Sensor erfassten Bereiches feststellte.

Elsa rief laut »Hallo!«, doch niemand antwortete. Egal welche Tür sie auch öffnete, es befand sich scheinbar niemand im Gebäude.

Irgendwo muss dieser kranke Mensch doch sein!

Sie ging den langen Gang entlang und blickte in jedes Zimmer, bis sie schließlich vor dem Privatbereich stand. Erst jetzt wurde ihr bewusst, dass sie dafür nie eine passende Codekarte bekommen hatte. Vor ein paar Jahren hatte Sven ihr diesen Bereich einmal gezeigt, doch sie hatte sich nicht wirklich dafür interessiert und nicht auf Details wie ein Codekartenschloss geachtet. Elsa pochte gegen die Tür, doch niemand antwortete und sie hörte auch keinerlei Geräusche von innen. Genervt ging sie zurück zur Tiefgarage und fuhr in ihrem Porsche die Ausfahrt hoch. Oben blieb sie stehen, stieg aus und betrachtete das Gebäude von außen.

Pocke, wo steckst du nur?

Elsa ging um das Gebäude herum und sah, dass die Tür zum Bungalow offen stand. Schnellen Schrittes ging sie auf das Gebäude zu. In der Mitte des Hofes vernahm sie plötzlich einen gequälten Schrei. Sie wusste ein wenig von der Vergangenheit ihres Schwagers und war sofort alarmiert.

Sie schlich sich vorsichtig ans Haus heran und warf einen kurzen Blick durch die Haustür, doch sie erspähte nichts. Ihr Herz pochte wild und sie wusste nicht, was sie machen sollte. Die Polizei rufen? Doch wegen was? Nur wegen eines Schreis, den sie meinte, gehört zu haben? Nein, das machte keinen Sinn.

Andererseits, wenn Pocke tatsächlich so drauf ist, wie Sven das vor vielen Jahren mal angedeutet hatte. Was soll ich nur machen? Ich muss erst sehen, was dort vorgeht. Mir wird er schon nichts tun. Oder hat gar Svens Verschwinden etwas mit Pocke zu tun? Was ist, wenn er mich gar nicht verlassen hat? War das etwa Svens Schrei, den ich gerade gehört habe?

Bei diesem Gedanken erschauderte sie. Paralysiert wie sie war, war sie nicht fähig, sich auch nur ein bisschen zu bewegen, und brauchte eine gefühlte Ewigkeit, ein wenig ruhiger zu werden. Elsa konnte nicht einmal sagen, wie lange sie dort an der Eingangstür verharrte. Sie rang mit sich selbst, ob sie es wagen sollte, in den Vorraum zu gehen, um vielleicht zu sehen, was drinnen vor sich ging.

Sie lauschte gespannt und bildete sich ein, jemanden stöhnen zu hören. Sie nahm ihren ganzen Mut zusammen, zog ihre Schuhe aus und schlich nahezu geräuschlos in den Vorraum des Bungalows. Sie vernahm nun eine Stimme aus dem Wohnzimmer und ja, da war ganz klar auch ein Stöhnen zu hören. Sie wagte einen kurzen vorsichtigen Blick ins Wohnzimmer und was sie dort nur für Sekundenbruchteile sah, ließ ihr das Blut in den Adern stocken. Entsetzt machte sie einen Schritt zurück und hielt fassungslos inne. Sie musste erst einmal verkraften, was sie gerade gesehen hatte.

Elsa war sicher, dass man ihr Herzklopfen bis ins Wohnzimmer hören musste, und lauschte ängstlich gespannt, ob Pocke nun hinter ihr her in den Vorraum hasten würde. Doch nichts geschah. Die sonore Stimme von Pocke und das angestrengte Stöhnen gingen einfach weiter:

»… die Überwachung der Probanden erfolgte durch GPS. Wir haben jedem – ohne deren Wissen natürlich, hihi – einen sogenannten Digital Angel implantiert, einen klitzekleinen Mikrochip, dessen Signale wir rund um die Uhr empfingen und aufzeichneten. Auf diese Art und Weise waren wir ständig darüber informiert, wo unsere Nummern sich so rumtrieben und wo wir sie wieder aufsammeln konnten, wenn wir sie für die Blutproben brauchten. Wir hatten die perfekte Kontrolle über alle Probanden und …«

Glück gehabt, er spricht weiter! Somit hat er mich nicht entdeckt. War eigentlich auch klar, denn er hatte auf sein Opfer gesehen und nicht in Richtung Wohnzimmertür. Nichts wie raus hier!

Wie auf Eiern schlich sich Elsa aus dem Haus. Draußen angekommen, rannte sie um ihr Leben. Immer noch nur mit Socken an ihren Füssen stürmte sie ohne Schuhe um das Gebäude herum in Richtung Straße.

Verdammt mein Handy! Es liegt in meiner Handtasche, die ich vor dem Haus abgestellt hatte, als ich die Schuhe auszog! Was mach ich nur?

Im ersten Impuls wollte sie in ihr Cabrio einsteigen, doch sie rannte weiter auf die Straße, rief lauthals um Hilfe und fuchtelte wild mit beiden Armen durch die Luft, um Aufmerksamkeit zu erregen.

Tatsächlich stieg in der ansonsten ruhigen Straße sofort ein Pärchen aus einem parkenden Auto und lief auf sie zu.

52.

Tamara und Egon warteten und warteten. Keine Spur von Robin. Aber auch dieser unangenehme Mensch, der Egon so kurz abgefertigt hatte, ließ sich nicht sehen. Egon überdachte gerade noch einmal seine Strategie, als sich ein schreiend gelbes Porsche Cabriolet mit überhöhter Geschwindigkeit näherte und mit quietschenden Reifen von der Eschborner Landstraße auf das Firmengelände von *TrimpaPharm* bog. Geistesgegenwärtig notierte sich Egon sogleich das Kennzeichen des edlen Gefährts. Sie beobachteten, wie die Porschefahrerin per Fernbedienung das Rolltor zur Tiefgarage öffnete und es sich sofort wieder schloss, nachdem der Wagen in der Tiefgarage verschwunden war.

»Wer das wohl sein mag? Geld scheint sie ja zu haben, die Gute!«

»Ich bin einfach nur nervös. Wer weiß, was da drin für ein böses Spiel getrieben wird. Und Robin ist vielleicht mittendrin. Dabei fühlt es sich innerlich doch so gut an, wenn ich an ihn denke. Ich will einfach nicht glauben, dass ich mich so in ihm getäuscht haben könnte.«

»Warten wir's ab. Voreilige Schlüsse bringen uns nicht weiter. Irgendwann wird er wohl rauskommen und wir werden schon Licht ins Dunkel bringen!«

Nach einer guten Viertelstunde öffnete sich das Rolltor wieder und der auffallende Porsche fuhr die Auffahrt hinauf. Doch anstatt wegzufahren, blieb er auf dem Firmengelände stehen und die gut gekleidete Dame stieg aus. Sie blickte eine Weile angestrengt auf das Gebäude, als wollte sie hinter den verspiegelten Fenstern etwas erkennen. Dann drehte sie sich um und ging auf ihren High Heels den asphaltierten Weg hinter das Gebäude und verschwand aus dem Blickfeld von Tamara und Egon.

»Was führt die Dame im Schilde oder sucht sie jemanden?«

»Sie vertreibt uns zum Glück ein wenig die Zeit, bis Robin wieder auf der Bildfläche erscheint …«

»Es hilft eh nichts, wir müssen weiter warten!«

Egon schaltete zur Ablenkung das Radio ein, drehte es aber recht leise. Die Nachrichten liefen und anschließend wurden ein paar Songs gespielt. Plötzlich kam Bewegung in die Sache. Die Frau aus dem Porsche rannte, wie wenn es um ihr Leben ginge, den asphaltierten Weg entlang, hielt kurz an ihrem Wagen inne und lief dann doch weiter auf die Straße. Sie schrie um Hilfe und fuchtelte mit ihren Armen. Erst jetzt sah Egon, dass sie keine Schuhe anhatte. Geistesgegenwärtig reagierte er sofort, riss die Autotür auf, rief noch schnell »Komm!« zu Tamara und hastete der Frau entgegen. Tamara reagierte fast ebenso schnell wie er und erreichte kurz hinter ihm die Frau.

»Polizei! Rufen Sie die Polizei. Da drin wird jemand umgebracht!«

Egon hatte in seiner Journalistenlaufbahn schon so viel erlebt, dass er keine Sekunde zögerte. Er wählte umgehend den Notruf auf seinem Handy und bestellte die Polizei zu *TrimpaPharm.* Dann erst sprach er zu der Frau, die am ganzen Leib zitterte:

»Was ist geschehen?«

»Mein Schwager bringt gerade einen Mann um. Tun Sie etwas! Bitte! Bis die Polizei kommt, ist er tot!«

»Hat er eine Waffe?«

»Ich weiß es nicht, aber was ich gesehen habe … Glauben Sie mir, er bringt ihn um! Vielleicht ist es ja jetzt schon zu spät! Dieser Mann kennt keine Gnade. Er ist ein Psychopath!«

»Es ist zu gefährlich, da hineinzugehen. Lassen Sie uns auf die Polizei warten, die sind für solche Situationen ausgebildet!«

»Seien Sie kein Feigling bitte! Helfen Sie dem Mann da drin. Wir sind doch zu dritt!«

»Beruhigen Sie sich bitte. Die Polizei wird in zwei Minuten hier sein. Ich bin Journalist und habe schon viele brenzlige Situationen erlebt, aber bei so einer Sache … Nein, wir bleiben draußen und warten!«

Kaum hatte er diese Worte gesprochen, hörte man schon aus der Ferne ein Martinshorn näherkommen.

»Hören Sie, die Polizei wird gleich hier sein!«

Zwei Streifenwagen trafen nahezu gleichzeitig ein. Die Polizisten befragten erst die Dame, die sich als Elsa Knöth vorstellte, über die genaue Situation im Hinterhaus und stürmten dann in Richtung des vermeintlichen Tatorts.

Ein Polizist hatte die Drei zuvor noch aufgefordert dortzubleiben, wo sie gerade waren, doch Egon war viel zu sehr Vollblutjournalist, als dass er sich eine solche Gelegenheit entgehen lassen konnte. Er hoffte, dass die beiden Frauen ihm nicht folgen würden, und rannte den Polizisten hinterher. Doch da hatte er die Rechnung ohne Tamara und Elsa gemacht. Die beiden gingen schnell hinter Egon her, doch wahrten sie einen gewissen Sicherheitsabstand.

Als die Polizisten an der Ecke des Verwaltungsgebäudes ankamen, zückten sie die Pistolen und ein Beamter blickte vorsichtig in den Hof. Die Situation bot sich ihm genauso, wie von Elsa beschrieben. Die Haustür zum Bungalow stand immer noch offen, ansonsten war keine Menschenseele zu erblicken. Er gab seinen Kollegen grünes Licht. Die Polizisten rückten weiter vor in Richtung Bungalow. Dort angekommen erhaschten sie einen Blick durch das Wohnzimmerfenster auf eine Szenerie, wie sie nicht viel abscheulicher hätte sein können. Der Täter war offensichtlich im herkömmlichen Sinne unbewaffnet, zumindest sah man keine Schusswaffe in seinen Händen. Stattdessen quälte er sein Opfer mit allerlei Küchengeräten, die wild verstreut im Wohnzimmer lagen, allesamt blutverschmiert. Sie mussten sofort handeln und stürmten das Gebäude.

»Polizei! Hände hoch!«

Der Täter schien nicht einmal sonderlich überrascht und grinste die Polizisten mit eiskalten Augen verächtlich an.

»Klar Jungs! Ich ergebe mich. Hier seht doch, ich lasse das Makashi-Messer fallen.«

Geradezu theatralisch öffnete Pocke seine rechte, völlig blutverschmierte Hand und ließ das Messer zu Boden fallen.

»So habt ihr das doch gewollt, oder Jungs, hihi …«

Die Polizisten waren immer noch geschockt von dem Zustand des offensichtlich noch lebenden Opfers. Ein Bild des Grauens! Dann noch die im krassen Gegensatz dazu stehende euphorische Stimmung des Täters, die ihm ins Gesicht geschrieben stand. Pocke ließ seine Hand ruckartig nach hinten gleiten und zog eine Pistole hinter seinem Rücken hervor. In dem Augenblick, als er sie hochriss, um auf einen Polizisten zu zielen, änderte sich sein Gesichtsausdruck. Einer der Polizisten reagierte blitzschnell und schoss. Der leichenhaft aussehende Täter mit den vielen Narben im Gesicht war sofort tot.

Später waren sich die beteiligten Polizisten alle einig. Jeder hatte diesen letzten Ausdruck auf Pockes Gesicht gesehen und alle haben ihn gleich interpretiert: Es war eine Aufforderung gewesen, ihn zu erlösen. Für den Polizisten, der in Notwehr gehandelt hatte, um seinen Kollegen zu schützen, war dies jedoch keine Beruhigung. Er ließ sich kurze Zeit später vom Dienst suspendieren, da er mit der Situation, einen Menschen getötet zu haben, nicht klarkam, obwohl dieser es augenscheinlich darauf abgezielt hatte.

Dr. Thomas Sauerborn, alias Robin Fremder, wurde mit dem Notarztwagen in die Frankfurter Uniklinik gebracht. Bei seiner Einlieferung gab keiner der behandelnden Ärzte irgendetwas auf sein Überleben. Die erste Notoperation dauerte 14 Stunden. Nach zwei Tagen folgte die Nächste.

Wie durch ein Wunder besserte sich trotz unzähliger Organverletzungen und immer wieder aufbrechender Wunden nach acht Tagen Thomas Allgemeinzustand so, dass die ersten Optimisten an ein Wunder glaubten.

Während dieser Zeit war Tamara fast ununterbrochen im Krankenhaus. Sie verstand sehr schnell, warum ihr von Anfang an direkt beim ersten Blick auf Robin so ein warmes Gefühl im Körper aufgestiegen war. Dr. Thomas Sauerborn war ihr Lebensgefährte. Sie brannte darauf, mit ihm sprechen zu können. Das Einzige, was sie jedoch in dieser Zeit zu Gesicht bekam, war ein im Koma liegender, völlig in Binden eingehüllter Mann, bei dem sein verbliebenes Auge im Verband ausgeschnitten war, falls er irgendwann aus dem Koma aufwachen sollte.

Die Ärzte forderten Tamara immer wieder auf, nach Hause zu gehen, doch sie beharrte darauf, ihren Lebensgefährten nicht alleine zu lassen. Sie wurde darüber informiert, dass Thomas gesamter Körper völlig entstellt war, sie ihm beide Beine und die linke Hand entfernen mussten. Ein Auge war nicht mehr zu retten und sein Gehirn hatte wohl dauerhafte Schädigungen erlitten.

53.

Tamara erlebte alles wie in einem Film. Sie war mit einem gewissen Abstand dem Journalisten Egon Urschitz gefolgt, der seinerseits den Polizeieinsatz beobachtete. Als Egon den Schuss hörte und die sichtlich gezeichneten Polizisten zum Luft schnappen aus dem Bungalow kamen, hatte er dafür gesorgt, dass Tamara nicht in unmittelbarer Nähe des Geschehens war. Der Krankenwagen holte den Mann ohne Gedächtnis ab, den alle nur Robin Fremder nannten, ohne dass Tamara einen Blick auf ihn werfen konnte. Nach allem, was Egon bei den sich überschlagenden Ereignissen der letzten Minuten mitbekommen hatte, war ihm klar, dass er Tamara dies keineswegs zumuten konnte.

Egon beschloss, sie weiter bei ihrer Selbstfindung zu unterstützen und irgendwann, wenn alle Puzzleteilchen zusammengetragen waren, wollte er die ganze Geschichte niederschreiben. Doch noch war es lange nicht so weit.

Tamara bestand darauf, dass Egon sie zur Uniklinik fuhr, damit sie Robin in seinem Überlebenskampf beistehen konnte. Trotz der Bitte des Krankenhauspersonals, doch besser die Klinik zu verlassen und zu Hause zu warten, fühlte sie, dass Robin sie brauchte. Sie konnte ohnehin nirgendwo anders hingehen. An diesem Tage wurde ihr mehr und mehr bewusst, dass sie tatsächlich die langjährige Lebensgefährtin von Dr. Thomas Sauerborn war, ihrem Robin. Sie würde ihn wohl noch lange Robin nennen, wer weiß, vielleicht für immer.

Egon Urschitz kümmerte sich rührend um sie und versorgte sie im Krankenhaus mit dem Nötigsten. Es war ihr schon klar, dass das nicht völlig uneigennützig war, doch hätte er sicher auch weiter recherchieren können, ohne sich so hilfsbereit um sie zu kümmern. Dafür war sie ihm unendlich dankbar.

Tamara wurde auch mehrmals von der Polizei verhört, doch konnte sie zu dem, was die Polizei interessierte, keine hilfreichen Aussagen treffen. Das genaue Motiv der verhinderten Hinrichtung von Dr. Thomas Sauerborn durch den Mann, den alle nur Pocke genannt hatten, war für die Polizei nicht wirklich interessant. Sie hatten einen Psychopathen in letzter Sekunde daran gehindert, einen Mann umzubringen und ihn dabei in Notwehr erschossen. Damit war der Fall für sie abgeschlossen.

Geldsorgen hatte Tamara zum Glück keine. Nachdem ihre wahre Identität geklärt worden war, hatte sie wieder Zugriff auf das gemeinsame Bankkonto mit Thomas. Interessanterweise war bis zuletzt Thomas Gehalt auf das Konto überwiesen worden, obwohl dieser schon lange nicht mehr gearbeitet hatte. Dieses Finanzpolster gab Tamara einen entsprechenden Freiraum, ihr Leben neu zu gestalten. Sie suchte sich eine behindertengerechte Wohnung und kümmerte sich aufopfernd um ihren Lebensgefährten. Ihr Zusammensein mit ihm fühlte sich so stimmig an, dass sie einfach nicht anders konnte.

Irgendjemand muss sich ja um Robin kümmern.

Aus ihrer alten Wohnstätte, dem Bungalow auf dem Gelände von *TrimpaPharm*, ließ sie ihren gemeinsamen Hausrat abholen. Tamara selbst war nicht fähig, diesen Ort des Grauens zu betreten, der früher einmal ihr Zuhause gewesen sein musste. Sie war sich zwar darüber im Klaren, dass ihr dies bei der Erkundung ihrer Vergangenheit sicherlich hilfreich gewesen wäre, doch sie konnte es einfach nicht. Der Schock über das, was dort passiert war, saß zu tief.

Sämtliche Details der Vergangenheit konnte Tamara nicht mehr rekapitulieren, doch war sie sich sicher, dass ihr Thomas ebenfalls ein Opfer dieser üblen Machenschaften war und keineswegs einer der Haupttäter. Dass er am Rande irgendetwas mit der Sache zu tun hatte, war auch ihr klar, doch an eine große Mitschuld wollte sie nicht glauben. Immerhin war er wie sie ein Opfer gewesen, das man seiner Vergangenheit beraubt hatte.

Von Egon Urschitz erfuhr sie, dass der Peiniger von Thomas diesem die Vergangenheit offengelegt hatte, während er ihn gequält hatte. Zumindest war es das, was Elsa Knöth verstanden hatte, als sie im Vorraum des Bungalows verharrte, bevor sie sich getraut hatte, sich langsam auf ihren Socken herauszuschleichen und um Hilfe zu rufen.

Obwohl sich der Allgemeinzustand von Dr. Thomas Sauerborn nach und nach verbesserte und er nach einigen Wochen wieder an normalen Gesprächen teilnehmen konnte, war er nicht in der Lage, Angaben darüber zu machen, was er von Pocke während seiner Tortur erfahren hatte, und welche Erinnerungen an sein früheres Leben zurückgekommen waren. Jedem, der auch nur eine Vorstellung von seinen in dieser Zeit erlittenen Qualen hatte, war dies einsichtig.

Egon Urschitz jedoch fiel ein paarmal ein gewisser Ausdruck in Thomas verbliebenem Auge auf, wenn das Gespräch auf die Klärung der Vergangenheit kam, der ihm ein Gefühl des Zweifels vermittelte, ob Thomas sich immer noch an wirklich gar nichts erinnern konnte. Tamara gegenüber offenbarte er aber nie seinen Verdacht. Sie hatte inzwischen weitgehend Frieden mit ihrer Vergangenheit geschlossen und das war gut so. Gleiches gestand er Dr. Thomas Sauerborn zu, welche Geheimnisse dieser auch immer in sich trug.

Elsa Knöth verarmte zunehmend. Ihr langjähriger Lover, der Tennislehrer Fabrice, wollte nichts mehr mit ihr zu tun haben, nachdem sich herausgestellt hatte, dass sie nicht mehr vermögend war. Ihren auffallend gelben Porsche holte eine Leasinggesellschaft nur wenige Tage nach den schrecklichen Vorkommnissen bei *TrimpaPharm* ab. Ihr Mann hatte den Wagen nur geleast und sie konnte die Raten nicht mehr zahlen. Aus der Bad Homburger Villa musste sie ausziehen. Diese wurde zwangsversteigert. Prof. Dr. Sven Knöth hatte offensichtlich ganze Arbeit geleistet und alles so organisiert, dass ihr nichts mehr blieb.

Die Wirtschaftsprüferin Martina Schmidt verfolgte die Berichterstattung über die Vorkommnisse bei *TrimpaPharm* in der Presse. Es schmerzte sie sehr, von der schrecklichen Folter zu erfahren, die Robin durchleben musste. Sie entschied sich trotzdem dagegen, ihn im Krankenhaus zu besuchen. Sie hatte mit diesem Kapitel ihres Lebens bereits abgeschlossen und konzentrierte sich fortan ganz auf ihre Karriere.

Chloé Moreau und Dr. Karl Brückner fanden nach einem bewegten Auf und Ab schließlich wieder zueinander. Sie leben glücklich zusammen und freuen sich auf die bevorstehende Geburt ihres ersten Kindes.

Prof. Dr. Sven Knöth blieb weiterhin wie vom Erdboden verschwunden. Einer von vielen Vermissten in Deutschland. Die Polizei konnte einen unmittelbaren Zusammenhang seines Verschwindens mit seinem psychopathischen Bruder und dessen Tat zwar nicht ausschließen, ermittelte aber auch nicht wirklich sorgfältig in diese Richtung. Sie hatten keinerlei Hinweise darauf, dass der Professor einem Verbrechen zum Opfer gefallen wäre.

Niemandem fiel der Mann auf, der bei der Beerdigung von Pocke auf dem Frankfurter Hauptfriedhof die sehr übersichtliche Szenerie aus einiger Entfernung beobachtete. Niemand sah die Tränen in seinem Gesicht, als der Sarg in die Grube abgesenkt wurde. Direkt nach der Beerdigung verschwand dieser Mann ebenso unauffällig, wie er gekommen war.

Epilog

Geneva/Switzerland, 27. März 2022

UNAIDS, das gemeinschaftliche Programm der Vereinten Nationen zu HIV/AIDS, veröffentlicht seinen halbjährlichen globalen HIV/AIDS Bericht. Leider enthält der Bericht keine positiven Nachrichten und auch der Ausblick auf die kommenden Jahre macht wenig Hoffnung. Trotz angeblich intensivster Bemühungen der unabhängigen Forschungsinstitute und der Forschungsabteilungen der Pharmakonzerne gibt es immer noch kein Medikament, welches HIV wirksam heilen kann.

Die Pharmafirmen erzielten im Jahre 2021 weltweit einen Umsatz von 113 Milliarden US-Dollar allein mit HIV-Medikamenten. Diese Mittel können zwar die Viruslast der Infizierten so weit herabsetzen, dass sie ihnen damit ein einigermaßen normales Leben ermöglichen, jedoch ist eine Heilung der Betroffenen auf Jahre hinaus nicht in Sicht.

In der Forschung gegen die in den 80er Jahren aufgetretene Seuche tritt man im Prinzip seit über dreißig Jahren auf der Stelle. Das HIV-Virus kann zwar im Körper eingedämmt werden, gilt jedoch nach wie vor als unbezwingbar. Die heutigen Medikamente sind etwas verträglicher als die der neunziger Jahre des vergangenen Jahrtausends, doch sind die Nebenwirkungen bei vielen der Patienten weiterhin heftig und schränken deren Lebensqualität teils entscheidend ein.

Im Jahre 2021 gab es 78,3 Millionen HIV-Positive. Die Neuinfektionsrate ist seit 2017 wieder stark am Ansteigen, insbesondere in den beiden bevölkerungsstärksten Ländern der Erde: China und Indien und auf dem gesamten afrikanischen Kontinent. UNAIDS rätselt ebenso wie die nationalen

Gesundheitsbehörden über den Grund dieses Anstiegs, denn die Aufklärungsarbeit wurde stark intensiviert.

Die Pharmamultis mussten in den letzten Jahren ihre Produktionskapazitäten für HIV-Mittel drastisch ausbauen. So hat allein der Markführer *Struggles* gegenüber dem Jahre 2016 seine jährliche Produktion mehr als verdreifacht. Deren Vorstandsvorsitzender und Großaktionär Barry Ryan führt die Forbes Liste der reichsten Personen der Welt seit mittlerweile vier Jahren unangefochten an. Der Wert seines Aktienpaketes an *Struggles* bildet dabei den größten Teil seines Vermögens.

Seinen Wandtresor, in den er vor acht Jahren die Aktentasche mit der Formel von *Agronationylfloxacyl* einschloss, hat Barry Ryan nie wieder geöffnet.

In der Öffentlichkeit ist Barry Ryan ein sehr angesehener Mann, da er diverse Hilfsorganisationen immer wieder mit großzügigen Spenden bedient. Insbesondere liegen ihm Waisen sehr am Herzen, deren Eltern an den Folgen von AIDS gestorben sind.

Bis heute hat der Roman von Egon Urschitz, *Die perversen Machenschaften der Pharmaindustrie*, der im Jahre 2016 erschienen ist, nichts von seiner Aktualität verloren.

Hat Ihnen dieses Buch gefallen?

Dann schreiben Sie bitte eine kurze Rezension über das Buch und empfehlen es weiter, gerne auch Ihrem Buchhändler vor Ort! Als Independent-Autor habe ich keinen Verlag hinter mir, der Werbung für mich macht. Ich bin deshalb auf Empfehlungen und Rezensionen meiner Leser angewiesen.

Vielen Dank!

Uwe K. Alexi

Sollten Sie an einer Lesung in Ihrer Region interessiert sein, scheuen Sie bitte nicht, mich anzusprechen. Gerne können Sie auch aus anderen Gründen mit mir in Kontakt treten:
UweAlexiAutor@yahoo.de

Über ein *Like* meiner Facebook-Fanpage und meiner Facebook-Bücherseiten würde ich mich ebenfalls sehr freuen!

www.uwealexi.de

Vom selben Autor erhältlich:

Der Albtraum sämtlicher Eltern und Lehrer ist Wirklichkeit geworden: Auf einer Klassenfahrt verschwinden die beiden fünfzehnjährigen Schüler Ronnie und Jason.

Den verwöhnten Millionärssohn Ronnie findet man nach einer aufwendigen Suchaktion mit einem Kopfschuss in einer Blutlache in der Villa seiner Eltern am Wörthersee. Jason, der aus weniger gut betuchtem Hause stammt, bleibt verschwunden. Doch das ist erst der Anfang einer Odyssee, die seine Familie an den Rand von selbstzerstörerischen Konsequenzen bringt.

UKA

ISBN: 978-3-9817679-1-9 (Taschenbuch)
ISBN: 978-3-9817679-3-3 (Gebundene Ausgabe)